假如

妩墨 著

重庆出版集团 重庆出版社

图书在版编目（CIP）数据

假如 / 妩墨著.—重庆：重庆出版社, 2012.4

（流年纪）

ISBN 978-7-229-04778-8

Ⅰ.①假… Ⅱ.①妩… Ⅲ.①长篇小说－中国－当代 Ⅳ.①I247.5

中国版本图书馆CIP数据核字(2011)第265158号

假如
JIARU
妩　墨　著

出 版 人：罗小卫
丛书策划：李　子
责任编辑：李　子
责任校对：杨　婧
装帧设计：九一书装

重庆出版集团
重庆出版社
出版

重庆长江二路205号　邮政编码：400016　http：//www.cqph.com
重庆市伟业印刷有限公司印刷
重庆出版集团图书发行有限公司发行
E-MAIL：fxchu@cqph.com　邮购电话：023-68809452
全国新华书店经销

开本：890 mm　× 1240 mm　1/32　印张：10.375　字数：258千
2012年4月第1版　2012年4月第1版第1次印刷
ISBN 978-7-229-04778-8

定价：27.00元

如有印装质量问题，请向本集团图书发行有限公司调换：02368706683

目录CONTENTS

人声鼎沸的街道，十几辆机车酷酷地摆成一排，为首的车上坐着一个男子，俊如神祇。耳垂上小巧的钻石闪耀着夸张的光芒。

我伸出手在自己的唇上响亮地吻上，然后递到他的唇边，问："这有毒，你敢不敢？"然后，放肆地笑出声。

他伸出长长的手臂隔着机车大力揽过我，覆上我的唇。

"这毒，想必比你那厉害。"他说。

我想，就那一刻，我更加深爱他了，这个不可一世的男子，比我还坏的男子。

果然，这毒不浅，我深陷其中，无法自拔。

"亲爱的，带我走。"我含住他耳垂上的钻石，跨上机车，抱住他的腰身。机车轰隆作响。身后是一群孩子张扬的恭贺声。还有，人群中那些鄙夷不屑的目光与耻笑。

而，我的世界只有这些。

彩色的头发在风中飞扬起来，如同我沉寂已久的心，终于可以得到释放，即便这是罪恶。

"亲爱的，我将带你和我一起万劫不复。"我仰头高喊。声音回荡在广阔的天际，久久不息。

如果可以，我想要那一天在生命中删除不见，我想要独自一人万劫不复。兴许，一个人，我并不会万劫不复。

摘自尹安的《死亡笔录》。

Chapter 1　突然间，天翻地覆

01　你怎么能不知道我

上帝知道，迟小米是一个孤女，幸运的孤女。

她有一个十分疼爱她的无血缘关系的哥哥，他亦十分优秀，叫做许慕辰，是他的父母收养了她，并且，善待她。

对，应该算是善待。

晨曦温暖地洒在许慕辰洁白的衬衫上，泛出细微的光泽，啧啧，还真像个王子。

“许慕辰，你喜欢什么样的女生？”小米仰起头看着他漂亮的侧脸。

“我喜欢的？什么样都喜欢。”他微微侧脸，眸中似盛了水般的温柔。

瞧，他总是说这些高深而莫名其妙的话。

“那我这样的，你喜欢么？”她问。

如你所料，他白皙的脸上立刻浮上红晕，然后斥道：“小米。”

闻言，她得逞地微微扬起嘴角，然后忍不住抬起头向他做个鬼脸。

大步跑开。

这便是与之生活了十八年的许慕辰，这便是她的生活，上学，放学，唯一的乐趣就是捉弄许慕辰。日子虽平淡却也美好。

可如此之笨的许慕辰，怎么会是S大公认的俊朗才子呢?小米怎么也想不明白。

进教室后放下书包便走出去，朝小岛的方向去，不知从什么时候开始她便染上了这么个习惯，上课前必先去小岛独自坐会儿。

就连与她形影不离的许慕辰也不知道，每次相问时，他便略带哀伤地看着她，仿佛是得了什么不治之症一般。久而久之，便不再问。

迟小米一直想，她心里定是有一片荒林，乏人问津，毕竟她是一个孤儿，不是么?

“迟小米！”她抬起头，看着眼前这素有校花之称的路幽。

“麻烦你把这个交给许慕辰，好么?”她递过一封装裱十分精美的信，还有一盒果冻。

S大无人不知晓，迟小米是许慕辰心里的宝贝，凡是想让他喜欢的，必先是小米喜欢才可。

有这样一个哥哥真好，每天都有不花钱的零食。多棒，小米想。

小米接过信和果冻，看着她，说:“你们都一个样，怪不得许慕辰都觉得无聊了。”

路幽睁大眼睛看着她。

“每一个人都写信，为什么不亲自告白呢?就算不成功，

至少可以让他记住啊，这么胆小，怎么能获得爱情呢？”她撇撇嘴。

路幽的眼睛睁得更大，难以相信，这番话怎么会出自一个没谈过恋爱的乖乖女嘴里？

其实，有时她对自己这些莫名其妙的想法也感到惊愕。

“许慕辰说的么？”

“我与他生活了这些年，这些还是知道的。”她不以为然地答道。

路幽忙不迭地道谢，然后迅速离开。

小米站在原地耸耸肩，准备离开。

“这么胆小，怎么能获得爱情呢？迟小米，果然没让我失望呢。”楼梯拐角处突然出现一个男生。

迟小米仰起头才能看见他的长相。

心底莫名震了震，可能是因为他长得太俊美了吧，很少见到比许慕辰还俊美的男生。

“同学也没让我失望呢，不仅长得好看，还有偷听别人说话的嗜好。”她边吃果冻边笑着说。

“人人皆知的乖乖女迟小米原来是这样的伶牙俐齿。”他上挑眉角，似笑非笑。

迟小米惊诧，这男子竟生得这般好看，眉梢眼角莫不是风华。只是，略显冷漠。

她不答话，转身欲走。

在他面前，有种莫名的压迫感，几近窒息。

“迟小米，你知道林陌么？”他突然问道。

心口一紧，她竟无意识地点头。反应过来后又随即摇头。

“我与林陌同是双胞胎，亦叫林陌。林陌，你应当知道的。”他向前迈了一大步，站在她面前。

邪气逼人。这一瞬间，小米只剩下这种感觉，心跳奇异地快了起来。

“不知道。”强压下心底的不适，她冷漠地答道。

然后，快速向楼下跑去，如同逃离。

“迟小米，你怎么会不知道林陌？”他依旧站在楼上。

声音不大，却生生砸进她的心脏。楼下，站在阳光处，她仰头向上望，低声咒骂道：“神经病。”

S大什么时候有这样一个俊朗的男子，那些女生怎会没有津津乐道地传诵开来?

抑或是藏匿极深。

摇摇头，小米试图将他扫出脑外，站在小岛上向下观望。

正值夏日，莲花池中的莲花开得极好，翠绿的荷叶上开出各色的花朵，亭亭玉立，娇艳之极，微风吹过，湖面荡起层层涟漪。闭起眼睛，她细细闻着清新的荷花香味。

“就知道你在这里。”躺在草坪上，修长的身影遮住了光亮。

睁开眼睛，她问道：“你怎么来了？”

“都已经上了一节课，我去教室找你，同学说你不在。”许慕辰坐下来，语气中夹杂着无奈的宠溺。

对这些，小米太习以为常。

沉默良久，许慕辰开口说：“还有两个月我就毕业了，工作已经找好，到时我会搬出来住，你就同我一起吧。”

“孤男寡女同处一室，嘿嘿。”她用头在他的胳膊上乱蹭。嘴上虽这样说，心里却是同意的，他的父母总让她有压抑的感觉。

和许慕辰搬出来，甚好。

这一次，他没有如往常一般地呵斥她：“小米，以后我一定好好照顾你。”他看着她说，眸光纠结。

小米低下头，心里生出一些罪恶，不知所以。不知从什么时候开始，每次许慕辰对她好时她都会有这种感觉。

“那就是说，你以前并没有好好照顾我，是么？”她笑

说。

他轻扯嘴角，露出好看的笑容，伸出手揉揉她的脑袋，不再言语。

同他一起回到教学楼处，小米回自己的教室坐好。

“许慕辰就快要毕业了，就剩我一个人了，而我这成绩能顺利毕业么？也罢，反正有他养着。”小米如此想着，便自顾自地笑起来。

02 张扬的告白，熟稔的忧伤

“同学们，我现在为大家介绍一位新的转校生。”教授说。

她撇嘴，都快毕业了，真是神经病。

下面乱成一片，纷纷窃窃私语。小米好奇抬起头，愕然地睁大眼睛，不是林陌又是谁？

他似笑非笑地看着自己，慵懒的神情。

教授还在絮絮叨叨地说着一些情况。

“好了，就先自我介绍下吧，其他的日后相处久了，自是会知道的。”他说。

下面又是一片欷歔之声。

往日，对这些哗众取宠的做法，她是不屑的。

他转过身在黑板上歪歪地写上自己的名字，说：“我叫林陌，树林的林，陌路的陌。”

说完，他便朝下走，突然回过头说：“莫教授，我就随便找个位置好了。”

“我叫尹安，安静的安。”

“我叫尹安，安静的安。”

脑袋哗地空白，格外空当寂静，只余下清脆的女声，不停说着：“我叫尹安，安静的安。”

说得很快，颇有几分洒脱的味道。她不知道，自己怎么可以分辨得这么清楚。

“迟小米，没有想到，我们竟是同学呢。”林陌站在她面前，伸出手。

小米恍惚地看着他。

教室里炸了锅，一片羡慕之声，无非就是迟小米真是好幸运，有那么个出色的哥哥，还认识这样风华四溢的男子。

他重瞳中夹杂着几许促狭。她才恍然大悟，这男子是故意的。

“以后还会有怎样惊奇的关系，我还真是拭目以待呢。”他的气息喷洒在她的耳后。

教室中一片欷歔。

她抬起头，却落进他风华绝代的眸中，生生咽下了到唇边的话。讲台上的莫教授瞪着她。

林陌那男子却老神在在地坐到了临桌的后面。

不过半天的时间，林陌的名字已在S大疯狂传诵开来，与当年许慕辰进校时的情景十分相似。

却又更甚一些。

站在楼道上，她思绪游离，怎么也无法集中。直到许慕辰焦急地站在面前，额上是一层薄薄的汗。

“许慕辰。”小米连名带姓地喊。几许伤感，就连自己也说不清由来。

“小米，乖。”他伸手将她揽进怀中，似乎并不惊奇她突然莫名其妙的情绪。

“小米，要不退学吧，我毕业了，可以养活你的。”他伸手轻柔抚摸着她的背说。

她惊愕地抬起头，却生生地撞到他的下巴。

“许慕辰，我怎么会有你这样的哥哥呢？前生肯定是情人吧。”小米笑着伸出手摸着被她撞红的下巴。

如预期的一般。他薄薄的皮肤上泛起两朵红云。

"小米。"他抿起嘴角。

楼下突然嘈杂起来，打乱了许慕辰要说的话。她与许慕辰向下看去。

"林陌看上了迟小米。"机车上，黑色的条幅上白色的字体，如此耀眼。

机车轰隆隆地绕着整个操场转，不可一世的姿态。

四周围满看热闹的同学。

心口一阵尖锐的疼痛，随即便是无可压抑的怒气窜了上来。

"林陌，你有病。"站在机车前，她用身体挡住这一幕，心里竟异常寂静。

他含笑的脸瞬间苍白。

"迟小米，我们都有病。"他似笑非笑地看着她，重瞳深处却是深不见底的黑暗。

怔了怔，她抬起头，说："林陌，我不认识你，亦不认识你哥哥，所以，放过迟小米。"

那一瞬间，天地变色。

这些话似乎不是她说的，却明明是她的声音。

他的神情亦是怔住。

"许慕辰。"她大呼。

许慕辰却早已一拳挥了过去，林陌的身体倾斜地倒在机车身上。然后，缓缓起来，动作优美。

四目相对，林陌却笑了起来。

"滚，以后别让我看见类似的事情。"许慕辰说，字字冰冷，愤怒，伸手撕下挂在机车上的横幅。

这样的许慕辰，小米是没有见过的，印象中，他一直是温和的。

周围的同学亦是震惊的。

“迟小米有你这么个称职的哥哥，真是好。”他咧开嘴，高挑起左边的眉毛，似乎没有一丝的丢脸。

许慕辰握住双拳，手背青筋暴起。

“可是，哥哥终归是哥哥，无法相护一辈子，迟小米总要交由他人的。”林陌的目光快速掠过她，最后落在许慕辰的身上。

“不劳你费心，小米自有我照顾，能不能一辈子，亦是我们的事。”许慕辰的声音冰冷。

不过一个疯子，何需许慕辰如此小题大做？她摇摇头抬起脚步准备上前将他拉走，省得在这里跟着丢人现眼。

“许慕辰，你有恋妹癖么？还是你认为迟小米非你莫属？”他冷笑着。

“林陌，疯狗也该有个限度。”她上前拉住许慕辰。

这个优秀的少年保护了她这些年，小米一直希望有一日，可以身份调换，她去保护他。

林陌看向她，重瞳微眯：“迟小米，江山易改，本性难移。”他冷哼。

他的话似对她熟稔如相识数百年一般，其实不然。说完，踏上机车，轰隆隆再度离去。

围在周围的同学目光灼灼地盯着她与许慕辰相携的双手。

恋妹癖？这个唯恐天下不乱的祸害。

“迟小米，原来如此，只是骗了我们，不应该。”路幽站在眼前，目光讥讽、冰冷。

“路幽，你误会了。”松开许慕辰的手，她说。

还得在这学校混些日子，她可不想四处树敌。少了许慕辰，多么没有安全感。

“迟小米，你是个孤儿，同他没有血缘关系，即使真有什么，也没什么的。”路幽笑着说。

“那你现在站在这里做什么？还不快走。”她亦冷笑。

“路幽，不关小米的事。”许慕辰轻说。语气凉薄。

“许慕辰，女人之间的事，与你无关。”她仰头。

他看着她的眸光忽而复杂了起来。

上帝知道，彼时，她并没有其他的意思，不过一时负气。

路幽好看的眸子转向她，风情万千地挑起嘴角，有几分讥笑。

从此，迟小米便成了学校许多女生的公敌，她们说，迟小米是个骗子，她明明自己喜欢许慕辰。

她们说，迟小米那个骗子，骗了我们这么多礼物，想必那信还是被她撕了吧。

她们说，是迟小米勾引了许慕辰。

勾引？听到这两个字，她没由来地笑起来，直到站不起身。虽然，那些信不是被撕了，而是被许慕辰随意丢弃了。

03　她是打不死的小强

同许慕辰回到家，他的父母都坐在沙发上，严肃的样子让她无端压抑起来。下意识地看向许慕辰，他安抚似的笑笑。

“爸爸，妈妈。”他站在沉默的她身旁。

这是一个家教严谨的家庭。

“慕辰，今天教授到我们家，讨论了你毕业后就业的事情。”妈妈说，目光似无意地扫过她。

“这件事，我已同他讨论过，现在也有了决定。”他语气温和却坚定。

一旁爸爸的脸色冷了几分。

“小米，你先回房间。”爸爸说，目光却直直看着许慕辰。

咬了咬嘴唇，她点头转身上楼。许慕辰也定是不想她在这里，他是一个温和却不失尖锐的人，却恰恰最不想让她看见他尖锐的一面。

站在楼上她的房间门前，再次向下望了望，不巧对上许慕辰的目光。她转过脸推门进入，她一直都觉得，他们收养她，是因为许慕辰的关系。

“许慕辰，你知道自己在做什么么？丢弃安逸的日子，非要撞得头破血流才安心么？”妈妈大声质问。她不自觉有些紧张，印象中，这个家从没有如此大声过。躲到门前，侧耳倾听。

“别用你们的那套去定我的人生，在校任职虽安逸，却也碌碌无为，我相信自己应该有更广阔的发展。”许慕辰冷静阐述自己的观点，从何时起，他竟蜕变成这般沉稳、有主见的男人。

“是为了迟小米么？想和她一起搬出去住，才这样的么？”爸爸沉声问。这样连名带姓的称呼，如此陌生。

“有一部分的原因在里面，小米出去住，对你们而言应该没什么。”许慕辰的声音冷了几分。

啪……

沉静的空气中划过清脆的响声。她不可置信地看过去。

妈妈压抑不住身体的颤抖，苍白了脸，心痛地瞪视着许慕辰。那一巴掌定是凝聚了她许多的怒气，否则，许慕辰的脸不会红肿起来。

她冲下楼，和许慕辰站在一起。咬了咬嘴唇，她抬起头轻声说：“妈妈，许慕辰该有自己的人生的，他已经很大了，完全能够为自己的决定负责。”

意识中，许慕辰做这般决定，不该为她，亦不能。许慕辰亦转头看向她，目光中隐含了太多复杂的情绪。

妈妈看向她，冷笑一声，说：“是为你负责么？”

天知道，她从没有过这样的想法。

妈妈啐道：“不要脸的东西。”

她确实惊讶了，然而，更让她惊讶的是妈妈竟抬起了手臂，直直挥来。当她扬起脸，手臂并没有落下，而是被一旁的爸爸拦住了。

他疲倦地说："还想要再一次的分裂么？"

许慕辰拉起她的手腕转身上楼，看似温和的动作中，透着她无法动弹的力量，毅然将她带进房间。

他尖锐的目光触及她时立即变得柔软、纠结，即便是脸上的红肿也无法影响他的俊逸。

仰起头她含笑看着他说："许慕辰，他们都说我勾引你呢。"

许慕辰伸出手宠溺地揉揉她的头发："别理他们。"

她撇撇嘴，又咬咬下唇，说："要不我真勾引一回吧，也不白受这一番冤枉。"

他原本红肿的脸更加涨红了起来，眉心轻蹙，斥道："小米。"

她便放肆地笑起来，拉起他的手臂摇晃起来。终于打破那沉寂的气氛了，不是么？

他们也定能听到她的笑声，要知道，迟小米如打不死的小强一般强硬。

04　等你再爱上我

月如钩，弯弯地悬在如墨的天际。倾洒进窗户，照亮一角明媚。

入睡间，小米没想到自己竟奇妙地想起林陌那张脸和他不可一世的姿态。

去学校的路上，低着头，她轻声说："许慕辰，我生病了。"脑袋还隐隐作疼。

他放大的眉眼在她眼前，手覆上额头，关切地问："怎么了？要去医院么？”

摇摇头，她轻拂下他的手，边走边说：“昨晚做了一晚的梦。在一间小阁楼，有一个女生，她穿着白色麻质的上衣，长裙，光脚穿着球鞋，夹着烟的手指异常寂寞。她看见我抬起头，笑容明媚苍凉，一遍又一遍地喊着迟小米，迟小米。”脑袋中又出现那个女子的姿态，瘦瘦的小腿不停摇晃。

“你看见她长什么样子了么？”许慕辰的声音有些异常。

她沉寂在昨晚的梦境中，摇摇头。

虽然那个女生抬起了头，虽然她看着自己，可面容始终是模糊的，清晰的是苍凉的神情，明媚的笑容。

他转过头，遥望远方：“没关系，小米，不过一个梦，别想太多。”

她看不见此时他的目光。

一路沉默走到了学校，许慕辰同她告别，去了他昨日应聘的那家广告设计公司。

“少奶奶好。”整齐而响亮的喊声，她站在校门中间，环顾着站在两边穿着黑色西服的两排人。还有三五成群指指点点的同学。

前方是一脸坏笑的林陌，他双手环胸，慵懒妖邪。大步走到他眼前，想扬起的手掌却在身下握成了拳状。她不知道是怎么回事。

“疯到什么时候才够？”

闻言，他薄唇轻扯，淡淡吟出几个字：“你说过的，我有病，既有病又怎会正常？”空气中有尘埃落下的气息，异常宁静。

她竟没由来地恐慌，大步逃也似的离开。

“都回去吧，告诉老爷子，完成林陌的遗愿后，我自会回去。”他在身后交代道，语气冷硬，夹杂丝丝的悲伤。

她莫名地停下脚步，回过头再次走回他的身边停下，问：

“林陌的遗愿是什么？”

他挑起嘴角，反问：“不过一个不认识的陌生人，何必问？”

是的，不过一个不认识的陌生人，转身欲走，压住心底的不适。

“你想知道么？”他的声音很轻。

停下脚步，她背对着他。

“等我完成了，你便会知道，只是不知要多久。”他说。

她脑海中却奇异地出现他此时的表情，定是低垂眉眼，嘴角微动。

05　请原谅我自私地卖了你

回到教室，唯一的好友阿蓝迫不及待地凑过来，贼贼地说：“小米，居然有这个帅哥男友都不告诉我。”

她瞪道：“谁说的？”

阿蓝不屑地切了一声，说：“全校都知道啦，刚才那一幕还不足以证明？”一句少奶奶，引发无限遐想。

这个祸害，坏她乖乖女的清誉，小米狠狠地蹙眉。

“透点内幕嘛，看那阵仗，那林陌的来头定是不小的吧？”阿蓝双眼冒光。

她无比正经地迎视着她的目光，一字一句地说：“这个林陌的确不是我的男友，并且，在他进校前，我毛都不知道。”

阿蓝审视迟小米一番，最终失望地垂下头。

随即又抬起头，感叹道：“小米啊，你又不是倾国倾城，怎么这么大福气呢？有一个这么好的哥哥不说，如今又蹦出个极品帅男对你青睐。”

妩媚一笑，双手覆上脸颊，她道：“这一副容貌还不倾国倾城？”如此一番，成功地击退了八卦阿蓝。咬着笔头，她愣愣地想着他说的林陌的遗愿，莫名地难过。

摇摇头，翻开讲义，不理会周围的窃窃私语，如此张扬的事情竟会发生在乖乖女迟小米的身上，许慕辰若是知道，该是多么惊讶！

恍恍惚惚中，两节课已经过去了，讲义上除了大大小小的圈圈，没有一字笔记。

“小米，你是不是也动心了？”阿蓝再次凑过来。

她丢过去一个白眼，不去理会。

阿蓝自顾自地说道：“也难怪，如此极品的男子，怎能不心动？”蹙眉，抬起头准备呵斥她几句，却看见路幽明艳的脸。

她想定是来者不善。

“许慕辰被车撞了。”她说。

她哗地站起身，虽并不十分相信却也是担忧的。

“你怎么知道？”

“在学校的一条建筑队的小路，机动车从他脚上轧过去的，爱信不信。”路幽瞟了一眼，拿起桌上的笔悠闲地转起来。

“你既然看见了，为什么不把他送医院，他还在那里么？”

路幽抬起头，上挑的眼角弯弯地看向她，目光中藏着些冷光，她说：“迟小米，许慕辰同我什么关系？我为什么要做这不讨好的事？”

她不再说话，伸出手推开她，大步跨过去。

林陌拎着他的休闲包，斜靠在门边目光懒懒地落在她身上说：“迟小米，她骗你的。”

定格在那里，她不是没有想过。

路幽没有说话，安静站在她身后，不做任何的辩驳。她抬步便走，许慕辰还在受着罪。

“许慕辰这么重要么？”

她头也没回，大声答：“比你重要。”

“迟小米，原来是这样，真的么？”许慕辰真的比他重要么？闻言，她左边的脚步无力地放了下去，站在原地。

他的声音中分明是含着笑的，为什么每每总能透出这种熟稔到恍隔千年的忧伤，夹杂着清冷？

她还是离开了，头也没回。还是离开。灰尘四溢的小路上，她站在那里环顾四周，却始终不见许慕辰的身影，来来回回跑了一遍，还是不见。

仰起头，阳光下的尘埃闪着晶亮的光彩，五光十色，如一个个跳动的小精灵，难道他被好心人送去了医院？或是路幽骗了她？

一股强硬的力道将她推到身后的墙上，火辣辣地撞个结实。

三个街头混混将她困在其中，流里流气地说道：“小妞，果然不错。”

小米想：果然是她骗了我。那么，说明许慕辰并没有出任何的意外。

抿起嘴角，她自顾自地笑起来。

“他妈的，傻啦？”

小混混不解地看着一脸傻笑的小米。抬起头，她问：“是路幽让你们这样做的？”

“是的。”

三个街头混混让开身体，路幽站在她面前。

“你喜欢许慕辰？”她问。

路幽蹙起眉，变了脸色，眸光中露着凛冽的锋芒，斥道：“你他妈的别找死。”说着伸出手，身旁的一个混混拿出一把匕首交给她。

冰冷的刀刃在迟小米的脸上轻轻滑过。

亲爱的，天啊，她竟没有一丝的害怕。

“路幽，我是帮了你的，不是么？”刀刃的光映在她的眼底，折射出冰冷的光影。

“表白么？你可知，他是怎么说的？”路幽冷笑着，接着说，“他说，他现在只想好好照顾好迟小米；他说，以后别再做这些浪费时间的事情。你可能还不知道，他是微笑着说出这些令人难堪的话的吧。”

长这么大，她从没有如此丢脸过。

她咧开嘴想笑，终是忍住，却还是被路幽看见了。

许慕辰，竟是这般可爱。

路幽一步步地退开，冷笑着的面容扭曲，说：“更好笑的还在后面。”

几个混混再次上前，凑上唇。

啪……

她伸手便是一巴掌，第一次打人耳光，却像是演练过千万遍一般。

身后的路幽亦是惊愕。被打的混混揪住她的衣领喝道：“妈的。”

其余的拉住她的胳膊，意图扯掉她身上蓝色的校服。

挣扎中，不经意扭头看见站在拐角处的林陌。

想要开口求救，却在触及到他一脸玩味的笑意时，硬生生咽下了。

很欠抽地在这个时候竟然丢不开那卑微的自尊。她怎么也无法向林陌开那个口。

“路幽。”她大声喊道。

校服上的扣子已经被扯落掉了几颗。

她上前，那些混混暂定了手上的动作。

“怕了么？”她冷笑。

“我让许慕辰做你男朋友。”咽了咽口水，她说。这个时

候，必须自救。

路幽眯起眼睛，似在思索。

她假装随意地伸出手整理好自己的校服，说：“你应当知道我是他唯一的妹妹。”

她逼近几步，问：“当真？”

“信不信由你。”

的确，迟小米的确有这个能力。路幽挥手示意那三个混混离开，爽快地说：“好。”

她稍稍转头斜睨着林陌，没有你，我一样可以自救。而林陌却已不见了身影。

路幽扶着她，温柔地替她拍掉身上的灰尘，又整理一番，柔柔地说道：“小米，忘了今天的事，今后你也是我的好妹妹，唯一的妹妹。”她巧笑嫣然的样子完全同刚才判若两人。

即便她不说，小米想自己也不会同许慕辰说。只是，她居然没意识到，自己为了同林陌一时的负气，将许慕辰给卖了。

自己把许慕辰卖了。心里泛出酸涩的难过。

林陌，她多恨他，在这一刻。

06 迟小米，你真他妈的混蛋

还没到学校门口时便远远看见许慕辰站在校门前，四处张望。她的心尖锐地疼了一下，下意识地看了眼站在身旁的路幽。

“小米，上课时间你去了哪里？”许慕辰见到她快步走过来。

“我带小米去买了身衣服，她的衣服被冰激凌弄脏了。”路幽笑着说。目光泛着柔柔的光泽，那样子，还真像一个仙女。

许慕辰随意看了眼她身上的衣服，便对路幽说：“谢谢，多少钱我给你。”

那一瞬间，路幽的眸中盛满失望，毫不避讳。

她挎着小米胳膊的手臂用了点力气。

“许慕辰，我喜欢路幽，我想让她做我的嫂子，要不你走了，我多孤单。”低着头，她不敢去看许慕辰的眼睛，甚至不敢去想他可能会出现的情绪。

可是，尽管这样，她怎么就轻易答应了路幽呢？迟小米，真的是那样一个胆小的人么？

“你若要照顾路幽，迟小米便交给我。”林陌突然站在她的身侧。

她不知，他一直尾随左右，在她视线不在的地方，他都在。

这个阴魂不散的家伙。

“谢谢。”路幽的语气中盈满笑意。

许慕辰还没说话，她似乎已经把自己当成他女朋友了呢。

“林陌，我说过，从此别再打扰到我们的生活，滚得远远的。”许慕辰的目光尖锐，还有一种复杂的情绪，是恐惧。

对，是恐惧。

“好，从此，我便交由你照顾。”她看着林陌。这个男子的侧脸，完美得无与伦比。

心里生出复杂的情绪，丝丝缕缕的恨意如草藤般将她捆绑起来。莫名其妙。

“小米。”许慕辰斥道。在记忆中，他从未如此大声地叫过她。

“我不会将你交给他人。”他看着她，一字一句地说。

路幽看着她的目光逐渐尖锐。

“是啊，从此便是我与许慕辰一起照顾你。”转眼，满脸温柔的笑意。

林陌只是慵懒地浅笑。面朝日光，依旧冷漠。

“许慕辰，你能照顾我一辈子么？我已经长大了。”天知道，这句话，她费了多少的力气。

明知道，许慕辰会生气，会伤心。可是，她怎忍心耽误他如此良辰？

“只要你愿意。”他说，目光熠熠生辉，仿佛，除她之外，这世界再无他人。

“许慕辰，既是如此，你与她还何必兄妹相称？担了个乱伦的声誉，多不好。”林陌的语气含笑。

仰起头，她怒瞪着他。

“即便那样，又与你何干？”他亦是针锋相对。

“我以后的女人，岂能担了这样的声誉？”林陌妖邪地看着她。

啪！这一巴掌，凝聚了她所有的怒气。

“林陌，你他妈的别给脸不要脸。”她出口成脏，连自己都诧异至极。

林陌却忽而笑了，灿烂如花。

许慕辰看着她的目光复杂，融合了太多的情绪，疼惜、害怕、心痛，到底怎么了？不过一个林陌竟能让一切混乱到这个地步。

“许慕辰，请为小米的声誉着想。”路幽正经地看着许慕辰。

虽然，知道她不过是为自己，然而，许慕辰的神情却令她心疼。他信了。

他美丽的眸光逐渐暗了下来，直到失去所有的光泽。

迟小米，你真他妈的混蛋。耳旁清晰地响起一个女声，清晰，透彻。

身体不禁打了个寒战，反射性地问：“谁？”林陌与许慕辰均用一种复杂的目光看着她。路幽亦是一脸不解。

那声音奇怪地消失了。

“我生病了，我生病了。”蹲下身子，她喃喃说道。

这几日，反反复复。

07　非你不可，似梦魇

“走，我带你去一个地方。”林陌拉起她。

猝然，拼命奔跑起来，身后是许慕辰发疯似的追赶。终在人群中失散。

而，她竟傻傻地随着林陌一起没了命般地跑，没有意识。

天空湛蓝，容不下一丝云朵，如此寂寞。宽阔的大马路，两旁树林茂密，阳光洒在上面，枝叶发出一种亮丽的翠绿色。

小米这才反应过来。

“带我去哪儿？”甩开他的手，她戒备地看着他。

“看你梦中的阁楼。”阳光下，他的笑意肆意。

她一惊，自己与许慕辰的话他怎么会知道？

“你跟踪我？”除此之外，再无其他。

他咧开嘴，歪歪地挑起，眼底有一抹玩味，并不言语。她怎会知，他总不离她左右，仅凭这份心思，便可见，她对他的重要。

“迟小米，我说过，我看上了你。”他说，自然抓起她的手腕，走在前面。力道之大，令她挣脱不得。

繁华如G市，也有如此静谧的地方，山高，水流，鸟语，花香。

穿过幽静的一片树林，一道如楼梯般的阶梯横在面前，即便盛夏，在这里，依旧没有丝毫酷热。

“敢上么？”他转过身，问。

她不答话，径直向前走，心里隐隐有一种急切。阶梯的顶端，四面空无一物，地上却是铺满各色鹅卵石，林陌拉着她再走了几步。

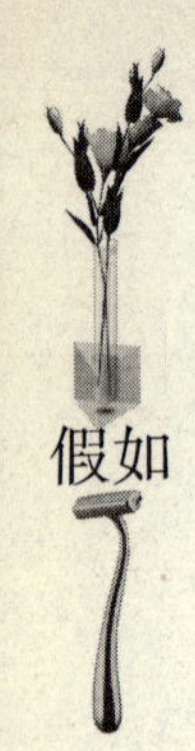

眼前是一幢两层小楼，以竹为石，似乎嗅到一阵阵清新的竹香味。

似曾相识，心跳紊乱，呼吸缓慢。

“这里，曾经繁花若锦，如今，便是这般。”林陌松开她的手。

他的语气，是一种眷恋，一种感叹。她亦有如此感觉。

绕过他，走上前，推开竹门，扑鼻的便是一股尘埃的气息，烟雾缭绕。

“你看见了什么？”他问。

突如其来，她吓了一跳，更多的是惊愕，他怎么会知道她的疑惑?

“告诉我。”他的声音夹杂着一种蛊惑。

“一个女生，特立独行的女生，她在抽烟，她在看着我们，似笑非笑。”小米说，手心已是一片冰凉。

缓缓地走进去，竹椅，竹凳，所有的家具，无不是竹。踏上竹楼梯，暗淡的光线中洒下一抹明亮，小米下意识地捂住眼睛。

“林陌，你来了，你来了。”清脆的女声，咯咯笑出声。

心里咚咚直跳，她紧紧地盯着林陌，如梦中一般，如梦中一般。

“她死了，这里埋葬着她的魂魄，她喜欢这里。”林陌说。眉眼低垂。

她从未见过如此的林陌，孤独而无助。

这样一个不可一世的男子，怎样的女子，会让他记得这般深刻，那又该是怎样的刻骨铭心？尽管疼痛，却不肯忘记。

心沉寂了，甚至忘了跳动，呆呆地看着他，四周都是咯咯的笑声，如天真孩童，却又苍凉无比。

她噔噔地跑下去，满室突兀的响声，久久回荡。

“与我有关，是么？”外面充足的阳光，竟刺得她睁不开眼睛。心，恢复了跳动，咚咚不停。

他看着她，意味深长。

“若完成了林陌的遗愿，我便告诉你。”目光灼灼。

“那么，他的遗愿是？”

“你爱上我。”……你爱上我，他说，认真，忧伤，笑容肆虐。

手指忽而无力，迟钝地转身，然后如飞奔般地跑起来，张扬的发丝飘过脸颊。

林陌，我不会爱上你。永不。心里的恐惧突然漫无止境。

“非你不可。”身后，林陌大声喊道，如宣誓一般。字字铿锵有力。

08　许慕辰会害怕的往事

她跑得飞快，两旁的树木忽而多又密了起来，觉得自己陷入迷途，找不到出口。仰起头，树枝的缝隙洒下的阳光，刺在眼底，一阵眩晕。

倒下前，她看见了那个女子的脸，她有一双明亮的大眼睛，散发着夺目的光彩。

她说：我是尹安。漫天都是她的笑容，凉薄，妩媚。

白色的床单，浓烈的消毒水味，小米蹙眉睁开眼睛，首先看见的便是悬挂在头顶的点滴。

冰凉的液体从血管渗入。

“小米。”许慕辰低着头，他的唇上有青色胡楂，白色的眼球布着血丝。她发现，他老了，不再神采奕奕。

“许慕辰，对不起。”她难过地说。

他的喉结动了动，扯出一个笑容，说：“小米，别对不起自己。”

皱眉，她不喜欢他这样高深莫测的话。

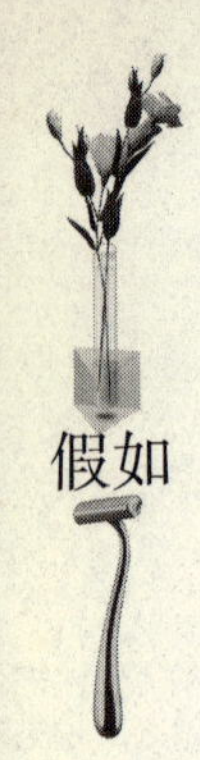

“小米，我喜欢现在的你。”他说。

“那么，就是说你不喜欢原来的我？”

他的眸光暗了暗，沉思了片刻，说：“原来的你，太让我心疼。”他从不提过去，在小米的印象之中。

自从那场车祸，让她丧失了所有的记忆，许慕辰却似乎对此并没有异议。

每每她问起，他便敷衍了之。

“过去的我，是什么样？”看进他琥珀色的瞳孔中，她问，目光直视。

“毒药一般的女子，不可一世，却脆弱至极。”他的目光掠过她，看向窗外。不可一世却又脆弱至极？多么矛盾。

“小米，别再和林陌有任何关联。”他转过脸，紧紧地盯着她，急切，紧张。

“别再？难道我们有过关联？”

“没有，只是，他让我看见以前的你。”他答得飞快，似早有准备一般。

她不说话。想起他宣誓般的话，心口一紧。

“我从没求过你。”他说，那样子，足以让她缴械投降。

这世间，许慕辰足以让她心疼，尽管心底早已对人世冷漠。

“迟小米。”掠过许慕辰的身体，她看向前面。

拖曳到地的长裙，蝴蝶长衫，高挽的发髻，一个风情的女子，双手握着一束百合。

许慕辰站起来，撞到了身后的凳子，发出突兀的声响。

“你来做什么？”他语气中充满戒备。

许慕辰是温和有礼的，最近却总是反常。

“许慕辰，我不可以来看看迟小米么？”那一女子，亦是一脸笑意。迟小米三个字，咬住重重的音。

她歪着头看她，拼命搜索记忆，也未有一丝一毫的印象。

“我认识你么？”

风情女子上前一步，放下手中的百合，巧笑嫣然，说：“我们以前不仅认识。”

自然是不仅认识，曾许诺一生一世的人，怎会就认识这般的简单？

以前？那便是她失忆前。

那段过去早已丢失，因为许慕辰说，新的开始未免不是件好事。她便从了，从不曾去搜索从前的痕迹。

“我是林陌的未婚妻。”她说。百合散发着清新诱人的香气，花朵上的水珠璀璨夺目。她感到心动了一下。

“死去的林陌。”她再说，笑容妖冶，灼灼夺目。

“所以，之前，我与林陌也相识么？”手掌在被中微微蜷缩，一点一点紧张起来。

许慕辰转过头，目光却是看向风情的女子。

“你是我的妹妹。”她说。

她忘了林陌了么？换做从前，这定是最为圆满的，可是如今……对许慕辰一笑，几分戏弄，甚至有些毒辣。

“小米，你还是想不起我叫什么吗？”女子再近一步。

她感到心头一紧，沉沉的。脑袋闪过混沌的画面，轰隆隆作响，尖锐的疼痛。

女子的笑意如此妖邪。

“沈繁画，你的姐姐，沈繁画。”她站起身，眸波流转。

沈繁画，好美丽的名字。

她震愣之极，沈繁画拍拍她的脸颊，说：“好了，先休息，以后我们有的是机会。”说完，走到许慕辰面前，稍稍停下，做一个拜拜的手势。

许慕辰的眸光在她走后，突然暗得可怕，但瞬间便恢复自然，他说：“小米，退学。”

她坐直起来，端起桌子上的水喝了一口，问：“许慕辰，

你怕什么？那段过去？”语气镇定，冷静得可怕，不似迷糊的乖乖女迟小米，有时，她亦觉得自己具有双重性格，抑或是过去的她并没有消逝干净。

许慕辰睁大眼睛，不可思议："我怕。"他说，大有一种破釜沉舟的气势。

他一直都怕，却抱有侥幸的心理，如今，一切都乱了，不在他的计划之内。

她端着杯子的手停住了，他这般直言不讳，反而让她有些无措起来。

眼前的少年早已长成，眼眸黝黑，一脸坚持，抿嘴的样子一如初见。她终不能坚持。

“还有半年，我不想这样草草结束，我答应你，从此，不再和林陌说话。”放下杯子。她说，有些无奈。

他笑得灿若梨花，在盛夏的阳光下，堪比女子明媚，她亦跟着笑。

许慕辰开心，她比自己还要开心。

许慕辰成功应聘去了那家国内首屈一指的设计公司，不久，便同她一起搬出去。

他对她一如往昔的好，却更加小心翼翼。

回到学校的早晨，她看见林陌斜立于教学楼前，笑意慵懒妖艳，与她相对的一瞬，眸中蹿出一撮小火花。

她站在原地，愣了几秒，大步走过去，从他身边经过，不发一语，心跳不可抑制地紊乱，亦没有看见他眸中钝痛的情绪。他尾随她进教室，重瞳微眯，有一股野兽的危险气息。

09　尹安，我梦中笑容苍凉的姑娘

“这位是新转来的同学，给大家介绍一下自己吧。”教授看了看跟在他身后的女生说。

小米抬起头，发现她竟笑意盈盈地看着自己，酒红色的头发在烈日下嚣张地刺目，耳朵上璀璨的钻石闪闪发亮，目光桀骜。

咧开嘴，笑容肆虐，有一股苍凉的味道。

尹安。

她在黑板上写上两个大字，转过身，歪着头说："看见了吧，尹安，我叫尹安。"下面是欷歔的声音，为她的特立独行。

"我就坐她旁边。"她指着小米旁边的位置回头和教授说。

拎着破烂的包走了下来，站在小米面前说："与我同桌愿意么？"

她不说话，起身坐到了里面，林陌目光灼灼地盯着她，小米感到一种窒息的压迫。

"尹安。"他在身后咬下重音。

焚心蚀骨。

小米的心用力地震了震，疼得痉挛。白纸上笔重重划下，每一笔都刻出划痕，清晰可见的是尹安二字，旁边亦有林陌。

短短不到一日的工夫，尹安便在学校出了名，抽烟、骂人、打架，与学校有名的混混更是熟稔至极。

小米坐在靠窗的位置向下看，目光总是随着她，牢牢定格。偶尔，她也会仰起头，高举手中的香烟，含笑着朝她喷吐，小米便快速低下头。

这样一个张扬的女生，潜意识中她是向往的，却如何也做不到。

"林陌，我看上你了。"食堂外，一棵大樟树下，她上挑眉眼，歪着头看向林陌说。

风吹叶落，在她的肩头。

眼前的男子一脸冷漠，噙着坏坏的笑容。

小米驻足停看，心里无一丝波澜，似从未与林陌有过半分的关联，却莫名地为叫尹安的女生骄傲。

三三两两的同学亦停下看，学校的风云人物，怎可错过？

“你，我看不上，我未婚妻，可比你漂亮得多。”他眸光流转，风华绝代，神色疏离，略带讥讽。

换谁而言，这话，无疑对女子是一种侮辱。

“那又如何？大可与我比比，况且，只是我看上你了，并没说非让你看上，林陌，你自作多情。”尹安仰起头，闪闪发亮的钻石映在眼底，一汪明亮。

小米想拍掌喝彩，这女子，特别到让她爱不释手，一句自作多情，将讥讽风云不起地击了回去。

“那么，你想怎样？”瞧瞧，多么棋逢对手。

尹安眯起眼睛，走到林陌的身边，踮起脚，用耳语般的声音说：“休了那未婚妻，要我，有一天。”那声音不大不小，足以在十步之内可以听见，议论声，此起彼伏。

闻言，林陌的笑容肆虐，妖邪地嚣张，挑起她的下巴，一字一句说：“希望会有那一天。”

尹安目光挑衅地迎上去，潇洒地甩头，走到小米的身边，笑容忽而干净清澈起来。

“小妞，我带你去一个地方，跟么？”她说，然后，自然拉起小米的手，狡黠地看着小米。

虽然，在所有人眼中，敢这样恬不知耻求爱的、行为放肆的女生是个坏女生，但是，小米对此，没有任何拒绝的能力。

重重地点头。她拉起小米便飞奔起来。

对小米而言，这才是青春，舞动着放肆的旋律，勇往直前，无所顾忌，就这一点而言，尹安与林陌神似。危险，不确定，充满蛊惑。

只是，小米没有想到，尹安会带她到那个地方。

林陌眼中曾繁花若锦的地方。

“妞，怎样，没想到会有这么个地方吧？”尹安得意扬扬地看着小米。

这瞬间，小米感到心脏颤抖起来，直抵最深处的神经。这种感觉即便是林陌也未曾让她有过；如今，却来自突如其来的一个女生。

跟在尹安的身后，一步一步到达阁楼，没有一丝拒绝的能力，甚至连思想都被控制了起来。

“小米，你知道么？这是我的秘密基地，只有你一个人知道噢。”尹安转过头，伸手捏了捏小米的脸蛋。

“你知道我叫小米？”她问。

尹安坏坏一笑，并不答话，拉着小米推门而入，扑鼻而来的依旧是一股陈旧的气息。

松开小米的手，尹安飞奔上楼，空荡的阁楼充满欢快的哒哒声。

小米仰头看去，她坐在阁楼的最高层，瘦瘦的小腿不停摇晃，从口袋中拿出香烟，自然点上，缥缥缈缈。

小米眯起眼睛，恍惚中，她看见尹安没心没肺笑容后的另一面，目光空洞，笑容苍凉。是寂寞、美丽的女子。

小米便莫名想起了许慕辰的话，毒药一般的女子。身体忽而用力震了震。

转身，飞快跑出去，沿着空荡的马路，拼命地跑，两旁高大茂密的树木不断后退。

出门的那一刻，她清楚听见尹安放肆地大笑，无比讥讽。

咚，咚，咚……

10 她是不能拒绝的梦魇

“小米，小米。”许慕辰轻叩门板。

她已经把自己关在里面一整天了，他的心不断下坠，飞

快。

“小米，哥哥求你，开门好么？”许慕辰握住门把的手青筋暴起，声音依旧轻柔。

哥哥，这是第二次，他在她面前说自己是哥哥。

那一次，她不记得了。

“许慕辰。”小米开门，站在他面前，脸色苍白，头发散乱。

“小米乖，不怕，有哥哥在。”许慕辰拉起她的手腕，关上门。

“我们班来了个转校生。”小米眉心纠结，看着许慕辰。

他不说话，示意她接着说下去。

“她叫尹安，是我梦中的女生，她叫尹安。”小米抓住许慕辰的胳膊，一字一句。

她看见他瞳孔中自己像鬼一般的样子。

许慕辰的神经绷紧。尹安，尹安，她和他还是躲不掉。

“然后呢？”他极力压抑着自己的声音，不想让小米发现他的颤抖。

“然后，她带我去了阁楼，都是和梦中的一模一样，都是一样的。”她抓住他胳膊的手放了下来，目光困扰，恐惧。

“可是，阿蓝说，大家都说没有这个人，没有这个人。许慕辰，我生病了，我想我真是生病了。”小米伸手用力按住自己的头，语气痛苦。

他们都说没有尹安这个人，下午也没有发生任何事。

从阁楼跑回学校，正是最后一节课，阿蓝问她：“小米，今天是莫教授的课，你去了哪里？”

她还没有从尹安带给她的震撼中出来，喃喃地说：“和尹安一起。”

“尹安？尹安是谁？”阿蓝迷惑地看着她，后桌的林陌大步跨上前，目光紧紧地看着她。

“尹安，你不记得了么？早上转来的学生，还，还和林陌告白了呢。”她说后半句的时候目光转向林陌。

她想知道，对于这个女生，他有没有一丝的心思。

阿蓝的手覆上她的额头，担忧地问：“小米，你生病了么？这里没有转来任何人啊。”

林陌亦是震惊地看着她，目光复杂。看着阿蓝一个一个问着身边的同学，她失了力气，呼吸紊乱，心脏被一股莫名的恐慌紧紧缠绕。

没有尹安？

那么，她看见的不是真的？抑或是所有人都看不见，只有她。

“许慕辰，我得了一种奇怪的病，是不是？”她抬起头，目光游离，多么怕。

如果没有尹安，那么，拉着她去阁楼的女生从哪儿来的呢？

“小米乖，不怕，我带你去看医生，好么？”他拥她入怀，动作轻柔拍打着她的背，紧紧的，多么怕再一次失去她。

“许慕辰，这种病很严重，是不是，是不是？”她的手揪住自己的头发，像个小兽一样，在他的怀里乱撞。

许慕辰的心揪在一起，疼得无以复加，手足无措地看着小米痛苦的样子，明明已经好了呀，怎么会成这个样子？

“小米，你只是生病了，你只是累得生病了，乖乖地，乖乖地睡一觉就好了。”他收紧手臂，抱她在怀里，怕她伤害到自己。

11　迟小米就是尹安

叩，叩，叩。

“什么事？”许慕辰问。

“楼下有位叫林陌的男孩子找小米小姐。”秋姐说。许慕辰激动地站起来。

“让他走。”他声音低沉。

秋姐嗯了声正准备离开，小米从床上蹦了下来，哗地拉开门，噔噔地跑了下去。

许慕辰怔愣了几秒，尾随着追了下去。

“林陌。”她像个小狮子一样冲到他面前，气喘吁吁地喊道。

他看着她，神色平静地问：“你真的见过尹安了？”

他的语气比平常要严肃许多，目光紧紧地盯着小米。

“你也看见了？你也看见了么？”她拽住他的衣角，骨节泛白。

他脸色微变，眸光复杂地看着她拽住他衣角的动作。

砰……

还没来得及说话，他便被冲过来的许慕辰挥了一拳，踉跄地后退几步。

“滚，林陌你有多远就滚多远，永远不要出现。”他额上的青筋暴起，低吼道。

连小米都被吓了一跳，许慕辰的目光血红，涌出一股莫大的仇恨。

林陌站起来冷笑，一字一句地说道：“懦夫。”

“不许这么说许慕辰。”小米站在林陌面前，仰起头。

谁都不许在她面前说许慕辰的任何坏话。

“让他告诉你，他也见过尹安；让他告诉你，他还喜欢尹安；让他告诉你。”他冷笑着看着许慕辰。

小米转过头，看着许慕辰铁青的脸，问：“确实有尹安，不是我病了，是不是？”

到后面，她几乎是用了喊的。

她相信，尹安确实有，那个笑容苍凉的女生，那个爱起来放肆的女生，的确存在，不是她病了，也不是幻觉。

她存在得那么真实。

许慕辰看着小米，嘴巴抿成一条直线，说不出话来。

小米走到他的身边，抬起头，静静地看着他，眼底是清澈的信任。她说："许慕辰，只要你说，不管是什么我都相信你。"

一旁站着的林陌冷哼一声不再说话，眸光却暗了暗，这莫大的信任啊。

许慕辰的心用力地抽动起来，他咽了咽口水说："小米，曾经有尹安，真的有过。"

他说的是曾经，他说的是有过。

小米张张嘴，还没有来得及说话，林陌便抢先了说："许慕辰，真的是曾经，真的是有过？现在没有了么？"

从相遇到现在，小米第一次发现林陌眼底的认真和深沉。

许慕辰的目光闪躲，他一字一句说："尹安只是过去，她已经不再存在了。"

"小米就是尹安，迟小米就是尹安。"林陌大喊。

他目光灼灼，看着小米，眼底汹涌着巨大的疼痛。

一时间静默无声，只听得见许慕辰错乱的呼吸。

一场大雨如期而至，豆大的雨滴敲击在玻璃窗上，发出啪啪的声音，天空雾茫茫的一片。

空旷中响起一阵又一阵的嬉笑声，咯咯咯如清脆的孩童，红色的七分裤，绿色的上衣，渐近，越发清晰。

"尹安。"小米大叫。

许慕辰和林陌同时转过身，只看见雨滴敲打在地面形成一圈又一圈的旋涡。

"小米。"许慕辰回过头，看见倒在地上的小米。

林陌也冲上前。

许慕辰抱起小米大力推开他，目光火红，他低吼着说：

“林陌，是不是你非要搅和她的平静？见她过得好，你就难受，是这样么？”

林陌看了眼在许慕辰臂弯中的小米，平静地说：“当初，她肆意地闯入，如今，也由不得她离开。”

说完，他转过身在许慕辰灼灼的目光中冲进雨里。

由不得她离开，由不得她离开！

许慕辰感到心一点一点下坠，这一年的努力，这一年的平静，难道都是假象？

小米就是小米，他要她永远也不能是尹安。

尹安是罂粟，开出迷离的花朵，散发着辛烈的气息。她残缺不全，见不到阳光。

她就是小米，他乖巧的小米。

抱着她坐在楼梯的台阶上，时光的隧道带着他反穿回去，一路都布满荆棘，他忍着痛回到最初的时间，地方。

看到最初的人。

Chapter 2 情不知所起，一往而深

12 她是特别的女生

故事从这里开始：

G市在很多年前，还是一座古老的城市。青石铺的地面，四合院子，四处都是清脆的树木，晨曦空气间弥漫着一股青草的幽香，透过薄雾，天、山和云似乎都融成了一体。

那时，许慕辰八岁，和许多人一起住在大四合院子。

连日来，细雨蒙蒙，青石板路上缝隙里长出青的苔藓，散发出清香的、湿腥的气味，路上越发滑了起来，大人们更是不敢让自家的孩子出去了。

许慕辰清楚记得，尹安来的那一天，连日的阴雨突然就放晴了，天空蓝得透亮。

尹安有个很漂亮的妈妈，穿着G市人们都没有见过的漂亮裙子，走起路来轻轻摇曳着臀部。可是，她的爸爸着实不怎样，矮矮的个子，还挺着个大肚子，头发油亮油亮。

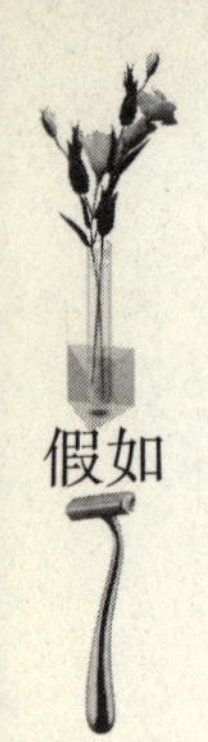

犹记得那时，大人们最喜欢坐在一起讨论，那个漂亮的妈妈怎么就会找了个这么丑的男人呢?

尹安的眼睛很大，很清澈，可是，看人的时候很凛冽，一点也不像六岁的孩子，院子里其他的孩子都不敢同她说话。

“你妈妈呢？”安手里提着一个塑料袋，站在许慕辰面前。

那是他与安第一次说话。

他站在她面前，表现得很拘谨，恍惚了半天，才结结巴巴地说："我……我妈上街去了。"

安点点头，把手中的塑料袋，塞给他，说："这是我妈妈给你妈妈的。"

说完，她就走了。

他还愣在原地，没缓过神，那个骄傲的女孩子，和他说话了?

他低头打开塑料袋，满目的鲜艳。

“对了，你是男孩还是女孩？”她站在他面前，突然问。

他吓了一跳，手中的塑料袋掉在了地上。

反应过来时，他眼睛睁得大大的，说："当然是男孩。"

那时，他第一次有受伤的感觉，竟有人质疑他男孩的身份，男孩是多么了不起的呀!

妈妈常说，他是男子汉呢。

安看着他气鼓鼓的样子就笑了，她的笑容很明亮，很明亮，明亮到他都忘了她刚才质疑他身份的事。

“男孩子原来也会有这么大的眼睛和白的皮肤。”她自顾自地疑惑，伸出手在他的脸蛋上捏了捏。

然后，眯起眼睛，恨恨地说："讨厌，你竟然比我还漂亮。"

临走时，她还瞪了他一眼。

许慕辰的眼泪啪啪地掉了下来，从他懂事以来，他漂亮的样子，都是大人们喜欢的、夸奖的，怎么在她的眼里，就成了讨厌呢？

她是个怪孩子，他是如此想。

那天，安拿来的是一条很美丽的裙子。

安的妈妈总有许多美丽的东西，她总是不吝啬给院子里其他的妈妈，因而，大家渐渐都熟悉了起来。

可是，那个漂亮的女人神情总是寂寥的，少言寡语。

而，安是许慕辰见过的最特别的女孩子，例如，她小小的年纪便做了整个院子里孩子的首领，平日里那些飞扬跋扈的男生在她面前都是乖乖的。

事情的由来是这样的：

那天，院子里的大人们都在睡午觉，几个调皮的孩子决定去偷邻家院子里的石榴。安听见后，走过来，仰起头，俯视着大家说："我和你们一起，这事，我比较在行。"

孩子们面面相觑，最后一致同意，做坏事嘛，多一个不多。

"我也去。"一向老实的许慕辰从家门口走出来说。

安像一个神秘的磁体，总是无限地吸引着他，他就想和她一起玩。

孩子们惊讶地看着他，乖孩子模范要和他们一起做坏事？

"好啊，好啊，许慕辰也去。"其中一个孩子欢呼道。

有了许慕辰这个好孩子垫背，还怕什么？

就这样，一群孩子开始策划了起来，爬墙的爬墙，望风的望风，接石榴的接石榴，一件轰轰烈烈的事情就这样开始了。

许慕辰从没有见过爬墙这么快的女孩子，像个猴子一样的安脱掉了鞋子，小小的身体迅速地爬了上去。

没有一个人比得过她。

他站在墙头下面，接着安扔下来的石榴，一个接一个，他一边接着，一边抬头担心地看着站在墙上身手矫捷的安。

“小偷，偷石榴的小偷。”院子那端，出来尿尿的孩子见到偷石榴的他们，大声喊道，并跑回屋喊着同院的其他伙伴。

听见喊声，其他的孩子一晃神，从墙头上摔了下来，摔在了站在下面的人身上。

只有安镇定地拍了拍手才顺着台阶从墙上下来。

那边已经来了几个孩子，手叉腰，气势汹汹地看着他们，说：“小偷，你们是小偷，我要告诉你们的妈妈。”大家慌了，面面相视，不知该如何是好，手潜意识地摸上自己的屁股。

许慕辰的脸刷的一下红了，小偷？很难听，不是么？

安从后面站出来，瘪瘪嘴，说：“没出息的家伙们。”

大家傻了眼。

“大不了我们干上一架，输了的话，石榴给你，我们还白白挨顿打；赢了话我们拿走石榴，你们就什么都别说。”她睁着圆圆的大眼睛，语气颇为豪爽。

瞧，这哪里像是一个六岁的孩子？又哪里像个女孩子？

许慕辰默默数了下自己的同伙们，才五个，其中还有一个小女生，而那边是七个男子汉呢！

想必，那边也是一样的想法，想了想后点头答应下来。

几个孩子一哄而上扭打起来，就连一向乖巧的许慕辰都拼起了命。尽管这样，毕竟实力悬殊，每个人身上都挂了彩，渐渐体力不支，孩子们想要撤退，即使告诉妈妈也不过是屁股挨顿打，比较一下，还是认输吧。

大家抱起头，那个样子表明认输，投降。

那边的叉着腰笑，脸上的彩反而光荣了起来，像是战利品。

“丢人。”安秀眉蹙起，格外鄙视地看了眼自己的同伙。

然后，以惊人的速度扑上去，伸手就往为首的男孩子脸上一拳，与他扭打在一起。那些男子汉们，见一个女孩都这样，越发不好意思起来，想了想后再次扑上去。

“还打不打？”安看着那个被她打的男生问。

从没有见过这样凶猛的女孩子，活像个小兽，龇牙咧嘴，浑身都是刺。

那边的孩子不说话了，顿时跑开。安叉着腰，咯咯地笑起来，声音很清脆，很响亮，回响在四周。

回响在以后许慕辰所有的记忆里，这样的一个女孩子，是应该快乐的，不是么？

13 原来是不断受伤的小兽

此后，院子的孩子便都佩服起了安，服服帖帖地跟在她的后面。而安更是越来越不安分，带着一群人偷东西、打架、抢地盘，好不威风！他们成了这一带的小霸王，而安就是小霸王的头，疯狂而放肆。

可是，有一天，你若是看见这样一个人躲在角落里，无声无息地哭泣，那会是怎样的光景？

那是安搬来的第二个星期，整个院子里的人都从屋子里跑出来，他们听见安的妈妈和爸爸在吵架，有盆盆罐罐摔碎的声音、安妈妈执拗的哭声和她爸爸的骂声。

那时的许慕辰不知道婊子、贱女人这些词的含义，它们都是由安的爸爸嘴里说出来的。

“我打死你，我打死你这个贱人，滚啊，你给我滚。”里面，安的父亲咆哮着。

“会不会打出事啊？”许慕辰听妈妈担忧地问一旁的大人。

“就是啊，可是，门锁了，我们想拉也进不去啊。”

“妈妈，会打到安么？”许慕辰仰起头，满眼的担心。

“是啊，多小的孩子，作孽了作孽了啊。”许妈妈说着，

摇摇头。

大家慢慢散了去，许慕辰也被妈妈硬拉着回了屋，他不死心站在门前遥看着。

安呢？她会不会也被打呢？

直到傍晚，许慕辰才看见挺着大肚子的安的父亲从里面出来，他瞪了站在门前的许慕辰一眼，然后离开了院子。

静下来的大院子，一时间有些可怕。

许慕辰迫不及待地进了安的家，一片狼藉中，他看见安的母亲，那个漂亮的女人衣衫凌乱，披头散发地坐在床上，神情呆滞，裸露在外的身体上布满青紫。

安蹲在一个角落里，抱着膝盖，瘦弱的肩膀一下一下地抽动。

他默默蹲在她的身边，陪着她，难过得想要掉眼泪，那时候，他不知道，这种感觉叫做心疼。

许久后，她缓缓起来，看见身旁的许慕辰也并不惊讶，走到她的母亲面前，她说："我们是不是还要一直过这样的日子？"

她平静得不像个孩子。

安的母亲不说话，只是一个劲地流泪，看着安的目光竟是疼惜和歉疚。

"如果他死了呢？如果他死了呢？"她问，声音很冷。

那时，她很小；那时，她的恨那么强烈。许慕辰看见安的母亲睁大了眼睛，变了脸色。

好好的人怎么会死了呢？许慕辰也害怕起来。

"怎么会呢？他还不能死，他死了我们怎么办呢？"安咧开嘴笑着说，这么小的年纪，怎么会有这么悲凉的神情呢？

说完，她走到屋子中间开始收拾那一片狼藉。

许慕辰想，他一辈子都不可能忘了当时的情景，她瘦小的身体在一片狼藉中，蹲下去，再起来，蹲下去。

反反复复。

对了，忘了说，安的母亲叫临，许慕辰是这么听安喊的。

第二日，安见到他，第一句说的便是："昨天我哭的事情，不许说。"她又像一只小兽了，看人的目光散发着凛冽的冷光。

"你以后哭的时候，我要陪在你身边。"他说。

她瞪大眼睛，说："长出息了啊，许慕辰，你敢和我讲条件。"

她作势伸出拳头要打他，他咧开嘴笑起来，露出洁白的牙齿，他喜欢这样的安，这样放肆明亮的安。

14　长着尖锐的獠牙保护自己

可，许慕辰没有想到的是，那样的争吵并没有一次就完结了。一个星期里总有五天，有时是安的父亲喝多了酒，有时是安母亲的衣服穿得漂亮了些，总之有无数的理由可以引发一场暴力的争吵。

安的目光也越发凛冽起来，神色冷漠。

这样的日子一直过到安十三岁。在这七年的时间里，许慕辰看见安躲在角落哭的次数越来越少。他记得有一次争吵，安的父亲拿起板凳砸向安的母亲，站在一旁的安随手操起地上的酒瓶砸了过去。

许慕辰在窗外看着，那一瞬间，他被安周身散发出的强烈恨意吓住了。

酒瓶砸偏了，砸到了那个男人的肩膀上，男人瞪着眼睛冲向她，张口就骂："小婊子，妈的，敢打老子。"

甩手就是一耳光，安的嘴角渗出血。许慕辰比安的母亲快一步冲到安的面前，像母鸡一样把她护在后面，战战兢兢地看着安的父亲。

“婊子，那你不就是嫖客么？一个嫖客张狂什么？”安夹杂着冷笑说。

那时，许慕辰还不太懂这些话的含义，安却超出了同龄孩子该有的思想。

安的父亲额上青筋暴起，眼睛像鱼眼一样地瞪大，他伸出手从后面拎出瘦小的安，狠狠地说：“妈的，老子摔死你，摔死你这个小杂种。”

临冲过来，安摔在她的身上。

她没有哭，目光紧紧地看着那个男人，她说：“你不会老么？你没有老的那一天么？”

许慕辰看见那个男人似乎有些泄气，踢了地上的安一脚，往地上扔了一沓钱，骂骂咧咧地走了出去。

临坐在地上呜呜地哭了起来，她已经没有了刚来时的美丽，脸上充满着生活给予的沧桑。

安捡起地上的钱，站起来，看着临说：“哭什么？要的不就是这些，为的不就是这些么？”

她与自己的母亲间完全是成人化的形式，感情亦是凉薄的。

生活已经将她们改造得面目全非，感情是奢侈的，她只知道她们是彼此的唯一，她们相依为命。

那时，安也不过才十三岁，还是个孩子啊。

安没有想到临会突然抢走安手里的那些钱，然后用力撕碎，抛起来，满屋子都是被撕碎的红色的百元钞票。

“他是我的命呀，他给了我命啊，我怎么会只为了这个，怎么会？”开始时，临是嘶吼的，可是到了后来，临的声音越来越小。

安呆呆地看着临，她从来没有见过临这样的表情，很久以后回想起来，那是绝望，悲戚。

许慕辰也被吓到了，这个漂亮的女人从来都是沉默、安静甚至有些隐忍的。

“这样，就可以为所欲为了么？”安问，声音却弱了起来。

大概从那个时候开始，安的性格就已经成型，爱憎分明，有棱有角。

“安，你不要恨他，你不要恨他，他是个好人，他在我临危时，给了自己的肾。安，他是个好人。”临看着安，目光复杂难解。

她从来没有说过这些事，这都是她一个人的事。可是，安不能恨他啊。

若不说震惊该是如何？那样一个凶神恶煞的人竟会做这样的善事，安是不相信的。可是，临又绝不会说谎。

“如果那时你知道会这样，或许你会选择去死，总比这漫长的折磨要痛快吧。”安说话总是凌厉的。

临的脸色有些变化，她低下头说：“不管我的选择是如何，可他选择牺牲自己救我，是他选的啊。”

临是个太善良的女人。安张了张嘴想说：既然选了如今就不要这样，可终究忍了下来。

或许其中有什么是她不知道的吧，否则，当初那样情深的举动，如今怎么会变到这个地步？

看了看出神的临，安不再说话，弯腰，低头，重复那些每次争吵后都会做的动作。

许慕辰走过去，站在她身边想帮着一起收拾，安突然抬起头，骂道：“还不走，还没看够是不是？这笑话是不是比电视里演的还要生动？”

许慕辰愣住了。

安扔掉手里的东西，大力地把许慕辰向门外推，边推边说着：“滚啊，滚。”她的声音很小，却砸在了许慕辰的心上，生疼。

抬起头，看见安眼角晶亮的泪珠，刚刚坚硬的心瞬间又柔软起来，他想起她曾经挥着拳头，说：“我哭的事，不许说。”

小小的年纪，她就长了尖锐的獠牙，可她要保护自己，不是么?

“我要告诉那些孩子你哭的事。”许慕辰说。

安抬起头怔怔地看着他，一时间没反应过来，一向受欺负的人，要反抗了?

“我们说好条件的，我不告密，你要我陪着。”他说。

她愣了愣，脸上的表情有些动容，低下头，说了句：“卑鄙。”

他的表情那么温和，他的目光那么清澈，他有着阳光一般的温暖，她拒绝起来多费力。

15 眼泪是可耻的，哭是懦弱的

尽管，安还是恨那个男人的，可是，再吵架时，她不再拼命对抗了。她会拉着临跑出去，然后满院子里的人都出来，那个男人悻悻地骂两句便不再打了。

只是，那个男人开始酗酒了，几乎夜夜喝，夜夜醉，醉起来便打，他总是说老婊子、小杂种，每说一句打得越厉害。

安睁着明亮的眼睛，凛冽地看着他。

他转过身，鞭子便挥到安的身上，她不再挣扎，只是看着他，而临会在第一时间冲过来，躺在安的身体上面。

“叔叔，我给你送酒来了。”许慕辰哗地打开门，手里高举着一瓶酒。

那个男人挥鞭子的动作定格住了。

他转过头，脸色不善地说：“谁让你来的?”

许慕辰眼底闪过一丝畏惧，看了看躺在地上的安，深吸了一口气说："这是别人给我爸爸的，爸爸说他不喝酒，让我给你送来。"

这酒不是他爸爸的，而是他用自己的零用钱买的，他想他那么爱喝酒，送酒给他，会不会让他心情好些，就可以不用打安了？

"搁那儿。"终归是有些不好意思，他扔下鞭子，重新坐到桌子旁。

安扶着临站起来，然后朝门口的许慕辰走去，在他旁边，她顿了顿说："喝，哪天非喝死你。"

语气不知是愤怒还是关心。

在他还没反应过来之际，许慕辰拉着安飞似的跑了出去。

安爬到墙头上，在上面挥手喊着许慕辰一同上来。他没有办法，只得纵容她，并在一旁陪着。

夜晚，天空像染了墨一样的深蓝，星光很微弱。

"打到你了么？"许慕辰关心地看着安。

安看着他，一双大眼睛比天上的星星还要明亮，她说："傻了吧你，我这么厉害，他怎么可能打到？"

她每次都这样对许慕辰说，没心没肺的样子，然而，晚上洗澡时，她便看见自己身上未愈合的旧伤又添了新伤，密密麻麻，似乎没有好的那一日了。

有时，她看着看着，就会蹲下去，水从头顶流下，流到脸上，落到嘴里有点咸，大概是眼泪吧。

可安会固执地说那是水，只是水。

在她眼里，眼泪是可耻的，哭是懦弱的。

流泪的应该是那些在父母掌心里的千金小姐，而她凭什么呢？无需那么矫情。

许慕辰心疼地看着她。

"许慕辰，昨天我和我妈说，我说我带她走，留他一个人孤独终老。"安裸露着的小腿垂到墙下面，有一下没一下地晃

动着。

许慕辰大幅度地转身，差点掉了下来，他说：“安，你要走么？”

安点点头，嗯了声说：“我很想走，可是她说她不和我走，她说等我长大，可是，长大还要很久呢。”

许慕辰放心地呼出一口气，他说：“安，你不要走，我保护你。”

安转过头看着他，这些年未曾觉得，这个一直在身边任由自己欺负的男孩，怎么突然就长大了？

她本想说，就你，凭什么。想了想后，她没有说，而是笑了笑，重重地点头，这个男孩，从一开始不就用弱小的力量在帮助自己么？

在安的心里，他的分量已经随着时间根深蒂固，人只有到分离，方知对方的重要。

许慕辰咧开嘴笑了，露出的洁白牙齿比天上的星星还要明亮，他从口袋里掏出一块巧克力糖给安。

“许慕辰，原来你每天把买早饭的钱都用在了这里啊。许慕辰，你脑子有毛病吧，吃一块糖，能有什么用，不吃饭就长不高，知道么你，以后不许再买了。”她巴巴地说完这些话，却还是把巧克力塞进了嘴里。

许慕辰安静地微笑着看着她，她不知道，他就是喜欢看她吃糖时满足的模样。

这些年，都是如此，以后，想必，也是如此。

你得相信，这世上就有那么一个人，注定要遇见你，注定要对你好，没有缘由。

情不知所起，一往而深。

而许慕辰还不懂情字时，就对安一往情深地好。

16 死亡结束了无休止的争吵

白天，安依旧是那个张牙舞爪的坏女孩，在学校里骂着脏话，和一群看似不良的学生走在一起，许慕辰就默默地跟在她的身后。

他知道安心里的孤僻，他知道没有好学生愿意和她在一起玩，她那么叛逆，她和老师顶嘴，她不懂掩饰，喜欢和讨厌都是那么清晰。

她在数学课上看小说被老师赶出去时没有一丝尴尬，那么自然，特立独行。

体育课上，她比所有的女生都厉害，四千米的长跑，她一圈又一圈，不喝水，不停下，不喊累，抵达终点，她就像死了一样躺在地上。

大家都在一旁议论纷纷，所以，即使安有多么坏和叛逆，没有人敢和她找事，能一口气跑下四千米的女生，多少让人有些忌惮。

许慕辰的目光从楼上看下去，心一抽一抽的，疼得漫无止境。

大家都说："许慕辰，你为什么要和这样一个坏女孩走这么近？"

没有人，只有许慕辰知道她是多么艰难坚强地活下去，并让自己看起来很好，很快乐。

以为生活可以从此无波澜地过下去。

暴力，已经数年了，她越来越觉得习惯。

可是，谁也没有想到，许慕辰与她的关系会在某一个时刻起到质的变化，生活总带给人猝不及防的变化。

在安刚上高中那一年，她成了许慕辰的妹妹，那一年安十六岁，许慕辰比安大两岁。

无休止的争吵也结束了。因为，那个男人死了，死于酒精中毒。

葬礼上，安没有流一滴眼泪，只是脸色沉重。临一如既往的隐忍，不发一语，只是她越发沧桑了，看上去很苍老，不如刚搬来时的样子。

临在葬礼上只不断地重复着一句话：小杂种，小杂种……要不是这小杂种，你连个送葬的人都没有，你不能生，我得为你留个送葬的人啊。

原来，安不是这个男人的孩子。

他打了她这些年，也抚养她这些年，安突然不知道自己是不是该继续恨他。

可是，她是谁的孩子呢？

“我是谁的孩子？那个生我的男人是谁？”安走到跪在地上的临面前，半蹲下。

这些年，她再也没有喊过爸爸，于她而言，那或许是一种讽刺。日子久了，她也就忘了爸爸或父亲这两字到底该有什么意义。

临没有回答安的话，她只是不断重复着那一句话。安没有再问，她想起那个临说他是她的命时的那个表情，想必，他死了，她是很伤心的。葬礼结束后，安看见床上的存折，是那个男人留下的五千块钱。

安说：“他留了五千块钱，是不是可以说明他也没有那么坏。”

许慕辰伸手放在她的头上，安始终是个善良的孩子，她在替自己找一个原谅他的理由。

可这五千块钱，终归没有派上用场。

临疯了，是的，她疯了，原本就日渐瓦解的意志力，在那个男人死后，一瞬间就分崩离析了。

他活着，打她，骂她，折磨她，她得坚强地支撑下去，现在，没有人再折磨她了，她突然间就失去了所有的力量。

安变卖了家里所有可以换钱的东西，包括那个男人生前留下的酒瓶，捏着换来的三百二十块钱，安看着坐在门前一会儿哭一会儿笑的痴傻母亲，她想，这些钱，能不能给她看好呢？

“他说会对我好，他说我到哪里他就到哪里，他说一辈子对我好。”临抬起头看着安，一边说一边笑，眼角却滑下了眼泪。

她时而清醒，时而痴傻。

安的心尖锐地疼起来。

她不知道这样一个漂亮的女人怎么会看上那个丑男人呢？她不知道他们之间发生了怎样刻骨铭心的事，以至于她能忍受他多年的折磨。

他死了，她疯了，嘴里还天天念叨着，还会流眼泪。

一个疯子，也知道难过？

十六岁的孩子带着一个老疯子该如何生活呢？整个院里的人都开始担心起来。

17　不美的年华，有最美的你

“大伙们，今儿我不在了，你们都要好好的，改明儿有时间我还是会去看你们的。”路边的大排档，一张破圆桌子上零散地放着酒瓶，几个男女歪斜着坐在一起，头顶有烟雾冒出。

“安，你他妈的没良心说走就走，把我们放哪里啊？”一个染着黄色头发的女生突然站起来，指着安的鼻子骂道。

“阿蓝，你有点出息，姐又不是死了，只是不能和你们在学校混了嘛。”安低下头，拿起酒瓶给自己的杯子里倒满酒。而后，仰起头一饮而尽。是不能了，她还有个疯子老妈需要照顾，她得去赚钱。

她来不及念完初三，来不及升上高中。

叫阿蓝的女生看了看安，直接拿起酒瓶喝了起来。

“安，如果有需要我们都会帮忙，你还小，不上学去干什么呢？”坐在安旁边的一个男生说。

安放肆地笑起来。

“咱在学校也不见得就上学了啊，阿卡你别跟我装正经。”安哼笑一声。

太多的情深意重，她承担不起。

场面突然安静了，站在远处的许慕辰看见满桌子的人都站起来，杯子撞击在一起，发出清脆的声音，然后仰头一饮而尽，纷纷摔下杯子。他们相互搂在一起，头抵着头。

他感到喉咙有不断上升的灼热感。

原来这些在老师家长眼中的坏孩子，有着比他们热的心和情，至少活得真诚。

“安。”他温和且不动声色地拿掉她手中刚刚点燃的烟蒂。

他看准时间过来，他可以纵容她的胡闹，是因为知道她孤单。

可是，抽烟伤害身体。

“许慕辰。”安仰起头。

她不知道他怎么永远都知道自己在哪里。

“安，很晚了，我们回去吧。”他说。

其中一个男孩子站出来，他皱起眉头看着许慕辰，说：“我们在给安饯行呢，你是谁啊？别捣乱啊。”

“同学，很晚了。”许慕辰简洁地说。

他性格中尖锐的部分开始有所显露。

“我是安的男朋友，我会送她回去，你他妈的少操心。”那个男生站出来走到安的身边，搂住她瘦弱的肩膀。

许慕辰的眸光暗了暗，他看着安。

“阿单，不许你这么说许慕辰。”安转过头，厉色说。

叫阿单的男生面有不满，却碍于安凛冽的目光而不再说话。

“安，和我回去。”许慕辰说。

他可以有许多的理由，例如临一个人在家，她还没有吃饭，例如……

可是，他只想看，安会不会和他回去，他不勉强。

安翻翻白眼，还是决定和许慕辰一同回去，她说：“大家先玩，我就走了。”

“安，你要和他走，我们就分手。”阿单说。

多老套的情节。他太不了解安。

安转过头，笑得无辜，她说：“我讨厌威胁。”然后，拉着许慕辰的手。

大大小小的身影在路上被拉长然后分离，再重叠，然后再分离，重叠，反反复复。

“喂，你害我失恋了呢。”她嘟起嘴，黑白分明的大眼睛，那么可爱生动，许慕辰的心毫无预警地慌乱了。

猝然，他俯下身含住她的唇。

心脏冲破胸膛，直到触及到她惊愕的大眼睛时，他才慌忙离开，然后，大步离开。

她听见他说：“我的初吻补偿给你了嘛。”声音压抑得有些变了调。

身后反应过来的安蹦蹦跳跳地追上去，恨恨地喊道：“许慕辰，许慕辰，那也是我的初吻耶。”

谁也没有看见，那个纯净少年最美丽的笑容。

他们都是初吻，多好。

多好。他们都是彼此生命中最初的美好。

18 艰难的是生活

“安，你要退学么？”许慕辰问。

安点点头，无所谓地说："是啊，我成绩反正不好，何必还浪费钱呢？"

"安，初中的学费都已经交完了，最后一学期，上完吧，拿个毕业证也不负三年的时间和钱啊。"许慕辰说。

他竟然没有阻拦自己，安有些奇怪。"许慕辰，你支持我不上学？"安问。

"安，上完这学期。"许慕辰坚持，目光平静地看着她，不动声色地坚持着。

他眉眼如画，像是画中的少年，高高的个子，唇上有一圈细细的绒毛。啧啧，好俊俏。

"安，有个毕业证你好歹找工作容易些。"安抿起嘴，想了想，对啊，反正学费都已经交了。

好吧，她点点头。

要不，退了学找不到工作，用什么养活临和自己呢？

单纯如她，怎能看得透许慕辰背后的用心呢？

还没走到门口，远远便看见灯火通明的院子，听见一些嘈杂的声音，安没做多想便有不好的预感，飞似的冲进院子。

果然，一些人都围在自家的门口。

安冲进去，看见临身上和脸上挂满白色米粒，显得极其狼狈，屋子里破乱的桌子上也都是一团一团的米饭。

安皱了皱眉头，拉起坐在地上拾米粒的临，问："妈，你在做什么？"

临抬起头，脸上交错着的是米粒和尘灰，她好像已经不认识安了。

"今天工地完工，我得做些饭团，给工友们送去，他还等着我，等着我呢。"临又蹲在了地上。

安有些愠怒，站起来，走到门口，啪的一声关了门。地上白色的米粒已经变成了灰色，那是她们的晚饭啊。

安冲地上的临喊道："他已经死了，死了懂不懂，死了就是再也不会出现了。”

临抬起头，脸上是迷茫的神情，她问：“谁死了？怎么会死了呢？那他没有事吧，我得去看看，我得去看看。”

安拖着临到里面的房间，她指着挂在墙上的照片说：“看，看，那就是他，一个死人。”

啪……

安没有想到，临会打她，那么地用力，临从来没有打过她啊。

“他怎么会死呢？他说要对我好，要一辈子对我好的。”临像个孩子一样坐在照片下面哭了起来。

安摸了摸自己迅速高肿起来的脸，喉咙里有灼热的刺疼感，她不再看临。

可是，晚上吃什么呢？

盆里的米已经见底了，安从床单下面拿出那发皱的三百块钱，她叹了口气，这本来是要给临看病的。

米是五十斤装的，瘦小的安从粮站把米背回来，一整袋米压在她的肩上，几乎都看不见人。

背到院子里的时候，安已经累得走不动了。她不敢把袋子放在地上拖，怕万一拖漏了，一路上就只能那么扛着回来。晚饭只有白米，已经没有多余的钱买菜了，剩下的钱，还不知道能撑多久。

她小心翼翼地捧着一碗米饭，半蹲在临的面前，像哄孩子似的一口一口地喂着她。一碗白米已是不容易，她多怕临疯起来，再糟蹋了这些米。

生活，怎么这么艰难？安用力地吸着鼻子，却怎么也抑制不了心里汹涌起来的无力感。

安突然想起，她在买米回来的路上，看见墙上贴的一张很小的招聘单子，上面写着某发廊招聘服务，晚上兼职，不限学历，月薪五千。晚上兼职，挺好，安想，明天就先去做这个

吧。

可是，她什么都不会，发廊会愿意要她么？

19 我们算是同居么

翌日，安和许慕辰照常去了学校，进教室前，安喊住许慕辰，她说：“许慕辰，晚上你先回去帮我看着我妈，我有点事得晚点回去。”

许慕辰看着她点点头。

“那个，我去买点日常用品。”安不知怎么回事，干嘛还要多与他解释一番。

骗了无数人，她都不会有一点点的愧疚，可是，许慕辰不一样。

许慕辰温和地笑起来，迎着阳光，他洁白的牙齿犹如璀璨的钻石。

“安，你可真前卫。”阿蓝走出来，倚靠在门边。

安皱皱眉头，不明白她说什么。

“怪不得不要阿卡了呢，我要是能和这么个王子同居，也不要那阿卡了，啧啧。”阿蓝颇有感慨地说。

“狗嘴里吐不出象牙。”安啐了她一口，书包搭在肩上，大步朝教室里走去。

阿蓝跟在后面，边走边问：“昨儿还要退学呢，怎么一晚上就想通了？”

“还不是许慕辰那小子。”

“喔，我说呢。”阿蓝站在一旁阴阳怪气地哼道。安抡起拳头砸在阿蓝的肩膀上。不顾一旁的学生投来的怪异目光。

同居二字，对还是初中生的他们来说，该是多么多么大的一件事啊。

早自习结束，安趴在桌子上小憩，班里的呱呱男风风火火地冲过去，一把推开安，喘着粗气说："阿……阿卡，他……他打架了。"

安懒懒地换了个姿势，不痛不痒地说："那小子，打架还不是家常便饭。"

呱呱男长长地喘了口气，盯着安的眼睛说："是和许慕辰打的。"

他话还没说完，安便推开他冲了出去。

她一口气跑上四楼，刚到楼梯口就看见走廊里围满了人，她瘦小的身体以最快的速度冲到了最前面。

许慕辰和阿卡扭打在一起，他干净的白衬衫上沾满灰尘，衣领上的扣子也被撕了下来。

安蹲下来用力地拉开阿卡，瞪着眼睛问道："你发什么疯呢？"许慕辰是个好孩子。他不会主动去寻事。

见安过来，阿卡的眼睛便红了起来，像是能冲出火来，拳头在身下捏得咯咯作响，他低吼出声："我他妈的真没有想到，你会给我戴绿帽子，老子的脸都被你丢尽了。"

他话还没有说完，便被许慕辰挥起来的拳头打倒在地上。

他不许任何一个人破坏安的名声。

阿卡爬起来想要冲过去，却被安死死地拉住了，在他身后，她大声喊道："你他妈的就打架这点出息么？"阿卡不动了。

旁边围观的人越来越多。

阿卡这坏小子打架并不稀奇，可许慕辰这个品学兼优的好孩子，怎么打起架来也这么勇猛？还有绿帽子是怎么回事？整个学校的人都知道许慕辰对尹安十分好。

"说，绿帽子是怎么回事？"安厉声地呵斥。

"早上你和阿蓝说的话我都听见了，怎……怎么回事还要我说？"阿卡又叫起来。

同居？想起同居，他身上的血都快要沸腾了起来。

阿蓝从一旁跳了出来："是同居么？阿卡，你是指她和许慕辰同居的事么？"

阿卡的脸色铁青。

许慕辰红了脸。

周围议论纷纷，好孩子许慕辰会这样前卫？

"许慕辰，我们住在一个院子里，这样就叫同居么？"安扭头看红了脸的许慕辰，不解地问。临从来都没有时间和安说这些关于男女之间的事，所以，安这么大了，对这些却还是十分单纯的。

"你们只是住在一个院子？"阿卡问。

安皱着眉点头，一脸疑惑的表情，不似作假。

安在大家心里的印象却又坏了些，小小年纪就谈恋爱，如今还打起架来，至于同居，众说纷纭，可是，许慕辰和安的关系，的确让人费解。

然而，许慕辰这样一个优秀的少年怎么会喜欢那样一个坏女生？

20　心是纯白的，生活是张肮脏的纸

晚上放学后，安找到了昨天贴招聘的那张纸，然后寻到了那间发廊。

两间房子，门头上有个闪闪发亮的灯光上写着"阿梅发廊"，里面还有嘈杂的音乐。门口站着两个穿着很艳丽的女人，安看了看手里纸上的地址，想了想，走了进去。

门口的女人目光怪异地看了她一眼。

"小姑娘，你到这来，有啥事？"一个胖胖的中年妇女从里屋走出来。

"我看这儿贴着的招聘，是这里么？"安伸出手中的那张纸。

胖胖的中年妇女听说是来应聘的，忙吐掉嘴里的瓜子壳，细细打量起安来，前面转了一圈，后面又是一圈，打量好后转回来，问："你叫什么名字，今年多大？家住哪里，还有些什么人？"

安皱皱眉，却还是如实答道："我叫尹安，十六岁，家里除了一个妈妈，没人了。"

十六岁，十六岁啊，花样的年龄，多好，家里只有一个妈妈，没有任何的背景，更是好啊。

胖胖的中年妇女咯咯地笑起来，脸上的粉因为颤抖刷刷地掉了下来，拉起安的手，亲热地说："好嘞，来来来，我带你看看。"胖胖的妇女拉着安走到门口。

这样就好了？工作这么好找？许慕辰这个笨蛋。

"你看看她们是怎么做的。"中年妇女对安说。

安伸出头去，看见门口的两个女人已经走到了马路上，挥着手见到人就喊："喂，大哥，进来坐坐吧，理个发，喝个茶呦。"

中年妇女看了安一眼，笑眯眯地说："就像她们这样，接到一个客人，一百块钱，你给我二十块钱，剩下的都是你的。"

一百块钱去掉二十块钱，还剩八十。一天就算只有八十，也够她和临好好地吃上饭了，兴许还能存下一点。

想到这里，安心里就欢喜起来，冲着中年妇女说："好的，那我现在就去。"安跑出来，站在那两个女人之间，学着她们喊道："喂，大哥，进来坐坐吧，理个发，喝个茶呦。"

她的声音很大，路过的人都朝她看了过来。

一想到那八十块钱，她的心就像飞了起来似的，喊的声音越发大了起来："喂，大哥，进来坐坐吧，理个发，喝个茶呦！"

"大哥，进来坐坐吧，理个发，喝口茶。"安冲过去，抓

住一个男人的胳膊。男人怪异地看了看她，甩开她的胳膊，逃似的跑开了。

两个女人见了，在一旁咯咯地笑了起来。安不解，走过去，问：“他跑什么跑？”

两个女人对视一眼，打趣道：“小丫头，别急。”

可是，她怎么能不急呢？临还在家里等着她，临还没有吃饭。

夜渐深，安一直站在外面喊。冬天，街道上很冷清，风从领口吹进来，安冻得直哆嗦，她穿的校服里面只有一层薄薄的毛衫，那是去年临给她织的，如今穿起来有些小和紧。

那两个女人都已经接到了客人，外面只剩下她一个人。中年妇女走出来，拉着安进了屋，她边走边说：“丫头，别急，慢慢来，先进屋坐会儿，暖和暖和。”

安想，她真是个和气的老板。

刚进门，安便听见从里屋传出的怪声音，一声接着一声，像喘不过来气似的，又有点像夜里院子里的猫叫。

安看了一圈问：“客人呢？”

“里面呢。”中年妇女坐到炉子边，懒懒地说。

那声音叫得安越发急了起来，家里的临一定还没有吃饭，安摸了摸自己扁下去的肚子。

中年妇女抬头看了看墙上的钟，对安说道：“小丫头，去把门给关了吧，省得进风。”

安点点头起身去关门。

“尹安。”街道上一个女生惊呼。

安看了看，那是许慕辰班上的同学，隔着距离，那女生大声地问：“尹安，你在这里？”安点点头关上门。

她有了些倦意，靠在椅子上，眼皮缓缓阖上了。

梦里，临没有疯，她做了一大桌子好吃的，有鸡鸭鱼肉，她笑着朝安挥手：“安，快来啊，吃饭了。”空气里散发着诱人的食物香味。

安坐到桌子面前，拿起筷子，面对满桌子的食物不知道该吃哪一样。好久见过这些好东西。

咣的一声，安的筷子停在半空中。

那个男人踢门而入。

安惊醒了，然而，踢门而入的不是那个男人，而是警察。中年妇女忙上前去，一个警察抓住她，另外两个冲了进去。

出来时，多了两个光着膀子的男人，安心里突然有些发颤，难道自己是进了黑店？

来不及说话，便被拉进了警车，带进了公安局。

"诱拐未成年，你胆子可真不小啊。"一个警察看了看穿着校服的安，手用力地拍在桌子上，呵斥道。

安还没弄清楚状况，又冷又饿又困，脑袋昏昏沉沉的。只听中年妇女说："我没有诱拐，是她自己找来的。"

警察把目光转向安，严厉地问："真是你自己找去的么？"

安点点头，迷糊地说："我看见贴在墙上的招聘了，就去了。"

啪的一声，警察目光凌厉地看着她，一个这么小的女孩居然就如此不学好。

这动静倒把安给拍得清醒了起来，想起还一个人在家的临，安有些着急，她问："这工作有什么不对么？"

警察看她表情不似作假的样子，就问："你知道这是做什么的么？"

安想起那个老板说的话，回答道："站在街上，说，'喂，大哥进来坐坐，理个发，喝个茶呦'，然后就有一百块钱，给老板二十剩下的八十就是自己的了。"

警察刚刚对她有的那点好感瞬间就降了下去，这么小，就如此爱财，天下没有白吃的午餐。耐着性子，他再问："人进

可怜？虽然安很讨厌这个词，可是她不得不承认，这些年她的确是可怜的。

伸出手用力敲在她的头上："放心，你是不会可怜的。"

是的，阿蓝比她幸运，她有个有钱的爸爸，漂亮的妈妈，一家三口，多么令人羡慕。

她希望阿蓝一直幸福下去，许慕辰和阿蓝是她最好最真心的朋友。看着他们幸福，她也是觉得欣慰的。

安并没有注意到阿蓝落寞的表情和欲言又止的样子。

或许是中考将近，学校读书的气氛逐渐浓郁起来，就连平日里捣乱的几个孩子都变得乖了起来。

中考那一日，安由许慕辰一家人一起送到考场。

路上看着这场景，几次想要落下泪，都忍了下来。

瞧，上帝对她还是不薄，虽然这温暖是来晚了些年头，但终究还是来了。

她无限感恩。

可能正是这种情绪感染了她，中考发挥超常，安的分数竟高达市一中的录取线，也正是许慕辰所在的高中。

令人庆幸的是，一向厌学的阿蓝竟也考入了。

拿到通知书的那天，许爸爸亲自下厨做了菜，气氛十分和谐欢愉，大家脸上的笑容始终不减。

临，你看到这温暖的画面了么?

我过得很好，那么你呢?

开学前，她收到了那个男人寄来的信，上面还附着一张临的照片。

他说：临很好，只是很想你。临的病有了些好转，她只是精神受了刺激，医生说会慢慢恢复，现在的她依稀可以喊出你的名字。安，你要好生照顾自己，等待相聚的日子。

信的最后是很简洁的两个字：勿念。

许慕辰在一旁看着，亦觉得十分欢喜，似乎一切都朝着美

来了，然后呢？"

“然后？不就是理个发，喝喝茶嘛。”安被问得有些不耐烦，何时有人这样审问过她？

警察显然也没有料到她是这种态度，瞪着眼睛，说：“你父母呢？打电话叫他们过来。”

安嘴边扯出一抹冷笑，转过身看向窗外，冷冷地说：“我没有父亲，只有一个疯了的妈妈，”问话的警察显然没有想到是这样，愣了片刻，突然接不上话。

天朦朦胧胧的透着些亮了。

值班的警察拿了条毯子给安盖上，横看竖看，她也都只是孩子，这么大的孩子还都是应当在父母手心撒娇呢。

而她却晚上工作，想必是不得已吧。瞧，她的眉还是皱着的呢。

彼时，许慕辰正站在院子外面，他整整找了她一夜，山上、公园、湖边、学校、操场，她可能去的地方他几乎都寻了一遍，整整一夜啊，仍不见她。许慕辰感到从未有过的心慌，她多闹都不会到夜不归宿，都不会放任临一个人在家。

“阿辰，她还没有回来么？”许妈妈见儿子一夜未眠，心疼地站在一旁问。

许慕辰点点头，竟连说话都不想。

“那孩子，我本还是很心疼她的，可如今，她怎会？”许妈妈话说到这里，话里的意思不言而喻。

许慕辰蹙起了眉，低沉有力地喊了声妈。许妈妈目光复杂地看了眼他，思索良久问：“你是不是喜欢她？”

这些年，她一直看在眼里，开始时以为阿辰是同情她，毕竟那时也都小，可现在看来，可能并不是那么回事。

许慕辰不说话，在他心里，早已认为这是顺其自然的事情。在朦胧心动的年龄，他的眼里就从来只有一个安。

许妈妈叹了口气，说：“妈知道了。”然后转身进屋准备早餐。

安醒来时，见身上盖着薄薄的毯子，又看了看四周的环境，突然恍然，原来自己睡了一夜。

那么，临晚上没有吃饭，可能等了她一整夜。

掀开被子，她起身就往外跑，一转身却被民警拽了回来。安回过头，瞪着紧拽着她胳膊的警察低吼："放开我。"

警察看着在自己面前瘦弱的小女孩，想起昨天她说的我没有父亲，只有一个疯了的妈妈，脸色柔和了下来："等有人来接你才行。"

安哼笑一声，目光凛冽地看着他，嘲讽道："谁来接我？"

安没有想到，来接她的是学校的班主任老李，因为她没有家人，警察只有通知学校来领她回去。

班主任凌厉地看了眼安，然后走到警察面前，赔着笑说："我是安的班主任，请问她怎么了？"

警察松开安的胳膊，看向面前的中年男人，叹了口气说："你们也关心关心学生的生活，她差点就成了站街女。"

老李惊讶地半张着嘴巴，虽然安在学校是胡闹了些，可成绩还是很好，老李一直当她是青春叛逆，可怎么成了站街女？

安并不知道站街女是什么意思，她的生活中从没有出现过这个词。

"警察同志对不起，对不起，是我们没有教好学生，是我们的错。"老李连连鞠躬。

安站在一旁不解，自己不就找了个工作么？这算是很大的错么？十六岁，勉强也可以算是成年了吧。

"十六岁还不可以工作么？"安问。

老李转过身狠狠瞪了瞪她，警察叹口气，很难想象，如今十六岁的孩子思想还可以这样单纯。

"带回去吧，好好关心关心学生。"警察对老李说。

老李一边抹着汗一边应承着，拉着安慌忙走出去。教学生这么多年，学校也没有出过这样的事情，这要是传出去还得了？

出了公安局，安挣脱开老李说："我得回家一趟。"

老李恨恨地瞪着她："回家？你还想回家？你也不看看几点了，跟我回学校去。"

"不行，我妈妈还在家，我必须回家一趟。"安的语气很坚定。

"妈妈，你还有妈妈，我倒要和你一起回去问问你妈妈是如何教你的。"

安仰起头，眼底有些闪亮，咬咬唇，她冷冷地吐出几个字："我妈是疯子，没法教我。"

老李愣在原地，安已飞快地跑了起来。

每个人都要提她妈妈，她妈妈疯了她能怎样，想要找工作还进了警察局，难道想要挣钱生活也是错么？她只是想要她和临每天都可以吃饱饭，只是这样，旁的她不做他想，可怎么就这么难呢？

21　谢谢你们的情深意重

眼角的湿润被耳旁呼啸的风吹干，又湿润，再吹干，她恼火地用力揉了揉。匆匆跑回去，在院子里撞见了许妈妈，慌忙打了个招呼却被许妈妈一把拉住了："安，怎么没有去学校？"

"我得先回来看看我妈。"安说，大口地喘着气，额上是一层细密的汗珠。

许妈妈不解，难道昨晚她真的出了什么事？而不是有意夜不归宿。

"安，昨晚给你妈妈吃了饭，她睡得晚还没有醒，你先去上学吧。”许妈妈慈眉善目地说。

安诧异地看了她一眼，若说是许慕辰做的话她不觉得怎样，可许妈妈怎么也加入了许慕辰的团队？虽这样想着，安还是道了谢，透过窗户看了一眼后又匆匆回了学校。

从进了校门那一刻，几乎所有人的目光都看了过来，三五成群，有的甚至从楼上探出头来，一脸讥讽。班主任老李等在教学楼下面，见安回来，冷着脸说："你跟我回办公室。"

安一言不发地跟在后面。她总是感到身后的目光像刀子一样刷刷地刺过来。

办公室里的老师看见安，抬起头纷纷露出不屑的表情，然后迅速低下头去，发出冷笑。自己年级的学生竟出了这等事，老李再也无话可说了吧。

"你必须给学校个合理的解释。"老李看着安。

"学校从没有规定不准学生放学打工啊。"安一脸不解，语气冷硬，她不明白自己到底犯了多大的事儿。

老李气得嘴唇都颤抖起来，伸出手指着安："你……你……你去当那那，不怕给自己抹羞，也不怕给学校和家人抹羞是不是，是不是？"

任安思想有多单纯，老李话的含义她还是明白了几分，加之学校那些复杂的目光，她恍然有些明白，一字一句问："我去当什么了？"她的表情很认真。

老李突然有些不明白了："你不知道自己当了什么？"

"不就是个理发店嘛，我去招揽客人进来，我只是想……想挣点钱。"她到底还是骄傲的孩子，说不出家里连饭都吃不上了这样的话。

老李看安的表情，不似作假。可到底，他到底也张不开口说出那种工作的具体性质，尤其是看见安那明亮的眼睛。

"家里很缺钱？"

安的目光突然闪躲，咽了咽口水，她避开老李的目光。

“学校对这事是很重视的啊。”老李说。

虽然这孩子在学校行为并不乖巧，甚至可以说是有些叛逆，可是，课堂上她那股认真劲，他还是知道的。他情愿相信，她是单纯的，她的目光没有一丝的杂质，清澈见底。

“张老师，许……许慕辰和别人打起来了，在，在操场上。”一位同学冲进来，站在老李对面的老师面前。

许慕辰和别人打了起来？安有预感又是和自己有关。

她转身向外冲，撞上了正准备出门的老师，她甚至没有回头，径直奔向了操场。她瘦小的身体挤进看热闹的人群，突然捂住嘴巴，震惊了。

许慕辰跨坐在一个男生的身上，拳头像雨点纷纷落下，他脸上的表情那么凶狠，再不见平日里温和儒雅的形象。

睡在地上的男生被打得急了，吼叫一声翻过来，猛地按倒许慕辰。他的拳头没有来得及落下，安已经冲了过去，她用身体硬生生地撞开了那个男生，自己一个踉跄倒在了地上。

“安。”许慕辰跨过去拉起安。

“婊子！”男生皱起眉朝安啐道。

这两个字，安懂得其中的含义，她拦下许慕辰要冲过去的身体，猝不及防地伸手用力甩过一个耳光。

手掌微微发麻。

男生的拳头在身下捏得咯咯响起来：“给钱就可以睡的婊子，许慕辰你他妈的至于为她出头么，还是她不要钱给你睡了？”

许慕辰的脚用力踹过去，男生被踢出很远，半天没有反应，同学们尖叫着冲过去。

安浑身发颤。

半晌后，她蹲下去随手拾起地上的一块石头，像兽一样冲过去，俯身看着刚刚要爬起来的男生：“谁是婊子？”

周围的同学不屑地看着她。男生捂住肚子，脸色煞白，说不出话。

“站街女还清高什么？”

“是啊，还有脸嚷嚷。”

“真不知道那个许慕辰是不是被鬼附了身。”

“是啊，到处叫着男人来睡她，不问老少，只要给钱都可以。”

“下次谁有需要，只要问问她一夜多少钱，都那样了，估计要不了多少。”

……

到处都是人，到处都是这样的话，还有阵阵讥讽声，安分不清楚谁说什么，脑袋里嗡嗡响起来。突然，她尖叫一声转过身，用力甩出手里的石头。

片刻的安静后，发出一声短促而痛苦的惊叫声，同学们恐惧地看了安一眼，呼啦啦地散开了。

许慕辰跑过来，把安抱在怀里。

石头砸到了一个女同学的侧脑，流了很多的血，惊动了所有的老师。

“许慕辰，说，怎么回事？告诉老师，不是你主动寻事是不是？”张老师看着许慕辰，这个孩子，是她教过的最优秀的学生，是学校的骄傲，她绝不相信，他会主动打架。男生在同学的搀扶下，走到老师面前：“老师，是他先打我的。”

他话音未落，另一位老师气冲冲地跑了过来，质问道：“谁砸了于兰的脑袋？”

安稍稍冷静了些，长长的指尖已深入手掌。她正准备开口之际，阿蓝从身后窜了出来：“老师，是我砸的，我听不惯她说安的坏话。”

周围的同学想要说些什么，阿蓝目光灼灼地看过去。她的行为在学校和安一样恶劣，何况她还有一个十分有钱的爸爸，多少是让同学有些忌惮的。

安张张嘴，阿蓝用力地握住了她的手，一股坚定的力量一直蔓延到安的全身。

“老师，赔钱还是开除都随便，我绝不道歉，她骂人在先。”阿蓝倔犟地仰起脸。

安感到喉咙发热。左边是许慕辰温热的手，右边是阿蓝有力而坚定的力量。

“许慕辰你为什么要打同学？”

安的手反射性地握紧，她被这两个人紧紧护在中间，喉咙灼热得说不出一个字。

“他为什么要骂同学？”

“我骂的是尹安，不是你，关你什么事？老师，尹安是他同居的小女友。”安感到许慕辰的手急急地要挣脱出去，安反握了一下，他便安稳了下来。

场面混乱了起来，三个老师审问着，大家争论不休。

安越来越压抑不住内心的急躁和愤怒，用力甩开阿蓝和许慕辰的手：“我退学。”她的声音冷静而响亮。

所有的人都安静了，怔怔地看着她。许慕辰转过头惊惶地看着她，阿蓝低声呵斥一声安。

老李惊讶地看着她，然后缓缓地说：“尹安，你的事学校还没有做任何的决定。”

“张良骂人在先，许慕辰才会动手，阿蓝也是这样。虽然都有错，却都是因我而起，我退学，我退学，然后天下太平。”安一字一句说。

一改往日的嚣张，面容沉静，她的目光像一片海洋，深不可见底，暗潮涌动，潮湿得可以溢出水来。

然后，不顾阻拦，大步离开，书包扔得又远又高。

安忍住眼泪，仰起头，扯出一个明亮的笑容，退了学也好，再工作便没有人会说，也可以有更多的时间照顾临。安从没有这么恨过自己是如此的贫穷，像一个罪犯一样，在阳光明亮、人潮涌动的街头，接受所有人的指点。

那一刻，心坚硬如铁。

在学校，许慕辰一直表现优异，老师将许妈妈请到了学校，打架这件事，远没有同居的绯闻闹得厉害，全校师生都在等着这个全校优等生的解释。

然而，跌破眼镜，许妈妈并未否认，她说，老师，尹安是许慕辰的妹妹。

他们是兄妹，当然住在一起，妹妹受了欺负，做哥哥的当然也要第一个站出来。她不顾许慕辰投过去的异样目光。事情让大家满意，这个优等生果然没有做出让人失望的事情。

阿蓝的爸爸在这个城市是有钱人，赔了医药费后，校方又出面调节，毕竟也是于兰骂人在先，事情最后也是不了了之。

22 疯子妈妈灿烂的眼眸

安跑到山顶，凛冽的风从耳旁呼啦啦地吹过。她抬起头，看苍白的天空。眼泪从眼底涌出来，温暖了脸上的皮肤，她歇斯底里地喊叫，空旷的山上都是她的回声。喊得累了，嗓子哑了，她便坐在地上大口大口喘气，眼前挥之不去的是那些轻视的目光。

夕阳的最后一点光亮从天空的西边隐去，安从山顶缓缓走下去。

临还在家，临还没有吃饭。

狭小的院子里，突然开进来一辆闪闪发光的小轿车，惊得地上的鸟哗啦啦一群飞散开来。车上的男人下来，却惊吓了刚巧从学校回来的许妈妈和许慕辰。

一瞬间，都当成了那个死去的男人。

“这里有没有一个叫尹安的女孩？”男人问。

许慕辰抿起嘴巴，好看的眉头皱在一起，突兀地问了句：

“你找她什么事？”

许妈妈惊讶地看了看自己的儿子。他从不会这么唐突的啊。

“我是他的……叔叔。”男人笑着答。

临从里面走出来，穿着浅紫色的旗袍，随意挽着的头发有些散乱。看着眼前的男人，她眼中有抹细微的光亮，随后却是孩子般迷茫的神情。近来，她清醒的时间越来越少。

“临。”男人痴痴地喊着，眼前的女人，依稀可见往日妖娆美丽的面容，却被生活烙上了抹不去的苍老。她不再年轻，目光不再熠熠生辉。

“你可还记得我？”他问，柔情万千。

咽了咽口水，缓解喉咙里火热的灼热感，能想象得到她这些年过得并不好。

许妈妈拉着许慕辰悄悄进了屋。

“原来姹紫嫣红开遍，似这般都付与断井颓垣。良辰美景奈何天，赏心乐事谁家院。”

“情不知所起，一往而深。生者可以死，死可以生。梦中之情，何必非真。”

安怔怔地愣在了门口。多美的两句词，多好的唱腔，空灵，婉转哀怨，余音袅袅。

她看着临站在那个陌生男人的面前，转起圈，翘起手指，颦笑顾盼，吟吟绕绕，整个人像生了光一样。临虽美过，却不曾如此盛开过。

男人跟着喃喃地唱起来，落下泪来，堂堂五尺男儿，神情竟似个孩子。

许慕辰亦站在自家门前，隔着两个人的距离看着安。时光如梭，转眼，他已长成翩翩少年，而对面的小女孩，早在心里生了根，开出灿烂的花朵，散发着辛烈、诱人的香味。

“临。”男人哽咽着喊道。

那个年代，束缚了多少的有情男女，生生看着离别。

好不容易盼来了自由的权利，可这韶光多贱，转眼，人事都早已被篡改得面目全非。

临停了唱腔，痴痴地看着眼前的男人，然后嘿嘿地笑了起来。安跑过去，戒备地看了看眼前的男人，喊道："妈。"

男人睁大眼睛，愣愣看着眼前的女孩，消瘦的身体，明亮的眼睛，凛冽的目光，神情戒备。她继承了临的美丽，可却散发着冰冷、漠然、辛辣的气息。

安强拉着临进屋，转过身，听见男人在身后喊："尹安。"那语气生生透出几分悲凉。

一别就是十六年，当年，她还尚在襁褓，这个安字，还是他取的，希望她一生安好。

"我是……叔叔。"后面两个字，男人声音嗫嚅。

安不说话，把他让进了屋。坐下后，为他倒上水。

转眼却发现屋子里地上到处都是米粒，染了尘都是灰，安转过头看着临："又是你对不对？妈，这些都是我们的饭，糟蹋了看你吃什么？"说完，她蹲下去，一粒一粒开始捡，心里又气又是无奈。

男人看了看身旁的临又看了看蹲在地上的安，走过去把她拉起来："家里不好么？"

安冷笑一声："那个男人死了后，妈就疯掉了。"挣脱开他的手臂，蹲下去继续捡米。

男人不理安的抵触，陪她一同蹲下去："别捡了，晚上我们出去吃。"

安手中的动作不见停止，淡淡地说："那么明天呢？以后呢？"男人心里涌出无限的心疼。手环上她瘦弱的双肩。这一辈子，有些债是无法不背负的罪孽，在心里，怎么也去不掉。想补偿，可却失了最好的时光。在最需要的时候没有出现，以后多少的机会，终究是枉然。

没有用了。

安不愿意出去吃饭，男人毫无办法，只得买了菜回来，看她哄着临吃饭时的样子，心疼的感觉不可抑制。

晚上，许慕辰冲进来。

他说："安，你怎么能退学呢？"

安抬起头，想起上午发生的事情，目光冷了几分，表情嘲讽，她说："你也看到了，不是么？"

"安，我相信你，不管别人说什么，我都相信你。"他走过去，手放在她的头顶，目光温暖清澈地看着她。

瞧，他真是温暖干净的好少年。

男人站在门口，听得一句不落。

"安，你要上学，你怎么可以不上学？"他出来站在安的面前。

许慕辰才意识到，原来这个男人还没有走。

安抬起头，心里莫名地堵了起来，她不需要谁大义凛然地和她说她需要怎样怎样。该怎样也不是谁能决定得了的。

男人在她的目光下有些无所适从，半晌后，只听她冷淡地说："谁供我上学？谁来照顾临？"

"我。"两个男人异口同声。

一大一小，却都是十分笃定的语气。

许慕辰的脸微红，薄薄的皮肤，透出微红，格外好看。

"安，我就是来接你妈的。"男人说。

其实，他想说，他是想来接安和临的。

可即使这么多年过去，他仍没有做到毫无顾忌，生活带给他太多的束缚，如今，他唯一能做的就是带走临。

接临？

安没有想过有一天她会和临分开，两个人一直相依为命至今，不是么？

"我可以照顾临。"她冷冷地说。

男人似乎早看出了她的拒绝，并无一丝的气恼，微笑着说：“安，可是临不能一直病下去。”

“安，我带临去治疗，等她病好，再送她回来，或者，我接你过去。”

“安，你好好上学，这是你唯一的出路，至于生活的问题，不该你管。”

……

23 临走了，给予的是希望

男人一直说，用他半生的阅历，去说服一个十六岁的孩子，完全不是问题。而那一句，上学是你唯一的出路，彻底动摇了安。

是啊，小小年纪，不上学可以做什么呢？

工作，太难；生活，亦太难。这些日子，她深有体会。

钱，是最现实的东西，安第一次彻底领悟了这个道理。她讨厌贫穷，这两个字，会击碎一个人该有的尊严。

翌日早上，男人带着安去了学校，那个时候的G市还是落魄的，所以男人得体的西服还是让大家议论了一番。

安看见他递给校长装得很厚的一个信封，还有一张名片。

校长低头瞥了眼，抬起头立刻笑容可掬地说：“其实尹安这个孩子本质不坏，成绩也一直很好，可能是叛逆期到了吧，孩子嘛，到了青春期都有这样的表现，不碍事，不碍事。”

男人的手紧紧握住安的手，她才不至于一冲动跑了出去。

多势利的嘴脸。前一天还一副恶势力的模样，转眼不过一天。

临真的要走了。

男人拉她上车时，她挥着手看着安不清不楚地不知说些什么话。尽管她不知道眼前的女孩是自己的女儿，不知道她的名

字，不记得任何的事情，可是，在情感意识中，她与这个女孩是密不可分的。

她每日哄她吃饭，给她洗澡，为她洗衣做饭，日日作陪。

安拼命咽着口水压抑着喉咙里的灼热感，鼻尖泛酸。平日里只觉得她烦人，可这临到分别，她却又生生割舍不下。

十六年来相依为命的人啊。

“安，好好学习，靠读书给自己走出一条路来。”男人站在安的面前，目光里竟也有不舍。

安看着临。

车子开出了院子，安站在门口，她看见临趴在车窗上看着她，两条胳膊像个小孩子一样挥动起来。

眼泪落了下来，落在地上，迅速泯灭，了无痕迹。

她多么期望临的病会好，重新是那个妖娆美丽的女人，而自己真的可以靠上学走出一条路。

如果她这样的坏小孩，真的能靠上学走出一条路来，她不知道看到多少老师张大嘴巴的惊讶样子了。

安还挂着泪水的眼睛浅浅地弯了起来。

可是，如果早能预料事情的发展，安希望没有这个男人的出现，即使临的病一直没有好，即使生活潦倒，也没有关系。

可惜，没有如果。

那时的安才明白，生活只有更坏，没有最坏，就像她曾以为没有饭吃，生活艰难才是最坏的事情。

其实，不然。

24　有了家的孤儿

晚上，许慕辰放学回来看见安也在家里，还没来得及说上话，便被许妈妈喊着进了厨房端菜。

“安，看看有没有喜欢吃的菜式，尝尝妈的手艺。”许妈妈对坐在桌子旁的安说。

许慕辰一时间没反应过来，后面那个“妈”字却听得格外清晰。

突然想起那日在学校里妈妈对老师说的话，抬起头看着妈妈，他说：“妈，你刚刚应该是和我说的吧？怎么成了安的妈妈？”

他问得不动声色，许妈妈却了然于心。

“阿辰啊，你多了个妹妹。”许妈妈一边说一边把菜夹到安的碗中。

许慕辰迅速转头看向安，她点点头。

“阿辰，我认了安做女儿。现在临也不在家了，安一个人，做了我女儿，以后我们住在一起，照顾起来也方便，况且我一直想要一个女儿呢。”许妈妈低下头吃饭，目光却一直留在许慕辰的脸上。

哪一个做母亲的不希望自己的儿子好？

他出神地看着安，心里生出无限的落寞和苦涩。

安，她可知妹妹的含义？或许她亦是有和妈妈同样的想法？

或是，她根本就还没有开窍。他宁愿相信是后者，不，一定要是后者。

满桌子色香味俱全的菜肴，许慕辰却吃得食不知味。

夜晚，天空像被一块墨蓝的绒布盖住了，透不出一丝光亮，只有稀疏的几颗星星，闪着微弱的光点，世界一片沉静，能听见风从耳边呼啸而过的声音。

许慕辰斜靠在院子里的一棵树上。

听见安从身后走近的声音，他做了几次深深的呼吸，然后硬生生地扯出一个笑容，再转身。

“这么冷，不在屋里好好温习功课，出来做什么呢？”许慕辰问。

安皱起鼻头，瘪瘪嘴：“一副老气横秋的样子。”

“许慕辰，我们爬上去好么？”安抬起头看着树旁边的墙头。

每次只要她有心事的时候都会这样，这个习惯他是知道的。

当初在他们面前高大的墙，如今似乎变得微不足道了，他双手撑着，轻轻一跃便跳了上去，坐在墙上，他伸出手：“安，上来。”

安歪着头，许慕辰似乎开始渐渐地有了细微变化，不再是那个呆头呆脑的傻小子了。

“安，我很奇怪，你居然会答应我妈妈做她的女儿。”他问得不动声色。

安的目光遥望着远方，若有所思，她想起下午许妈妈说的话：

安，临不在了，你一个人总是孤单，和我们住在一起吧。

安，我一直想要个女儿，如果你做了我女儿，一家四口人，多热闹，多温暖啊。

安，你还小，还在上学，许多事情都是需要有大人的。

安，许慕辰一直把你当妹妹照顾，我和他爸也都十分喜欢你。

……

孤单，热闹，温暖，这些词都是安的痛处，每次提到，都是彻骨的疼。

她无法拒绝。

低下头，她把头靠在许慕辰的肩上，小声地说：“许慕辰，这些年你都是知道的。有那个男人在的时候不像家；没有了他临疯了，更不像；而如今，临又走了。

“许慕辰，我很羡慕你有个家。一直以来，我都只是一个人。家里从外面看都是漆黑一片，有时候半夜醒来，我会害怕得哭起来。呵呵，你一定不相信吧？”

她的语气一直很平淡，许慕辰却生生地听出了疼。

若不是很渴望，她又怎会说？安一直以来都是个对自己心事寡言少语的孩子。

妹妹就妹妹，至少他还一直在她的身边，看她喜怒哀乐。

谁又敢说，以后没有一个合适的机会呢？

他要耐心地等她长大。

“安，今天是你成为我妹妹的第一天，可以答应我一件事么？”许慕辰揽过安，让她靠自己近些，以免冷了。

安毫不犹豫地点头，对于许慕辰，不管多难，她都不会拒绝。

这个好少年，她希望可以有一日尽上自己微薄的力量，一丝一毫也好。

“离中考还有不到一个月，可以好生念书么？”他的下巴搁在她的头顶上。

安没有想到，许慕辰的条件竟是这样。这个傻小子，她心里暖暖地涨起，连鼻头都有些泛酸。

喔，这是第二次她的感伤。

她真的答应了许慕辰，每日上学不再胡闹，逃课，同那些不良少年一起厮混，尹安绝不可以欺骗许慕辰。

绝不可以。

在心里她有自己的原则，哪些所为和不所为自是明白的。

25　我过得很好，那么你呢

阿蓝竟也乖了起来，不再胡闹，每日许慕辰给安补习时她便也在旁听着。

“安，没有家是不是很可怜？”一日，阿蓝在学校的走廊里问。

好的方向发展了。

安小心翼翼地收起来信，眉梢眼角尽是喜悦："许慕辰，你看见了没有，他说临快要好了，你看见了没有，临的脸色多好。

眼光揉碎在她的眼底，有动人的光彩。

真的是雨过之后见到了彩虹。

26 上帝，谢谢你

上帝，谢谢你。

市一中虽然是省级重点高中，却又不同于其他高中。这里比较重视学生全方位的发展，培养学生的艺术气质，除了奇装异服外，学生可以自行按照自己的风格穿衣，不需要穿着校服。

开学的第一天早上，许妈妈和许慕辰拿出了钱，一起去给安买了一套很好看的白蓝色裙子。安欢喜得不得了，这些年，她都是极少买衣服的。

"阿蓝，我们竟然分在了一个班上耶。"在学校门口遇见阿蓝，她高兴地说。命运似乎对她越来越好了。阿蓝点点头，笑得有些牵强。

安挽起她的胳膊，娇责道："死妮子，一个暑假，竟然不去找我玩，难不成转性了？"

"安，我爸妈，离婚了。"阿蓝的声音很小，有着细不可辨的哽咽。

安忽而想起她那日问自己的话，都怪自己的大意。

变成单亲家庭的孩子，安不知道那是什么感觉，可阿蓝一定很害怕，否则，怎么会有这样的表情呢？

"没关系，大人们的事我们怎么管得了，瞧瞧我，这些年比你悲惨多了是不，不也茁壮成长了么？"她不善于安慰，身

边能举的并很有力的证据只有自己。

阿蓝看着她，目光隐约有些泪花，却咬唇紧忍着，半晌后，她说："可你还有许慕辰。"

是的，她还有许慕辰，这些年，他始终不离她左右。

安找不出可以安慰的词了，阿蓝又说："安，我很怕。"

她的表情让安心疼，想起那日她保护她的样子，一个多么勇敢嚣张又善良的姑娘啊。

现在，她有义务站出来保护这个姑娘了。

她转过身用力抱住阿蓝："阿蓝，不怕，真的没有什么，如果两个人在一起时是折磨，分开了未必是件坏事。"

如果两个人在一起时是折磨，分开了未必是件坏事。

多么有哲理的一句话啊。

话出口，连她自己都略有诧异。

一次真正恋爱都没有过的人，说起来倒像是个爱情专家。

教学楼下，许慕辰早已站在那里，看见安，他迎上去，周身散发着暖暖的阳光的味道："安，走，我带你们去教室。"

有同学三三两两地看过来。

无人不知，市一中的许慕辰是超级校草，却一度被猜测为gay，却原来竟是这样。

"新的学校和班级，不要太张扬，记得乖巧些。"他的手习惯性地放在她的头顶上。

这段时间的安真变乖巧了许多，从那晚他提了要求之后。她还是听他的。只要这样想，都是一整天的好心情。

她翻着白眼，嘀咕着："许慕辰，你真是老了。"

他露出宠溺却又无可奈何的笑意。

转身朝走廊的另一头走去，步伐平缓而扎实。

阿蓝看着他离去的身影，低下头说："安，其实你是幸福的。"

"阿蓝，我也会像许慕辰对我那样对你。"她说着，拉着她走进教室，嘴角扬起浅浅的弧度。

若换做从前，谁敢这么说，她一定冲上去打爆他的头；可如今，连她自己也觉得，自己可能的确是幸福的。

至少现在的一切都有了向美好发展的预兆。

告别了中考前的压力和束缚，刚刚上了高中，心里的轻松自是不言而喻，学校里弥漫着一种轻松愉悦的氛围，不似其他重点高中的沉闷，随处可见鲜艳而有活力的颜色。

在这里安感触最深的便是许慕辰，没有想到在她眼里的傻小子居然是这么受欢迎。短短四天的时间，几乎所有的人都认识了她。

甚至还有带着零食的女生拐着弯儿打听她与许慕辰的关系，每次当她说出哥哥时，便可以看见那些女生灿烂如花儿一般的笑脸。

原来，大家都喜欢傻小子。

"安，不去看书，在这里傻坐做什么？"他坐到她的旁边。

"许慕辰，是不是你的脑袋里只有学习？"她的语气有些不善。

当然不是，还有你，都是你，拼命学习是为了以后有更好的出路，是为了给你更美的未来。

可是，这些许慕辰说不出来，多怕她会因此而有压力。

她把头懒懒地靠在许慕辰的肩上，心里无端地难过，那么想临。

Chapter 3 人生若只如初见

27 爱情的最终，是一无所有

“尹安，你是唐蓝的好朋友对不对？”同班的一个胖胖的女生跑到安的面前。

她慌忙直起身子，脱口而出：“怎么了？”

胖姑娘气喘吁吁地说：“刚……刚才老班……老班说她家里出事了，好像是她……她妈妈自杀了。”

她妈妈自杀了？

安感到一阵又一阵的恐慌，她妈妈自杀。她面对的是自己母亲的死亡。

现在一定要见到阿蓝。她必须陪在那个姑娘身边。

风吹在耳边，她听不清许慕辰在身后说些什么，一口气跑出了学校，在校门口甚至把拦住她的警卫大力推倒在地上。

在人来人往的街上，她突然茫然了。

自己居然不知道阿蓝的家在哪里。好朋友三年，她不知道她住在哪里；好朋友三年，在她最困难的时候，她却无法陪在她的身边。想起三年来她对自己的帮助，心里懊恼得想要死掉。

抱住膝盖，她蹲下去，眼泪一滴滴落在干净的地面上。自杀？多么可怕而让人无助的词啊。

她该如何一个人面对她自杀而死掉的妈妈啊！

“安。”许慕辰蹲下，无限疼惜地喊。

这个傻姑娘。

“走，我带你去找阿蓝，好不好？”他一点一点温柔却又坚定地掰开她蜷缩的身子。

她抬起头错愕地看着他，泪水还挂在脸上。

许慕辰又露出宠溺而无奈的笑：“刚才跑那么快，让你等等都不肯。”

她听话地由他拉着起来：“你怎么知道？”

“去找你们班主任问的啊。”

过马路时，他认真拉着她的手，她仰起头看着他被阳光照得模糊却依然温柔的侧脸，心里被感动充斥得膨胀起来。

他已经变成需要她去依赖的男子了。

他早已是她头顶最明媚温暖的阳光了。并且，永远不会有阴天。

唐蓝的家是在郊区，很漂亮的欧式别墅，小小的三层，却十分的风情，有种复古的味道。可是现在，安只觉得它无比荒凉。

别墅外的竹栅栏是开着的，安冲进去，楼上楼下看了个遍，除了满屋子的狼藉之外，并没有看见阿蓝。走到院子里，她心慌意乱地四处环看，才发现房子后还有一处花园，她跑过去，发现阿蓝蹲在游泳池旁。

安走近，才看见蓝色的瓷砖上是一摊浓稠的还未干涸的血液，触目惊心。她小心翼翼地避开那摊血，蹲在阿蓝的身旁，

轻声地喊："阿蓝。"阿蓝抬起头，目光散乱，脸色苍白，她说："你看见那血了么？那是我妈妈摔下来的时候流的，怕么？"

阿蓝的目光死死地盯着那摊血。

身体剧烈地战栗，那一幕恐怖的画面印在脑底，像是一根根尖锐的刺。

像一个大大的风筝以丑陋的样子从楼顶摔了下来，脑浆迸裂，脸被压迫得变了形，睁大的眼底是剧烈的怨恨。

"她现在在医院对么？我陪你去看看她，也许她被救活了也说不定呢。"在心里，安也是恐惧的，这是她第二次面对死亡。

可那一次，她还有临在。

阿蓝突然笑起来，诡异而恐怖，她说："救活？呵呵，怎么可能呢？死了，她死了，摔下来时脑浆迸裂，都变了形，她死了，呵呵，死了。"

安的手心冒出冷汗，无法想象那是一幅多么令人绝望的画面。

她死了？

她死了，阿蓝怎么还在这里？

"阿蓝，快去，快去啊，她，她死了，你快去见她最后一面，快去。"安推着她。

阿蓝没有动。

安站起来，大声吼道："快去啊，没有出息的东西，快去。"

阿蓝缓缓地低声说道："我不能去，我不想看见她一无所有的样子，没有了爱的男人，没有了家，最后，连身为女人唯一的一点尊严也失去了。"

"我不想看见她一无所有的样子，我不敢看。"她喃喃说着。

不敢看，那么美丽的一个人，最后以最丑陋的方式离开了，带着对这个世界的绝望和恨。

然后失声哭了起来，一声又一声，执拗，悲伤。

安蹲下去，将她的身体扳进自己的怀里，紧紧护着她。

安不知道她哭了多久。她从蹲着到坐着，到全身麻木，在自己的怀里哭得天昏地暗，然后悲痛地昏迷在自己怀里。身体还是微微颤抖，连昏过去后意识都是紧张、恐惧的。

偌大的别墅里只有安和一群保镖，空气冷得让人绝望，是许慕辰和她一起把阿蓝抬到床上。

看着她不断颤抖的睫毛，安心疼得无以复加，多想做点什么。可是，她似乎什么也做不了。在大人的世界，孩子太无能为力，只能承受他们任性后的结果。安一直陪在她的身边，直到傍晚，唐蓝从床上惊醒过来。

“阿蓝，不怕，阿蓝，我们都在这里。”她紧紧地抱住她。

“我梦见我妈了，我梦见她。她说要我为她报仇，她要我为她报仇。”阿蓝目光空洞地看着某个角落，一遍又一遍地重复着同一句话。

安大惊，不知道阿蓝会不会因为太受刺激最后会让神经受到伤害。

“阿蓝，你清醒点，那是梦，那是梦，你要清醒点。”她不敢摇晃她，只是抱着她，轻轻拍打着。

“安，我怕，我怕，我好害怕，她那个样子，怎么会这样，我怕！”她语无伦次一遍又一遍地说着。

“我怕，我怕！”她从安的怀里挣脱出去，跪在床上，双手揪住自己的头发撕扯着。

安在一旁焦急地看着，该怎样才能让阿蓝好过些呢?

安不敢去动她，只怕一不小心会刺激到她。

许慕辰从楼下上来，看到这一幕惊愕地半张着嘴巴。他知

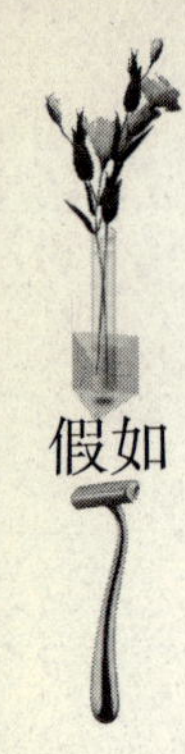

道，阿蓝的情绪已经崩溃，再这样下去一定会出事。

“安，快问她一些话，快转移她的注意力，不能再这样下去。”许慕辰站在一旁，小心翼翼地看着。

问一些话，安的十个手指绞在一起，这个时候问什么，问什么可以转移她的注意力呢?

“阿蓝，你妈妈为什么要自杀，她怎么会自杀，你知道么?”问完，安恨不得咬掉自己的舌头，哪壶不开提哪壶么。

她却突然停下了双手，目光茫然。

安趁机冲上去把她抱在怀里。

原来，在前一晚，阿蓝的父亲强硬地要求她母亲签下离婚协议书。他说，这样的拖拉只会让他更反感。如果爽快点，他能早日与那年轻的女子结了婚，还可以早分她一些钱。她跪地哀求，他却不屑一顾，丝毫没有要回头的意思，她感到了彻底的绝望。

可是，没有人知道，她是无法接受共同生活这些年的男人的薄情还是自己的失败，抑或是今后孤独的生活。

只是可怜了阿蓝。她努力学习，努力变乖，努力考上市一中，以为会扭转这个破碎家庭的局面。

可是，没有人在乎。

她们都自以为有自己的生活。

28 伤害让人一夜成长

“许慕辰，你说是不是这天下男人皆薄情负心，喜新厌旧?”她突然问。阿蓝的父亲是这样，那个男人也是如此。枉女子的痴情重意。

许慕辰的手习惯性地放在她的头上，温柔坚定地说：“不是。”至少，他不会是。别人又与他何干呢?

安不再说话，转身进了自己的教室，阿蓝的座位上还是空荡荡的，这些天，她总是无故缺课，老师体谅她的心情，亦没有说什么。

可安却有一种不好的预感。几次到她家却也找不到人，保镖撤掉了，那栋别墅显得越发孤清阴冷。

一向与她形影不离的人突然间行踪神秘起来，目前的状态，应该是需要她的陪伴才是啊。

下午放学后，她走到学校门口，却意外地看见阿蓝。

她穿着绿色的裙子，风姿绰约，十分慵懒地靠在红色的法拉利侧身上，不再似从前的假小子了。

见安出来，她把手中的包扔到车上，然后款款走来，拉着安的手说："安，晚上带你去玩。"

她很诧异，想起那日她悲痛欲绝的样子，可眼前的阿蓝，似乎早已痊愈。

可以这么快么?

"阿蓝。"她愣愣地喊着。

她把手指放在安的唇上："嘘，上车再说。"

安乖乖同阿蓝上了车，坐到后面。她看见驾驶座的男人，转过头问："阿蓝，你爸爸给你配了车，还给你配了司机么？"

嗯，还是个体面的司机呢，安想。

阿蓝脸色尴尬，看了眼男人，讪笑着说："安，那是我的男朋友。"

安再次看上去，男朋友？虽然他很体面没有错，虽然他很有男人味没有错，可毕竟怎么看也是一个老男人了。

可以做阿蓝爸爸的老男人了。

安看了看阿蓝，没有再说话，可她终究是不会掩饰自己情绪的人，太过直接。

男人朝阿蓝笑笑后亦不再说话，神色如常。

停车室外，安拉住阿蓝的手，她说："阿蓝，你是不是傻

了？你不是喜欢子路的么？怎么转眼成了这个老男人的女朋友？”

阿蓝的神情冷漠，她哼笑一声，说：“喜欢？我已经不相信任何爱情。”

安发现，一夕间，阿蓝已经成熟了，成熟得让她一时间接受不了。

是的，伤害可以让人一夜之间迅速成熟起来。

安不知道可以再说什么，阿蓝接着说：“他是和那个男人有着生意来往的人，他有妻子，有孩子。

“安，你知道么？我需要温暖，不是你可以给的那种温暖，我觉得很冷。你放心，我不会破坏他的家庭。”

阿蓝的感觉她是可以体会的。她比阿蓝幸运，在她需要温暖的时候，正好出现了许慕辰这个傻小子。

她无法评价阿蓝的做法。阿蓝恨那个男人，在面临自己母亲死亡的那一刻，她的恨就已经开始膨胀了起来。

如今，她做了所谓的小三，却承诺不破坏他的家庭。她发誓绝不会破坏到他的家庭，这是自己的底线。

她只是需要温暖，并正好可以报复到她的父亲。

尽管她恨，却没有利用任何人，不过是各取所需，恰巧而已。

终究，她还是善良的。

“阿蓝，你觉得和他在一起好么？你觉得心里会不会舒服点，我不管别人，我只要你好。”安握住她的手，那天她亲眼看见她悲痛欲绝的样子，如今，她做任何的决定，只要可以缓解那份伤痛，她都愿意站在她那边。

阿蓝拼命咽着口水，喉咙里是不断加剧的疼痛，紧紧地抱住安，又哭又笑地说：“你真讨厌，我刚画好的眼影呢。”她多怕她这样做安会离她远去，会说她恬不知耻。

所以，一直不敢来见安。如今的她已经没有什么好失去的了，所以身边这个唯一的好姐妹，再不能生了间隙。

安这样说，她终于可以放心。

29 注定颠覆的相遇

男人带着她们去的是一家叫做蓝影的酒吧，里面光线微暗，有一种极其委靡的味道。斑斓的墙壁，檀木红桌子，厚重的帘子和猩红色的沙发，酒吧里散发出一股木香和酒精的香味，放的是轻缓的爱尔兰音乐，是个十分特别的酒吧。

安与阿蓝跟在他身后进了一间包厢。

“叔叔。”里面一个年轻的男孩子站起来抱住男人，语气却并无十分热情。

男人拍着他的背，然后拉过阿蓝揽住她的腰，介绍着：“这是我的女朋友，她叫阿蓝。旁边的美女是阿蓝的同学。阿蓝，他叫林陌，从法国回来的。”

两个人点头示意。

可安分明从他的目光中发现了冰冷的嘲讽。

她眯起眼睛，不让分毫。

以为长得好一点，以为是法国回来的就可以瞧不起别人了？安冷哼。

期间，轮到安敬酒时，她端起酒杯就突然想到了自己曾答应过许慕辰晚上绝不喝酒的话，便又放了下去：“我不能喝。”

林陌亦放下杯子，懒洋洋地说：“看样子也不像不能玩的。”

他话中的嘲讽毫不掩饰，小三这个词，从古至今，都是令人鄙视的，何况对方还是个可以做自己父亲的人了？

安目光眯起看过去，反唇相讥：“要看和谁玩。”

她说完便起身拉着唐蓝，目光明亮，语气简洁：“走。”

程远的手伸出来，他说：“阿蓝，懂事些。”语气中略有责备。

“安。”她喊，目光的妥协和请求让安感到无力和恼火。

她不懂，曾经这样一个嚣张而骄傲的姑娘，怎么转眼就成了这样呢？

是的，的确已是曾经。可安还是陪着她坐了下来，在她的心里，她就是她的阿蓝，当初义无反顾帮助过她的阿蓝。

她端起桌子上的酒指向林陌，然后仰头一饮而尽，她的挑衅张扬至极。

林陌慵懒地靠向后面，看着她微变的脸色，嘴角浅浅地扬起嘲讽的弧度，她喝下去的可是烈酒路易十三。

辛辣的液体从喉咙一直滑到胃里，像一团火，灼灼地烧了起来。

“不过如此。”她依然睁大眼睛看着他，视线却不可抑制地混乱起来。整个世界慢慢地倒了起来。

唐蓝心疼地看着她，这个傻姑娘，她柔声喊道：“安。”

连程远都有些诧异，这个表面平静的女孩，却可以如此汹涌起来。

可是，谁也没有想到，安竟又把酒满上了，然后端起来，不顾唐蓝的阻拦摇摇晃晃走到林陌面前，她说：“我敬你。”

从来没有听过这样好听的声音，沙哑而具有穿透力，直抵人心。

在所有人惊愕的目光中，酒顺着林陌的头弯弯曲曲地流了下来。

程远站起来跨过去，唐蓝亦大步跟了上去。她可以明白安的所为，她也必须保护她不受到伤害。

“程远。”唐蓝拉了拉他的衣袖。

林陌握住酒杯，骨节泛白，脸上是似笑非笑的神情，酒一直流了下来。

“我玩得起么？”她笑着朝林陌说。

一个纨绔子弟，凭什么可以看不起别人?

然后转过脸和唐蓝嘿嘿地笑了起来，一副孩子气的模样，随之摇摇晃晃地走了出去。

她感到天旋地转。小小的蓝影酒吧，她怎么也出不去，左转右拐，不是撞到人就是撞到墙。

林陌在身后跟着，目光中是浓浓的探究，她像个满身是刺的兽，不管如何，总之先伤到对方，就这一点而言，与他是像的。

可是，像她这样的人，应该是有着决绝的性格，又怎么会有做小三的朋友?

许慕辰在蓝影里反反复复已转了几圈，还是不见安，她会去哪里呢?

唐蓝说：“许慕辰你快来，安喝醉了。”

若不是真的喝醉了，唐蓝不会有那样的语气。

男厕所门口，林陌斜倚在墙上，看她直接冲了进去，玩味地笑了起来。片刻后，他突然听见她在里面尖叫的声音，随之而来的便是争吵。他冲进去，揽过安朝正在系皮带的男人说：“怎么了？她神经有些不正常。”

他嘴角还挂着揶揄的笑意，想象着她清醒时若是知道这些，那该是怎样的一番光景呢?

很久没有这样有趣的事情发生了，身边都是一些故作姿态的女生。

安还在嚷嚷着：“我操，当众耍流氓啊，也不看看搁谁面前，老娘可不怕这一套。”

神呐!

男人涨红了脸，可能还没有见过这样的女孩子，冲进男厕所里，骂起别人来倒还一套一套的。挥起手，一副想要大吵一架的样子。

林陌上前挡在了中间，拿出几张红色钞票塞进男人手里。

走前，男人瞪了眼安，安摇摇晃晃地要追上去，林陌用力将她拖出去，穿过热闹的舞池，走出蓝影。站在门口风吹来，安打了个哆嗦，身子不稳地靠在了林陌的身上。

她真瘦，肩骨撞在了他的胸口上，硌得生疼。

看着她突然安静下来的样子，目光里溢满了潮水，仿佛随时都可以溢出来的样子，明亮得可以看见整个世界的倒影和孤立的自己。

他情不自禁地想要伸出手拢拢她散在耳旁的头发。

“安。”许慕辰冲过来，用力将她拉进自己的怀抱，戒备地看着林陌。

他的手随意放下去插进自己的口袋，看着眼前这个少年，脸上露出自己一贯嘲讽的冰冷神情。

真他妈的莫名的滥情。

“她可是喝路易十三醉的喔。”林陌歪着嘴角，一副痞痞坏坏的样子。

连他自己都不明白，为什么会对这个姑娘有着本能的排斥。是因为她的好友有了个令他讨厌的身份或是其他，他也不知道。总之在她的面前，他早已隐藏好的戒备和斗志以势不可挡的力量蹿了出来。

“她没来过酒吧，估计不知道那是路易十三，以后若有机会，我替她还了你。”许慕辰一手扶着她，一手脱了自己的外套，三言两语云淡风轻地挡回了他的话。

那些言外之音他自是明白，可也决不允许任何人在他面前有轻视安的言语。

此时的安已经静了下来，靠在许慕辰的怀里像一只乖巧的猫，有些天真，有些孩子气，没有一分的戒备，哪里还有刚才在酒吧里的模样？

林陌看许慕辰温柔且小心翼翼地抱起安，然后越走越远，在夜色中渐渐缩成一个小点，从远处看来，两个人似乎已经融为了一体。

他是谁呢？看起来与她不似一个世界的样子。

耸耸肩，转身走进酒吧，管他呢。

爱咋咋地。

可谁能想到，越是相互讨厌的人相遇的机会总是越大，真应了那谁说的“墨菲定律”。

30 再见，我还是坏女生

翌日，安醒来时看了眼时间，哇的一声从床上跳了起来，慌慌张张间撞到了床头的钟表，赫然看见压在钟表下的一张白纸：

早自习已替你请假。

很简短的一句话，安挠挠头，放心地呼出口气。

幸好还有这许慕辰，可是，昨晚自己喝了酒之后是怎么回来的呢？

突然间，想起唐蓝最后看自己的眼神，心里郁闷得无以复加。

安到学校时，早自习刚刚结束，刚进了教室，唐蓝便从座位上跑过来，一脸关切地问：“安，你怎么了？”

安疑惑地抬起头。

“许慕辰说你身体不舒服。”她说，“老班一看是许慕辰来请的假，想都没想就应了。”

安不说话，抬头看了眼唐蓝，欲言又止，她其实很想问：你真的做了小三了么？

唐蓝看着安，叹了口气，轻轻地说：“安，有话你就说吧。”

她跟着安走出了教室，站在走廊上，安说：“阿蓝，我真

的没有想到你会变成这个样子。”

“什么样？做了小三，或是怎样？”她接得飞快。

安生气了，转过脸，她生硬地问：“昨天，你没有看见那个林陌的态度么？还有那谁，也不见为你出头。”她不介意她做了什么，可是她介意她的妥协。

话说完，她有些诧异，自己怎么就把他的名字记得这么清楚呢？

真是莫名其妙。

唐蓝再次叹了口气，不是不知道安是在心疼她。看向远处的窗外，她幽幽地说：“安，你没有亲眼看到我家庭的变故，你没有看见我妈妈绝望的样子，你没有看见她从楼上一跃而下的姿态。”

唐蓝说着眼睛便模糊了起来，情绪也跟着激动起来，那段时间的伤害，她怎么能忘了？

她亲眼看见妈妈跪在那个男人脚边哀求他留下的样子，她曾是多么优雅骄傲的女人呀。

“我不能像我妈妈那样，安，你知道么？现在，除了程远，我什么都没有。他对我很好，而且他是那个男人很重要的一个客户。”

唐蓝低着头。每夜都会做一个梦，她妈妈要她报仇，歇斯底里地在她梦里喊叫。她的怒气让她不得安生。

安心里酸涩得要命，她转过身，抱住唐蓝。

她很想说：还有我，还有我。可是，到底她还是拙于表达自己的情感，拙于表达自己内心的想法。

“又见了？”

安和唐蓝同时转过身，林陌双手环胸，一脸慵懒的神情，阳光在他的头顶跳跃着，仿佛连他的身体都在闪闪发光。

唐蓝紧张地握起手，除了安只有她知道自己小三的身份，而他，而他对自己的态度……

“怎么？不欢迎新同学么？”他走上前，插到口袋的手伸出来放在她们面前。

安看了眼一脸纠结的唐蓝，抓起林陌的手飞快跑了下去，身后教室里传出一阵阵口哨声。

操场上，林陌盯着安握住他手的样子，懒懒地笑起来：“怎么？这么快就想和我发生点什么？”

安才意识到自己的动作，瞬间便红了脸，狠狠瞪着他。

林陌突然哈哈地笑起来，凑到安的脸旁，轻轻吐了口气，问：“第一次拉男人的手？”

他脑子里突然出现昨晚那清秀少年抱她的样子。

“切。”安不屑地转过脸。

喔，等等，他刚说的是男人，安转过头咯咯地笑起来：“你是男人么？”说完，她还故意打量了几眼。

林陌眯起眼睛，还没来得及说话，安突然又变了脸色，她突然想起昨晚他对唐蓝的态度。

“唐蓝的事情，我希望你最好可以忘掉。”她说，语气冷漠。

“做了还怕别人知道么？”他反唇相讥。

做小三的女人是他最看不起的。出卖色相，最廉价，最无耻。

“你知道个屁！”她骂。

这是他第二次听见她说脏话，并且理直气壮。

骂完，她大摇大摆地转身离开，没几步又回过头来，一脸疑惑地问：“你也在这个学校？”

林陌挑眉，不置可否，却又见安笑起来，十分放肆的笑容，她说：“那你最好听我的。”

这点把握她还是有的，在这里混了这么些日子，对付一个刚来的外来小子还是绰绰有余的。

天，她简直生来就是做坏孩子的料。

可安没有想到，林陌不仅是在这个学校，更是与她同班。老班介绍他时，安看见唐蓝绿了的脸。

其实，安懂得，介意的是她自己。

31　林陌，林陌，都是林陌

他的名字大大地写在黑板上。

全班在片刻安静后，一片哗然。安听见他们唧唧喳喳地在下面拿他和许慕辰比较着。安不屑地想，他怎么配和许慕辰相比呢?

可是，林陌的到来确实造成了全校的轰动，各个年级的女生都趁着下课的时间争先恐后地要看他，走到哪里都可以听见林陌的名字。

“阿蓝，别担心，有我罩你呢。”趁乱之际，她朝唐蓝扔了小纸条过去。

唐蓝接到后，窝心地笑起来，想一想，又担心什么，朝着安的方向，她比画了个放心的手势。

“我还是觉得许慕辰好，他哪里能和我们家许慕辰相比。”下课后安不屑地和唐蓝说。

唐蓝笑起来，揶揄着：“哟，还成了我们家呢。”

转头便看见了许慕辰，唐蓝打趣道：“你家的来了。”

语气暧昧不明。

许慕辰对安的宠爱，凡是知晓男女情事的都可以看出来。可偏偏这个当事人浑然不觉。或许是他一直这么好着，所以在她眼里就成了理所当然，别无其他。

安走过去，并没有注意到许慕辰微红的脸和眼眸中动人的异样光彩。

我们家，喔，多么美妙的词啊。

总有那么一天的，不是么?

“许慕辰。”安跳过去。

“睡晚了吧，下次还敢不敢喝酒，怎么答应我的不记得了么？”他伸出手指敲在安的头顶，抬眸却看见昨晚的那个男生。

安随着许慕辰的目光看过去，然后瘪瘪嘴：“大家都在拿他和你比呢！”

许慕辰移回目光，温和地看着安，听她又说：“他哪能和你比呢？”

他的心一瞬间就软得无以复加，这个好姑娘。周围嘈杂起来，大家都渐渐移了过来，目光在许慕辰和林陌的脸上来回移动，眉头微蹙。

安听见她们在说：两个都很好看诶，怎么比呢？

我还是觉得许慕辰好看，多像闪闪发亮的王子呐。

我还是觉得林陌好看，酷酷的，多有男人味儿啊。

……

安大声哼起来，拉着唐蓝气呼呼地跑进了教室。

林陌，林陌，都是林陌。

许慕辰看着安跑进去的样子，脸上再次露出无奈而宠溺的笑容。

短短一天的日子，林陌可谓是轰动了整个市一中，喔，绝不是因为他生了张颠倒众生的魅脸。骑着重型机车穿过操场，市一中除他之外再无二人；刚入校一天就和别人打架；刚入校第一天就和周围的混混们已经熟稔至极；刚入校第二节课就公然翘课，在楼梯处抽烟。

用唐蓝的话说是：多么牛逼。

对，多么牛逼，比安当年还要牛逼。

32 幸福是错误的幻觉

坐在靠窗的位置，窗外的夕阳一圈一圈地把四周的云彩都

染成了一片片的红色。安仰起头，低下来的瞬间看见了靠在树下的林陌，侧身而立，将夹在手中的烟递到嘴边，眯起眼睛用力吸进去。

他的侧脸让安无故觉得伤感起来，那么安静，那么忧伤。

这些表情都不陌生，她都一一有过。

可是，现在她不会了，她开始幸福起来了，不是么？许爸爸、许妈妈、许慕辰都对她很好，她感到很温暖。

那么，她是不是该做些什么呢？

打开抽屉，抓起书包，她飞快跑了出去，直到在楼梯口才听见数学老师气极的喊叫声，她回过头调皮地吐吐舌头。

谁让她从来都是个坏孩子呢？

站在许家门口喘着粗气，想象着大家回来看到她做的一切时的欢喜目光，心里就觉得无比兴奋。

喔，不是许家，是我们家。

“其实，安这孩子也是不错的呢。”她举起的手停在半空中，安听得出那是许爸爸的声音。

这个时候，家里怎么会有人呢？

“嗯，是比以前好很多，这样我心里也舒服些了。”

“你收养安的真实原因我知道还是因为许慕辰，只是那个孩子性格这么倔，若是真的打定了主意又怎么会轻易改变呢？不过我看安倒是真没什么。”

“不管她有没有什么，我这样做也算是个警示，站在许慕辰身边的人必须有着良好的家世，干净而明媚的笑容，不是安这样的。”

“只是，这样对安是不是不好呢？”

“哎，没有办法，好在在我们家，总比她一个人孤单要好。算了算了，注定的命啊，她和许慕辰是永不可能有交集的，我们对她好一点也算做是补偿吧。”

……

安举着的手麻了，缓缓放下，像是电影里放慢的镜头，心里似有冷风吹过，硬生生地在心脏上刮了个口子，那些疼痛在血液里慢慢过滤。

她已经开始慢慢幸福了？呵呵，她突然狠狠地抽了自己两耳光，只有笨蛋才会相信这种虚幻的词，对，只有笨蛋才会相信。

耳边许妈妈收养时说过的话还言犹在耳，清晰如昨。

如今呢，真相又是怎样？是因为补偿么？

这些话像锯子一样拉扯她脆弱而敏感的神经，疼得无以复加。

脸上火辣辣的疼痛也无法平息掉刺破肌肤的细碎而钻心的疼。什么狗屁怕她孤单，什么家的温暖，都是骗傻子的玩意。

门突兀地打开来，眼前是许妈妈和许爸爸惊愕的表情。

“安。”许妈妈尴尬地喊，刚才在屋子里的对话，想必她是听到了。

她伸出手胡乱在脸上摸一把，想要努力扯出一个笑容，放下手，才发现竟满手的泪。她一遍又一遍地说：“没关系，哈，没关系。”

真的没有关系，她怎么能相信世界上会有人真心对她好呢？

转身要跑却生生撞进一个厚实的胸膛，仰起头看见许慕辰温暖担忧的双眸，眼泪无故更加汹涌起来。

“妈，怎么回事？”他的语气是少有的严肃，因为他知道，若不是真的事情严重，安不会在人前肆无忌惮地哭。

空气是浓稠的尴尬的气息。

“没……没什么，我……我……我和别人打架了。”她哽咽着说。

这个世界上对她好的人很少，真的少，所以尽管她总是表现出没心没肺的样子，心里却谨记着所有对她的好，并在心里

无限放大，久久回味。

所以，直到这个时候，她心里想到的仍是一家人围在桌子前吃饭时温暖的样子，许妈妈送裙子给她时慈爱的表情。

所以，心里才会疼得很彻骨。

许慕辰低下头看见她脸上鲜明的五指印，好看的眉头紧紧蹙在了一起，拥住安的手更用力收紧了，事情绝非安说的那样简单。

“爸。”许慕辰再喊。

在所有人惊讶的目光中，安从许慕辰的怀里挣脱开来，走到许妈妈面前：“真的不是想给我温暖，真的不是觉得我孤单，真的不是想要对我好才收养我的么？”

她的目光那么真诚，她的目光那么清澈，像是大雾散开来的清澈。

错乱的呼吸声交缠在空气中，每个人的目光都似含了无数莫名的情绪。

33　他是她心底最疼的美好

安的心一点一点下坠，缓缓地感受着绝望，骨头里裂开了条缝，寒冷一丝丝地渗进来。

原来，对一个人好，也是带着目的的。

许慕辰突然觉得如释重负，她总是要知道的，任何的真相好或不好都必须要面对，以后的岁月还那么长，他相信自己会慢慢抚平她心里的伤。

可是，他怎么也想不到，对于鼓足勇气接受这一切的安来说，一次的绝望就彻底推翻了她对人性对温暖的信任，今后，绝不会再有。

安转过身，许慕辰以为她会疯了一样地跑出去，却没有想到，她走得极缓慢，每一步都似艰难无比。

墙头下，她仰起头，双手攀上，跳了几下都从中间滑了下来，手臂是几条触目惊心的血痕。

许慕辰蹙眉走过去，从身后抱住安，他感到安在他怀里的身体用力震了震，然后用力扭动，挣脱。

她回过头红着双眼，吼叫着："滚。"像发了疯的兽，全身都是刺人的獠牙。

许慕辰开始惧怕，他怕安从此会对他抵触起来。

抱着她的手松了松后更用力加紧了力度，不顾安奋力地挣扎。

"我陪你上去，我陪你上去，安。"他说。

安仿佛听不见似的，许慕辰喉咙不断加剧的灼热和疼痛几乎要烧掉他所有的理智，松开安，他用力一跳，坐到墙头上，一字一句说着："尹安，我陪你，陪了这些年，今后也要陪着，不管遇见什么事情。"

安不说话，瞪着眼睛，却不看他，许慕辰看见她眼底即将溢出的眼泪。

许家父母说的话还在耳旁嗡嗡作响，而他又说着这些，多么滑稽。

打一巴掌后再来揉一揉么?

"安，让我试试好不好？相信我，求你相信，求你。"

安几乎不能动弹。在她的眼里，许慕辰一直是如王子一般的少年，干净、纯洁、优雅，有一种不动声色的高高在上，不管人群多拥挤也可以一眼便发现的那种卓越。

是她心里独一无二的少年。

可是，现在这个高高在上的少年竟对她说求。多么卑微的一个字，他说了，对她说了。

所有的力气粉碎得彻底，眼泪啪啪落下，毫无预兆，难过得无以复加。

她伸出自己的手，然后看见他灿若朝阳的笑。

许慕辰没有任何的错，他一直都是温暖地待她，这一切都与许慕辰无关。

他对她好了这些年是毋庸置疑的事实，收养前如此，收养后如此，始终如一。

她怎么可以质疑他呢?

“安，饿了么？”许久后，他问。

“安，说说话吧。”许慕辰的声音很难过，他很怕安这样子，很怕。

周围是令人窒息的沉默，安的头始终是低着的，许多话她都不知道该怎样开口倾诉，或者，在他面前她丧失了倾诉的能力。

许慕辰的手试着搭在她的肩膀上，见她没有抵触，然后再把她朝怀里揽了揽，她的身体冷得惊人。

许久后，安说："许慕辰，你说这个世界上真没有一个人会真心地对待另一个人么？"

她的声音很轻，不知是在问他或是在自言自语。

她突然隐忍的样子让他觉得心里窒息，他宁愿看她疯似的拼命，也不想这样。

“有。会有真心对你好的，却不是没有缘由的好。”许慕辰是温和的，是淡定，亦是十分理智的，不论任何事情。

在他眼里，这个世界上的任何事，绝不可能是没有缘由的。

在他晃神间，安已经一跃而下，从墙头上跳下时，腿明显颤了下，她却倔犟地挺直起来，然后冲进自己的家。

对，是自己家，这两字让她觉得踏实。

许慕辰的话让她感到冷，还有失望。为什么没有，怎么会没有？她始终固执地相信会有。

许慕辰尾随在后，不离左右。

推开门，屋子里有一股腐蚀而陈旧的气息扑面而来，夕阳从窗外洒进来，形成一道圆筒形的光晕，空气里的尘埃像跳动着的精灵，染着夕阳特有的红色光圈。

安站在门前，她仿佛看见临在屋子里回过头看着她，笑容妩媚一如当年。

她猛吸了一口气大步迈入，手脚利落地收拾着房间里的杂物，然后拿起扫把用力扫动，空气里弥漫着雾茫茫的灰尘。

许慕辰站在门外无措地看着，他突然觉得自己被隔离出了安的世界，内心一片恐慌。

“安。”许妈妈站在许慕辰身后，声音很小，眼圈微红。

安握住扫把的手骨节惨白，顿一顿后，她缓缓放下扫把走到许妈妈面前，九十度地弯下腰：“阿姨，谢谢你照顾我这么久。”

她的言语中有浓稠的疏离感。这一切都无可挽回，她做不到欺骗自己说一切没有发生过，然后和他们再继续她以为的幸福生活。

“安，对……对不起。”许妈妈说。

逆着光，安的身体处在一片阴影中，她的目光看向别处，说：“哈，啥对不起呢，我只是要在这里等我妈回来，毕竟这才是我的家嘛，反正谢谢你照顾我这么久。”

“喔，我还要回去收拾收拾呢。”说完，飞快转身跑进了屋里。

眼泪在看不见的地方决堤，不想他再看见自己的软弱。太狼狈了不是么？

许慕辰就一直在门外看着，一直。

夕阳在他的眼底，绚然艳丽，却是悲伤的颜色，那么浓重。

34　哭吧，她是笑容落拓的坏女生

关上门，她靠着门，用手捂住脸，泪水从指缝间蜿蜒地爬

满整个手背。她像一头小兽悲鸣着，缓缓地蹲下去头抵着膝盖，执拗的哭声一声又一声地敲击在许慕辰的心上，疼痛得无以复加。

也只有在这样黑暗且无人的环境中，她才这样放肆地去哭，于她而言，那才是安全的。

她以为真心对她好的人，却是带着功利的心；更可悲的是，她居然大言不惭地说自己越来越幸福了。

哭吧，哭吧。第二日，她又是那个不知天高地厚、笑容落拓的坏女生。

对，还是坏女生，坏女生才比较不容易受到伤害。

抱歉了许慕辰，答应做个好孩子的尹安只是个说话不算话的坏女生，她心里有微微的酸涩感，挥之不去。她不怪许慕辰，真的不怪，她最明白他对她的好。

她只是不知道该如何再面对他。毕竟那是他的父母。

“妈的，又装深沉，问你话呢。”一个穿着黄色衣服，耳朵上打满耳洞的男生朝安喊着。

吐出烟圈，眯起眼睛，将烟蒂扔在地上，用脚狠狠踩了两脚：“说谁妈的呢？”

一块儿玩的人都知道骂什么都不要骂安的妈妈。

“好，好好，妞，晚上去哪里玩？”

“谁知道哪里有招兼职的，我想找份工作。”安扬起头问，她突然想起了临，也许再过不久临就会回来。来日方长，那个男人留下的钱想来也是不足以让临和她一辈子无忧的，何况心情烦躁，让最近忙一些总是没错。

“发廊啊。”其中一个男生说。

周围哄笑起来，男男女女一片。安突然变了脸色，死死咬住下唇，看着那个说话的男生和他此时那张放肆的笑脸。她在身下握紧的拳头突然飞出去，目标明确。

大家怔怔看着这一幕，被打的男生捂着突然被打的脸，目光里是惊讶和愤怒，他吼着：“你他妈的有病啊。”

安突然又飞出去一脚，男生握住安飞来的脚用力抬高，她猝不及防地被摔倒在地上。

还没有来得及站起来，男生大步跨过去，揪住安的衣领，将她抵在墙上，目光阴霾，手用力扼住她的脖子：“你他妈的还发什么神经，发啊。”

安的目光始终是倔犟的，倔犟地与他对望。

“阿浪。”已有人出声，谁都不希望闹出事情来。

被叫做阿浪的男生看着她的目光，心里有一丝莫名动容，扼住她脖子的手渐渐松了力气。

她又突然抬脚用膝盖顶在他的胯下。

剧痛之后，他反手甩出一耳光，她的脸瞬间便红肿起来，嘴角渗出血丝。

“妈的，老子今天不弄死你就不是娘生的，谁都不许出手。”他脸色铁青。

安半靠在墙上，手握成拳，目光依旧明亮而凛冽，男生跨过去，安迅速扬起手，却被男生反扣在墙上，他目光深暗：“打你还是便宜了你，还怎么玩玩你呢？”

“阿浪。”已有人低斥出声。

“阿浪，安是女孩，你也打了她一巴掌，算了吧。”总是有人看不过去。

哧……

阿浪哗啦撕开她的外套，露出里面洗得有些泛黄的T恤，她的锁骨突出而尖锐。

“败类。”林陌轻扯薄唇，语气不屑。

大家看着突变的情况，林陌将安扯进自己的怀抱，抬腿狠狠踹在阿浪的背上，将他抵在刚刚安靠过的位置。

“就欺负女生这点本事还敢出来混？”他轻笑。

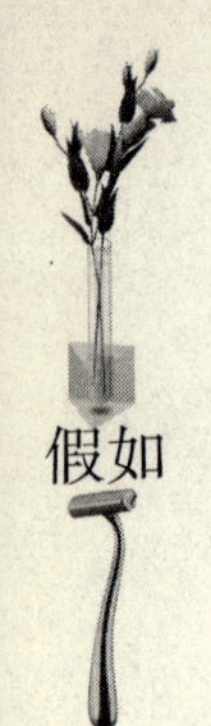

刚才的一幕，他看得清清楚楚，从开头到结尾。

安靠在他的怀里，他身上的衣服散发出一股烟草味，十分辛烈，让安感到十分清醒却又意识混沌。

没有人说话，刚才阿浪做的的确是过分了些。

“你他妈的偷袭算什么男人？”阿浪气急地喊。

林陌哼笑出声：“你若是个男人，我又怎么会偷袭得成？”他说，然后放下腿，弯下腰用手拍了拍。

转过身的阿浪向林陌踢来，动作凶猛。林陌微扯嘴角，环在安腰间的手收紧了些快速后退。阿浪身体略有不稳，被林陌抓住脚踝狠狠反转。

他踉跄地摔下去，安大步跨过去，清脆地甩了他两耳光，一字一句道：“本金加利息。”

“再见面，势不两立。”说完，她拉着林陌，扬长而去，高昂着头颅。

哪里还有刚才被人压在身下的样子？

看着她握着他的手的姿势，想起她刚才凶猛的样子，林陌有一瞬间的失神，随即又轻笑起来。

安回过头，顺着他的目光看下去，一个激灵用力甩开，脸别过去，却微微发烫：“谁许你拉我的？”她说，气势汹汹。

“你拉我的，大家都看见的。”

她无语，不停咽着口水，始终找不到合适的话。

“嗯，上课了，老班的课。”他突然说。

“啊？”她一时间没有反应过来。

“已经过了一刻钟。”他气定神闲地说。

安这才反应过来，天哪，老班的课，她瞪着林陌，大喝一声：“王八蛋，干吗不早说？”然后撒腿就跑。

林陌看着她的目光变得复杂，鬼使神差地跨上前拉住她的手跑起来：“反正已经迟到了。”他的手劲很大，安无力挣脱。

对，就是无力挣脱。

35　他不觉得她是个坏孩子

破败的两层楼房，到处都是尘埃，在大片空荡的地方摇摇欲坠。墙上是斑斓的，一摸就会掉下来的蓝色墙皮，风从四面八方吹来，有一种摇摇欲坠的眩晕感。

站在楼顶，周围是一片荒芜，风吹来闭上眼睛会感到自己仿佛就可以飞起来。

“真是个好地方。”她张开双手，感叹着，莫名就很喜欢。

林陌在她的身后，心里突然有茫然的感觉，这是自己的秘密基地，他居然将她带了来，因为那一瞬间她眼中浓重的悲凉么?

“既然玩不起，又何必还要玩?”他问，目光淡漠，声音亦是极其平淡的。

安张开的双手搭下来，想起刚才阿浪说发廊两个字的神情，转过身，她回过头嘲讽地看着林陌：“谁都有自己玩的原则。”她说得很认真。

说完，她席地而坐，盘起双腿，从被撕破的外套口袋里拿出烟来点上，她轻轻地说：“我去过发廊，你信么?呵，你肯定信吧。”她语气里有几许嘲讽的味道。

她看起来不就是像那种随便的人么?她有自知之明，所以，都不准对她投以怜悯或是别的什么表情。

林陌走到她身边坐下，他看着她，发现她吐烟时是眯起眼的，有着和年龄不符的沧桑感。他接过安手里的烟细细地看了起来，这根烟比平常的烟要长一些，还要细一些，有着尖尖的嘴。“很美的烟。”他说。

安拿回烟，又放到自己的嘴里说：“它还有个很美的名

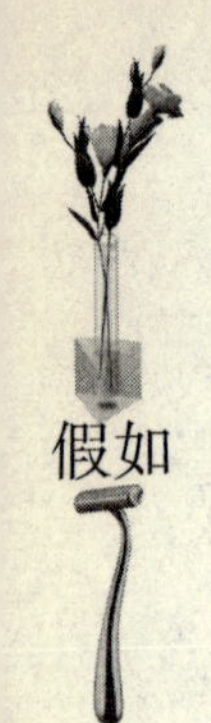

字，叫做卡碧。”

林陌笑了起来。她并不像平常的女孩子那样，在穿衣、打扮上很有讲究。可他看得出，对烟，她是有讲究的。

有些奇怪，不是么？

“我妈是疯子，为了生活我曾去过发廊，所以，当他说发廊时，我心里有很深的被侮辱的感觉，他的语气那么随便啊。”她狠狠地吸烟，眯起眼睛再用力吐出来。

她没有说自己是被骗去的，为什么要说，她没有那习惯到处说自己是受害者，相较于可怜她宁愿别人的鄙视吧。

她也没有说那件事对她所造成的伤害，她没有说自己至今都忘不了，连许慕辰都不知道。

或许，越深的伤越是无法说出，平静得像不曾有过。

现在说出，自己也不知道是为什么，可能在合适的时间、合适的地点，就那么自然而然地脱口而出了，抑或是，她也需要一个倾诉的机会了。

“每个人都会对生活有所屈服，不必耿耿于怀伤害自己。”他说，语气很是认真，冷漠。

安感到惊愕，他是个公子哥不是么？怎么会说出这样的话？烟烧到了手，她没有迅速扔掉，而是换了个手势，缓缓放在地上，狠狠地摁灭。

林陌看着她一系列的动作怔怔出神，单从外表怎么看她都不像是个隐忍淡定的女孩，可刚刚她从容的样子，他疑惑了。

“疼么？”他问，却突然又觉得自己莫名其妙。

安咧开嘴，笑容明亮：“试试不就知道了。”

那一瞬间，她没心没肺的样子让他没来由地心疼。的确，疼不疼，不试怎么知道呢？

“这里是我最喜欢的地方。”他突然说，安看见他的神情落寞。

“很安静，安静到什么都不用想，人越多越是感到孤单，越是容易想得多，这样的地方，很好。”安没有说话，林陌仰起头看着天空。

那一刻，安发现，他是真的很好看。

和许慕辰的好看是不一样的，他是一种张扬肆虐的美丽。

“嗯，很好看。”安轻轻地说。

她不知道林陌说的很好是指哪里好，她也觉得很好，不用担心不加掩饰的表情被人看见，或哭或笑都是安全的，都是自己一个人的事情。

就像刚才林陌的那种表情，她打赌，在人前，绝不会那样。

“嘿，以后可真的要听我的了喔，没想到，我还有先见之明呢。”她大力地拍着他的肩膀。

他回过头朝她瞪眼：“做梦。”他说，然后起身拍拍屁股，伸个懒腰就朝下走。

她似乎痊愈得很快，没有平常女生那样矫情许久的模样。

“那这里以后未必会一直清静下去咯。”她在他身后说。

他转过头，眯起眼睛看了她一会儿，说：“那你被打的事情估计也是人尽皆知。”

安愣了一会儿，脸色变了又变，然后咬牙切齿地说：“反正大家都知道我是坏孩子。”

林陌的心突然一抽，剧烈快速。

大家都知道我是坏孩子，他不知道，这是一种勇气还是一种绝望。

尽管这话自己也曾说过。

反正坏得人尽皆知，那么还有什么好顾忌，就更坏再坏吧。

“怎么样？”她跑到他面前，双手叉腰。

“还真有一副坏孩子的模样。”林陌说，可是，在心里，他真的觉得她不是一个坏孩子。

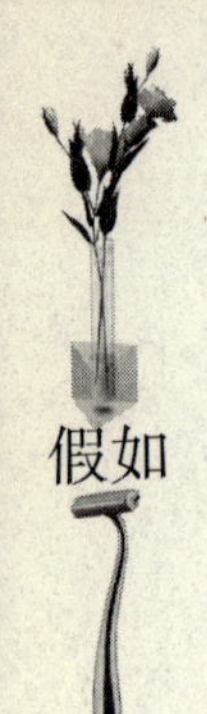

突如其来地想来，自己也觉得莫名其妙。

“你为什么对唐蓝有敌意？”两人一前一后缓缓向楼下走，安想起第一次见面的模样，突然问。

林陌看了看她，半晌后声音冷冷地说：“难道这么爱慕虚荣的女生应该招人喜欢么？”

“爱慕虚荣？”她从来没有觉得唐蓝是这样的人。

“做小三若不是为了虚荣那应该是什么呢？”他反问，语气有难掩的轻蔑。

安停下来，仰起头紧紧地盯着林陌的眼睛，生气地说：“你懂什么？”

“她的妈妈前不久刚死，是自杀，因为和她的爸爸离婚。而她的爸爸是因为有了小三才要和她妈妈离的婚，阿蓝亲眼目睹了她妈妈的死。”许久后，安静静地说。

胸口有窒息感，不能呼吸，即使在这么久之后想起那一日的事情，她依然觉得疼痛。

林陌亦有震惊，心里有一个洞，像尘封了许久然后被突然打开，揭去薄薄的一片尘埃，伤口仍旧未曾愈合。

血淋淋的是那些悲痛的过往。

亲眼目睹一场死亡，对方是自己的亲生母亲，这样彻骨的痛，他是懂得的。

“我懂。”他突然开口说，声音深沉。

这种语气让安吓了一跳，因为太过熟悉，像是另一个自己曾用过的语气，可是，他怎么也会有这样的语气呢？

“我对唐蓝没有敌意，让我有敌意的是小三这个身份。”他轻轻叹息，说完就快速朝前走开了，留下一脸错愕的安。

错愕的是他居然会对她解释。

林陌走得很快，甚至有一种急速逃离的味道在里面，连他自己也不明白，怎么在她的面前，那些在黑暗中才会暴露的情绪，那些在天明前就会收起的情绪怎么统统蹿了出来，不受控制，愈演愈烈。

他和她之间有一种很微妙的联系，话语不多，却可懂得。

可是，他却不想。毕竟，那是不安全的。

36　太多的情深意重，她承受不起

回到学校后，第二节课已经上到了一半，教学楼下，是许慕辰的身影，被夕阳拉得长长的身影。

不用说，安也知道他是等自己，脚步略顿之后更加快了速度走到他的面前。

“干吗不去上课？”她蹙眉。

许慕辰的眸子像黑暗中突然生了光，上上下下把安打量了一遍：“回来就好，等第三节课再去吧。”

他依旧是温和的，语气中有强掩下的激动和颤抖。

安疼得想要哭，明明比她还要大，可怎么总觉得他傻傻的呢？

“许慕辰。”她喊了喊，却不知道要说些什么。

每次都是这样，他懂得的，手习惯性地放在她的头上，露出一贯无奈而宠溺的表情：“你啊，不要太皮了，怎么又和别人打架了呢？”

他总是一副云淡风轻的表情，不管她做了多么坏的事情，他对她的语气始终是像对做了坏事的孩子。

恐怕在这个世界里，只有他才会觉得她是一如十年前做孩子王的自己吧。

“你知道我的，我就是这样的人。”她别过头，故意躲开许慕辰的手，语气生硬地说。

对不起，我担负不起太多的情深意重，许慕辰。怕自己无力偿还。

这个世界，除了你，再无人能让我心疼，彼时，她真是这

样想。

他的手尴尬地收回来，脸上瞬间的僵滞后又恢复了温暖的笑意，轻轻地说："是啊，孩子王一个。"

"许慕辰。"她大喊，硬生生地逼回眼底的泪。

许慕辰牵动着嘴角，终是未发一语，下课的铃声适时响起，安听见他末了的那一句，轻轻的，无奈的话，他说："安，对不起。"

在他的身后，她看他的背影消失在楼梯的拐角处，成一片阴影。

安愣在原地，心里像是被榔头狠狠一击，短暂的麻木后是撕裂般的疼痛。

明明最无辜的就是他，可是，他居然和自己说对不起，从认识的第一天到现在，他哪里有对不起过她呢?

唐蓝看着蹲在楼梯处的安，叹了口气也随着蹲了下去，半晌后幽幽地说："你能为难的想来也只有他了。"

安的呼吸瞬间止住，唐蓝说得多对，这个世界，还有谁会那么纵容她呢? 他像是她独有的温暖，不管她多么阴暗、潮湿。

一秒也不能多待，她飞快地朝楼上跑去，站在他的教室门口，她顾不得喘息，大声地喊着："许慕辰。"

许慕辰在大家的目光中慌乱地跑出来，看着红了眼圈的安急切地问："怎么了?"

"许慕辰。"她嗫嚅着，头用力地朝他的胸膛撞去，找了个亲密的姿势蜷缩在他的怀里。

所有人都知道许慕辰有个很亲密的宝贝妹妹，却没有人知道可以亲密到这个地步。

许慕辰亦是震惊，很久很久她都没有再和他这样亲密过了，久到他都快以为她以后都不会再和他亲密了。

"许慕辰！"她再喊，头在他的怀里又抵了抵。

所有的情绪都缓缓地恢复了平静，许慕辰的怀抱对她而言永远是这个世界最温暖最安全的地方。

即使在很久很久的以后，她仍然是如此想。

“对不起。”她很小声地说，然后起身飞快跑下了楼。

他愣了愣，看着她的背影无声地笑起来。

她永远不用对他说对不起。

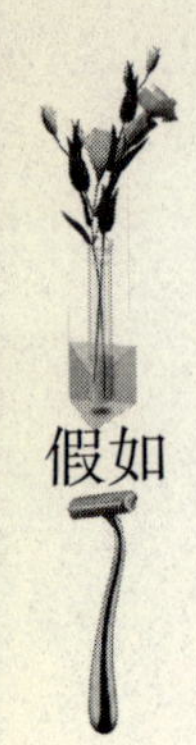

Chapter 4 我们可不可以都幸福

37　初次交锋

“没想到你还是个那么会撒娇的人呢。”林陌双手环胸站在教室门前，笑容玩味。

她眯起眼睛看着他，两个人之间有种很微妙的气场，是相吸的，却又敌对。

“没想到你居然是个八卦的人。”她反唇相讥。

林陌哈哈地笑起来，然后看着她说：“不过让我意外的是那个全校都知道的乖乖生许慕辰。”

他语气里的不屑让安觉得格外刺耳，原本已经转身走开的她又突然转过身走到他的面前，紧紧地盯着他，一字一句说道：“再用这种语气说他别怪我不客气。”

她的表情严肃到让他没由来地觉得不舒服。

这样用力维护着一个人的感觉是怎样的呢？心口忽而一紧，疼得无以复加。

不能想，不敢想，真该死。

“你真恶心。”他走到她身边狠狠地低声说，然后大步跨到自己的座位上。

上课铃适时响起，班长催赶着大家快速回到自己的座位上，刚才还喧闹的教室现在只剩下窸窸窣窣的声响。

“你真恶心！”他说这话时的表情像吃了苍蝇一样，像发生“发廊风波”时那些同学看她的表情一样，安觉得胸口沉闷得透不过气来，紧紧地盯着他的背影，然后猛地推翻面前的桌子，正好砸在他的后背。

所有人都屏息凝神地看着这一幕。林陌站起来，瞳孔微眯，缓缓仰起嘴角：“想起了什么？”

“去你妈的。”她大喊。

他变了脸色，隔着桌子，一步踏到她的面前，伸手用力提起她的衣领：“你刚说什么？”

他的语气很轻，却像结成了一层薄冰，寒气四起，白皙的手背上青筋暴起。

从没有哪个女孩可以这样难堪的吧，当众被一个男生像小鸡一样提在半空中，换成谁，可能都哽咽着说不出话了吧。

可是，谁也没有想到，安竟然缓缓地笑起来，很张扬的姿态。

“去你妈的。”她眯起眼睛笑着说。愤怒的是他不是么？报应，她就是要他愤怒。

他不让她好过，她也必然给以最有力的反击。

“砰”的一声，下一秒，她被他用力摔下来，桌腿正好硌在她的腰上，生疼生疼，她却仰起头，始终保持着微笑的态度。

他双目突然变得幽深，墨色的雾气浮上来，双手握成拳，缓缓蹲下来，然后竟轻轻笑出声来。

“我妈的确去了，不成你也想？”他凑到她的耳旁，薄唇

轻扯，用只有他们俩可以听见的耳语说。

她的背脊突然挺直，有丝丝的凉意冒出，硬生生地打了个冷颤。

唐蓝看着她变了的脸色，着急地想要过去，却被同桌死死地挡在外面，可奇怪的是林陌竟然站起来表情平淡地回到了自己的位置上，像是没有发生过任何事情一样的自然。

然而，只有安知道，知道他末了说的话。

他说：尹安，不如我们玩玩吧。

那一瞬间，她看见他上挑的唇角，还有眸中幽深嗜血的笑意，心跳无意识地狂跳起来。

"尹安。"老师进来看见这一幕高声呵斥道。

安这才反应过来，急急地站起来，扶好桌子，周围是一片低低的讥笑。

"不好好听课就算了，如今竟破坏起了公物，看来我是应该找你们班主任谈谈了。"数学老师气呼呼地摔下教材。

安仿若未闻，怔怔地看着面前他的背影。

38　生活真是场跛脚的表演

一个小时前，那个和她在破败楼顶上说话的男生真的是他么？

尹安，不如我们玩玩吧。

简简单单的一句话，她怎么就变得心神不宁了呢？大不了大干一架，喔，不不，他的意思绝不会是这样。

不要想，不要想，任他多大的本事，自己什么阵仗没有见过，怕什么？

午休，唐蓝有事早早便收了东西去找老班开了假条回去。走前，她找到林陌，早听程远说过他的事迹，可谓是邪恶得一塌糊涂。

安怎么能和他有半点的关联呢?

“我代安向你道歉，好么? ”她表情真诚。

抬起头却发现他笑容嘲弄，而后漫不经心地说：“有什么好道歉的呢? 我先骂的她。”

唐蓝怔怔地听着，什么意思? 这么好说话的就算了?

“旁的也就算了，可每个人都有自己的禁区，她有些不知好歹了。”眼前又是那张嚣张笑脸，说完，他没有再给唐蓝说话的机会，径直走开了。

不知好歹的人，多有意思。

“你一个人也就够了，弄这阵仗，像什么你知道么? ”安看着堵在教学楼下的阿浪，语气不屑。

“丢人。”她啐道。

早知道是这样的人，打死也不会和他玩到一起，一个大男人气量还不如一个女人，混个什么劲?

“所以，这次要把上次丢人的份儿都找回来。”被唤作阿浪的男生流里流气地说。

“带走。”

安蹙起眉，也不在意是否是在学校里了，快速地抬腿踢在还未到眼前的男人的下巴上，然后冲上前，再用膝盖顶上。几个男人面面相视，难不成众目睽睽下，真对一个女生动手?

“愣什么? ”阿浪喝道，扔掉手里的烟，反手拽住安的头发。她倒抽口气，挣扎着转身，反踢在他的小腹上。

一瞬间，她忘记了手里的动作，只看见林陌站在阴影处，笑容玩味且邪魅。

几个人趁势将她扭住。她咬住自己的唇，用力地闭上眼转头。他手中的烟突然烧到了手，心脏用力一抖。

如此倔犟的表情。

就像她刚才和人动手的样子，林陌没有想到一个女生可以有这样凶猛尖锐的反抗，如兽一般，不管不顾的表情。

他是不是也曾这样过？反手将烟狠狠摁灭在墙上，不知好歹的人受点教训也无妨。看样子，都轮不到他出手，四下环顾，幸好正值中午，学校里往来的并无几人。

废弃的旧仓库，在离学校不远的一片荒地后面，安对这里异常熟悉。自己以前和别人打架不是都到这里么，哪曾想自己也有一日被一群人抓来？想着竟笑了出来。

生活还真是一场跛脚的表演。何时何地，会有怎样的戏码出现，谁也无力预知。

“妈的，敢打老子，真以为自己在学校耀武扬威就是大姐大了？”阿浪将她推倒在地上，然后欺身上前，跨跪在她的身上。

这样和一个陌生人肢体接触让她觉得恶心，蹙起眉，想要挣扎却被束缚得紧紧的。她咬住唇，一口唾液不留情地吐在他的脸上。

“你他妈的要带种何必搞这些人去学校逮我，怎么？一个人不敢？”她脸上的表情放肆不驯。

啪！他甩手一个耳光，骂道：“小破鞋，老子还轮不到你来教训。”

小破鞋，小破鞋。

她的手握成拳，胸口剧烈地起伏着，全身有一股强烈的力量，一挺身将他推翻在地，迅速上去踢了两脚，操起身后的一截断木挥过去。

偷了个喘气的空隙，阿浪迅速站起来死命地扑倒安，拳头用力打过去，愤恨地骂着：“女疯子，狗日的！”

她感到一阵眩晕，一股血腥从胸口涌上来，她硬生生地咽了回去。

她可以被打，被骂，被侮辱，但临绝不可以。

“阿浪。”身后的破门被推开，一个男生快步跑来。

然后附在阿浪的耳边低声说了几句话。男生说完后，他低头狠狠地看了眼地上的安，骂了句："他妈的。"便跟着男生走了出去。

废弃仓库里一片黑暗，安挪到身后的铁门旁靠着，屏气凝神一会儿确定这里除了她再没人后，才感到安心。

脸颊处的灼热疼痛感突然让她觉得难过起来，心里像被水草一层层地缠绕起来，不能呼吸，咬住唇，不让自己发出声音。

临在哪里？她有没有记得自己？有没有好好吃饭？

在外人看来她的生活每天都多么肆无忌惮，后面跟着一群人，走到哪儿都是耀武扬威的样子，然而，多么的孤单只有自己懂得，那些放肆快意、自由自在只是给别人看的，她是坏女生不是么？

其实，她很难过，只是不能哭。

醒来后还是一片黑暗，胃里的烧痛让她有想吐的感觉，咽了咽口水，迷迷糊糊地再次睡下。

如果能就这样死去，多好？她浅浅仰起嘴角，忽然，她又想起了许慕辰，这个傻小子见自己不见了该多么担心呢？她嘴唇抿起来，眉头紧蹙。

还有临，她如果真的死了，那个笨女人怎么办？对了，还有阿蓝她多么伤心呢。

嗯，还有林陌那个混蛋，一个人高兴死了吧。心里莫名一颤，末了怎么会想到这个人了呢？

想着竟嘿嘿地笑了起来，原来自己彻头彻尾的孤单，还有这么多人会关系到自己的死活。

扯动了脸上的肌肉，连着伤口一起疼了起来，火辣辣的一片。

39　是你给予我最初最澎湃的感动

反反复复，不知醒了多少次，然后又多少次睡下，直到安

以为自己真的会在这里死去时，破旧的铁门发出了刺耳的声音。

她伸出手挡住突然而来让她无法适应的光线，恍惚中有一个人蹲在她的面前，挡住外面耀眼的光线，她把手一点点地放下去，小心翼翼的样子。

“是你？”她看着他，一脸惊讶的样子。

“你怎么知道我在这里？”

林陌不动声色地打量着她，还有些肿的脸，烂了的嘴角，乱七八糟的头发，挑起嘴角，轻轻说：“你消失了三天，知道么？”

安摇摇头，表情没有太多的起伏，虽然不知道有几天，可是，有什么关系呢？一天，和一年对她来说，没差别。

突然又像想起什么似的，紧张地问：“许慕辰知道么？”

“他没有找你。”林陌答非所问。

他当然看得出她对许慕辰的在意，可他就偏要她伤心，难过。

“喔，那就好。”她的脸上除了释怀外没有任何一点不开心的痕迹。

林陌有些恼怒地站起来，背对着她说：“走，我带你出去。”然后把手里的面包和牛奶丢在地上。

安的身体在他背影投下的阴影中，心口忽而抽紧，低下头眼泪像断了线的珠子一样爬满整张脸。

走，我带你出去，多像一句咒语。

无须温柔，不必缠绵，只要一股坚定的力量。

从她朦胧懂事开始，就希望能有一个人可以告诉她这样一句话：走，我带你出去。

走出她一片狼藉的生活，走出她阴暗的世界，去看看外面的阳光。

如今的场景，如今的人，都曾是她反复做过无数次的梦。

黑暗之中，有个勇敢的骑士对着她说：走，我带你离开。

抓起地上的面包，撕开包装就大口吃起来。由于长时间没喝过水，嗓子太过干涩，面包划过之处便有一阵尖锐的刺疼，噎在胸口，她连续吃了几口反而越堵越凶。

嗝，嗝，嗝。

林陌回过头，她坐在地上，胸口不停地上下波动，眼泪怎么也止不住，一脸恼怒的神情，拼命咬住唇想要抑制住胸口发出的尴尬的声音。

他的心没由来地软了起来，还有控制不住的悸动一波接着一波。从小到大，多么梨花带雨的美女图没有见过，可偏偏对这一幕并不好看的画起了反应，手不自觉地放在她的背上，轻轻地拍打着。

这一刻，她多像个孩子，心底的怜惜突生，来不及控制。

“林陌。”她在身后大声地喊。

他停下来，并不回头，还在气恼自己方才的举动。

“对不起。”她跑到他的面前，脏脏的脸上是他从未见过的真诚表情。

他能和她打过架之后还来救她，并且给她带来了食物，她从来都不是一个不知好歹的人。

这些恩惠，足够她记住。

他说不出话，胸口像是被压着。她居然和他说谢谢，还一副感动热诚的模样，像是他做了多么了不起的事情一样。

若是平日里被娇宠无限的女生，绝对不会做出这样的举动。

而她是如此的野生，像杂草一样。

她接着说：“我没有想要骂你的妈妈，那一句话，其实真的只是气极的口头语，没有别的什么意思。”

“还有，谢谢你。”她的脸竟然红了，在阳光下发出好看的光泽。不等他说话，她便一个人跑了起来。

天，怎么会脸红，怎么会发烫，紧张什么，她发现自己中邪了，对，一定是中邪了。

他盯着她慌乱的背影看了许久，想起她说的谢谢，心里就堵得厉害。

要知道，这三天来，是他故意在折磨她，否则也不会等到现在才去放她出来。

尹安，我们玩玩吧。

想到这句话，怎么突然就失去力气?

靠，她是一个变态的女生。嗯，是变态。

“安，阿蓝好些了么？”安刚到家换好衣服，就看见站在门口的许慕辰。

她不说话，想起这三天来自己的消失，肯定是唐蓝骗了他吧。

“嗯，好了。”她笑着冲他点头，然后问道，“怎么不去学校？”

许慕辰抬起手看了看表，笑着拉起她的手：“走吧，正要去呢，就看见你出来了。”

“怎么瘦了这么多？”他好看的眸子关切地盯住她，原本就细瘦的手腕，如今更加瘦削。

安的胸口暖暖的，抬起头像孩子一样笑起来：“哪有，是不是你胖了？”她的模样颇有几分撒娇的味道。

他不说话，看着她笑了笑，满满的宠溺。有许慕辰，真好；有人惦念着，真好。

40 繁华都是虚无，你是最美好的风景

蓦地想起那张倨傲的脸，他去找自己，应当不是偶然吧，心口又有些波动。

回到学校，唐蓝的位置上空空的。等了一节课，还没有见

她，安便去找她的同桌问起来。

“你那天下午没来，她便也没来，我们都以为你们在一起。”唐蓝的同桌张珍珍说。

唐蓝三天没有来上课，那么是谁骗许慕辰说她身体不好，自己一直在她家照顾她呢？“那么，许慕辰来找过我么？”安又问。

张珍珍摇摇头：“许慕辰没有来过，不过听说他倒是向老班去给你们俩请假了。”

唐蓝三天没有来学校，安心里有不好的感觉：除了上次她家里出事外，阿蓝从不曾有过三天不来学校也不去找她的情况；况且，好心找许慕辰帮她们请假的又会是谁呢？

坐在位置上的安忐忑不安，又不敢去找许慕辰问个清楚。上次的发廊风波事件，安清楚地看见隐藏在许慕辰温和性格下的尖锐。

她不能给他惹上任何的麻烦。

“尹安，你就套用一个方程式来解刚才的题目吧。”数学老师突然喊道。

安恍惚了半天，发现大家的目光都盯着她之后才缓缓地站起来。

“你说我来写。”数学老师说着转过身拿起粉笔。

数学老师的严厉在市一中是出了名的，所有人都拭目以待，安轻轻叹出一口气，当初真是不该勉强自己硬考进这里，那样家庭的她怎么会是个读书的料子呢？

思想再次恍惚起来，左手边突然有冰凉的触感，她看见林陌转过头塞来的纸条，惊讶地瞪大眼睛，一个整天上课睡觉的人会解题？

他蹙眉看着她，她不情不愿地打开纸条念了出来。

数学老师的手顿了顿，刚才明明看她上课走神才故意叫她，怎么转眼竟对答如流，还丝毫没错？

“嗯，上课要注意听讲，你可是以很好的成绩考进来的，别叫老师失望。”关于尹安在学校的劣迹，他多少是有些耳闻的。

以很好的成绩考进来的啊！

想当时她的心情，是多么的明朗，以为自己从此就是个幸福的孩子，努力想做到不让人失望，可到头来呢？失望的其实是她自己。

想来，她是真的没有做好孩子的命吧。

下课铃声刚响，安便抢在老师之前跑了出去。在小卖部前，她熟稔地拨起唐蓝的电话。嘟嘟的忙音透过电话让安心里没由来地慌起来，只好一遍遍反复地拨打着。

“找唐蓝么？”林陌侧着身子，手覆在电话机上，目光遥望。

那一瞬间，她怔怔地看着他，胸口的某一处狠狠地抽动了下。

他没有许慕辰的眉眼如画，没有许慕辰的安静从容，可这样站着，额前的刘海遮住眉角溢出的风华，身体处于半边阴影半边光亮之中，像完全形成了个人的世界。

再多的繁华，也与他无关。

“跟我走。”他猝不及防地将她揽进自己的怀里，嘴角微挑，眉眼上仰。

许慕辰的从容不迫是他讨厌的，还有尹安对他的全力维护。

靠，又是破败的楼顶。

“天天睡觉，居然也会解题。”她讽刺着说。

“我知道自己要什么，知道要让自己变得强大，不是盲目地反抗。”他说，话里若有深意，连自己也不明白为什么会和她说这些。

“离晚自习还有四十分钟。”她快速与他拉开距离，别过头语气不善，心里微微别扭起来，像是被人看透了心思。

怎么能傻傻地由着他抱着？身体上沾染着他的混合着烟草的气息窜入鼻息，心怔怔地跳了起来，不受控制。

“靠。”她表情恼怒，然后小声地咒骂。

又不是没见过男人，又不是没谈过恋爱，竟然还会犯花痴？

41 亲爱的，我可以做些什么

“唐蓝出事了。”他走到楼顶的边缘处语气淡淡地说，搞不明白自己怎么会一而再地帮她。

上次楼顶她的沧桑，废弃仓库里的孩子气，出来后的真诚，上课时忽而的忧伤，下课的紧张与慌乱，这样一想反而把自己吓了一跳，不经意间怎么就观察了这么多？

这么丑的一个人，他竟看了这么多？

可是心口却在某一时刻为她疼过，他从不自欺。

安刚想要坐下去的身体突然弹跳起来，紧紧盯着他的眸子问：“出了什么事？”

他曾一度以为她是那种淡定自持的女子，可每一次又总让她意外。

“和程远有关，是么？”见他不说话，她的表情突然肃然起来。

唐蓝出事，而他知道，以他和唐蓝的关系并没有到那种地步，想来是和程远有关。

“你很聪明。”他淡淡地看了她一眼，语气平缓，并不着急。

“她怀孕了？”早知道他不是好人，唐蓝偏不听劝。

林陌蹙眉，表情不悦，一个女孩子竟能如此坦然说出这样的话，低下头，他的脸凑到她面前，目光微眯：“你很了

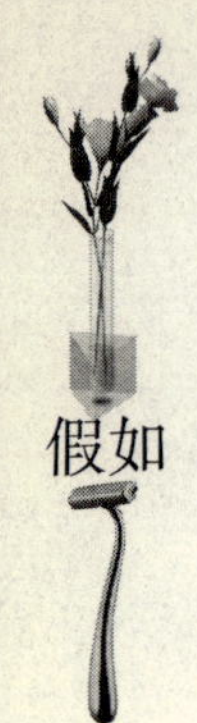

解？”

“那还不就是……”她话还没说完便在触及到林陌意味深长亦有些寒意的目光中停了下来。

略微思索后又着腰跳了起来大呼道：“林陌，你什么意思？”

看着她红透的脸他心情突然愉悦起来，嘴角微挑，手指敲在她的头顶：“不正经的小家伙。”他说，连眉梢都带着笑意。

安怔怔地看着他这突如其来的亲昵。

林陌亦是后知后觉地发现了自己的暧昧，可刚刚愉悦的心情却是不假，已多久没有了。耸耸肩，他眺望着远方的天空，心情忽而明朗。

“阿蓝到底出了什么事？”绕了一圈后回到最初，心情再次忐忑而沉重。

“她和程远结了什么仇？”林陌问。

安一脸茫然，结仇？她从未听阿蓝说过她与程远有何过节，她明明说程远对她很好。

看着她的表情，林陌蹙眉，接着说：“价值至少八千万的一个新项目的设计被唐蓝给卖了。”

“并且那个设计有她爸爸公司的股份和参与。”林陌看了看安。

安恍然大悟，想来，和阿蓝真正有仇的是她的亲爸爸。记得阿蓝和自己说过，程远是她父亲一个很大的客户；而她又恰巧做程远的小三，或许这才是她一直的筹谋。

安突然心疼，一直最没心没肺的唐蓝居然用了这么多的时间急速成长起来，而这些过程，她又究竟参与了多少？连她出事她都到此时才知道。

自己真不是个合格的姐妹。

“那她现在在哪里？”她仰起头着急地抓住林陌的手臂

问。

“应该是在她家，程远并没有对她做什么。”林陌说，她眼里清澈见底的关切让他动容。

而程远亦是让他意外的，一个在商界叱咤风云的男人会栽在一个女孩的手里，不必费解，她定是动了很多的心思。

安转身就跑，她一定要见到阿蓝，她一定要陪在她的身边，身后林陌追上去用力拉住她的手腕：“你以为这样去就能见到她？”他习惯性地蹙眉。

安愣住，只见他拿出手机向对方说：“对，我是林陌，嗯，带她一个好朋友过去。”

然后，他收起手机自然地拉着安的手下了楼。站在路口，他说：“你现在去她家，然后在门口等我，我去拿钥匙。”

她点点头转身就走并不多问，连自己也未曾察觉这种对他的信任。

“不急于一时。”他在身后说，语气中颇有几分关切的味道。

她似乎总能让他情不自禁，而他后知后觉，待发现后已经开始了行动。

42　我们太年轻，还不懂爱

依旧是那个别墅，只是往日萧条的气氛变成了今日的凝重，院子里站着一些类似保镖的人，空而大的别墅，像一座华丽的牢笼。

安站在门前看着不知道自己曾经为什么会觉得唐蓝幸福。

“走。”林陌从跑车里下来拉起安便往别墅里走去。

看着他的背影，鼻尖突然没由来地泛酸，心里反复想象过的安心踏实的感觉这一刻突然袭来。

对，是安心，不同于许慕辰给她的温暖，完全不同，这像

是一种被强制地管束起来，有了一种归属感。尽管她一直表现得强大，可终究还是个小女生，渴望被管束，被保护。

“是程总的钥匙，他的车也在外面。”林陌对朝着他们走来的男人说。

男人点点头，转身朝手下示意主动打开别墅的首门，安急急地挣脱开林陌的手便朝里面跑去，上了二楼，她直接左拐找到唐蓝的房间。

可恶，她用力地踢了几脚上了锁的房门。

“毛毛躁躁。”林陌走上前，斜睨了她一眼，拎起手里的钥匙打开房门。

那一瞬间，安捂住嘴惊恐到说不出话来。

干净的地板上到处是打翻的饭菜，屋子里一片狼藉，唐蓝散乱着头发，双脚被捆绑着靠在床沿上，苍白的脸有些浮肿，嘴唇干裂，目光中透着一股骇人的恨意。

“阿蓝。”安喊着冲了进来，半跪在唐蓝的身边。

她缓缓转过头，目光渐渐柔和，扯着干哑的嗓子轻声问：“安？”

安的眼泪啪啪地落下，这几天来，她到底受了什么样的罪呢？

其实，她忘了自己，在唐蓝受罪的时刻，自己亦是一样。

“你怎么进来了？他怎么把你抓来了？安，你告诉我，他有没有对你怎么样？”唐蓝突然急躁起来，睁着眼睛，刚柔和的目光再次尖锐起来。

“没有，没有，是我自己来的，我看你这么久没有去学校，是我自己来的。”她慌乱地安抚着渐渐失控的唐蓝。

心，疼得像被凌迟，这个时刻，她还能这样关心着自己。

见她的目光渐渐柔和下来，安才小心翼翼地问：“事情很严重是不是？”

闻言，唐蓝突然大笑起来，透着几分诡异。

半晌后，她看着安，表情愤恨地说：“当然，足够他完蛋，单凭董事会就不会放过他。”

她说的他是她爸爸，她的恨意是这么强烈。

安说不出话来，唐蓝冷笑着，她接着说：“你知道他气成了什么样么？哈哈，红红的眼睛，活该，都是他活该！当初我妈跪在他面前他都可以做到无动于衷，即使我求他，那样求他，他的态度那么坚决，那么坚决。她死了不到一个星期，他就和那个女人去度起了蜜月，他不记得我妈，不记得我。”

唐蓝说得语无伦次，渐渐地声音小了起来，不断哽咽着。她终于为妈妈报了仇，终于做到了。

这一切就是她最终的目的，不是么？为什么心里却很沉重？

安恼怒自己的笨拙，在这样的时候，她什么也做不了，只能看着她哭，看着她伤心。

和当初一模一样，她什么也做不了。

林陌缓缓走进来，他蹲在唐蓝的面前，极其轻柔地问：“那么程远呢？他怎么办呢？他对你不好么？”

其实，他不是个多管闲事的人，唐蓝的现在极似他的曾经，或许也是因为安是她的好朋友吧。

谁知道呢？这些细枝末节，他从来不想细究。

唐蓝抬起头来痴痴地看着林陌，眼泪爬满了整张脸。程远呢？他怎么办？

他对自己不好么？

“阿蓝，想要报复他机会很多是不是？可是，这次算了好么？程远是无辜的对不对？”林陌接着说。

他像哄一个孩子般的温和，语气轻柔得令人沉溺。

唐蓝咬住唇，程远是无辜的，出事后，他都没有来看过自己，可是，怎么办呢？

她突然尖叫起来，然后弓起身子，把头用力地埋进膝盖里

号啕大哭。

安伸出手却被林陌拦了下来。

他懂得，她需要释放自己的情绪。

许久后，她抬起头来，目光浑浊，轻轻地问："他恨死我了，对不对？"

"是他让我们来看你的。"林陌说。

她的目光瞬间清澈起来，不可置信地盯着林陌，眼泪再次落了下来，她死咬住唇不让自己发出声音。

安伸出手把她僵硬的身体揽进自己的怀里，她能做些什么呢？她报复了自己的父亲，却伤害了自己爱的人，这种煎熬，旁人替不了。

"阿蓝，把设计拿出来交给程远好么？"林陌问。

安感到她的身体再次紧绷，令人窒息的沉默后，她睁着眼睛，缓缓地说："卖了。"

卖了。

她说得多轻，可是，那一瞬，安切实地感受到了她的绝望。

她报复的心那么强烈，如今，一切结束了。连同结束的还有一直让她感到温暖的感情。

车子里，安的身体一阵一阵地颤抖，唐蓝绝望的眸子和她死灰般的心对她而言无疑是场慢性的自杀，而自己究竟能做什么？

"程远不会对阿蓝怎么样的对不对？"她抓住他的衣角，仰起头，满含期待、小心翼翼地看着他。

"公司里还有其他的董事，程远一个人说了不算。"他看着她，心口突生疼痛感，却依旧不作任何的欺瞒。

"可是，她卖了，她没有拿设计，是别人拿走的。"她眼里满是慌乱。

林陌俯身，静静地盯着她，好看的瞳孔里有墨色的雾气浮上来，他说："谁会相信呢？总之是她拿走了设计，透露贩卖商业机密都不是小事。"

他一字一句说得很是清晰。他不想她抱有任何不切实际的幻想。若是疼痛，就让它一次彻底。

安的眼眸垂下，紧咬住自己的唇。林陌轻叹，伸手想拥她入怀。她却突然抬起头，目光奇亮，然后缓缓地说："我来，就说贩卖透露机密的人是我。非要一个人承担，那就是我吧。"她的表情很坚决。

林陌半天说不出话，怔怔地看着她，突然想明白了一件令他困惑的事情。

其实，她一直吸引他的是一种真诚，他早已失去了的或是说任何人都没有的真诚。

难过时毫不掩饰的落寞，强撑着欢笑，感动时的不知所措，慌乱时的急躁，还有全力维护一个人的心。

"那不是小罪，你应当明白的，为什么要这样护着她？"他很想知道关于她的一切。

没有缘由。

43　那些疼痛却温暖的往事

她像做了一个重大决定后失去了所有的力气，颓倒在车椅上，想起了那些过往的事情，她嘴角渐渐有笑意溢出，目光明亮。

她闭上眼睛缓缓地说："第一次遇见唐蓝是在初一的体育课上，那天天气异常沉闷燥热，我照例跑完四千米，然后躺在地上，胸口几乎不能呼吸，喉咙像冒了火一样，当时我便想，这下可能真的要死了。

"可是，阿蓝突然出现，她蹲下来，手里拿着一瓶水，她笑着看着我说：'妞，你真厉害。'见我不说话，她也在我旁

边的沙子上躺了下来。

“她说：‘我注意你好久了，和我做朋友吧，嗯？’

“你知道么，那是第一次有人说要和我做朋友，还是那么认真的样子，她不顾别人对我的看法。

“我妈是疯子，学校每次都会不定期发一些资料或是试卷，你也知道是需要给钱的，我们连吃饭都成了问题，哪还有钱做这些呢？可是，每次发这些时都会有我的。

“一开始我不知道这是要钱的，直到有一次，我在厕所里听见别人的对话，她们说唐蓝这个傻B干吗要帮那疯子的女儿，每天穿得这么土，还学别人抽烟，搞得多清高的样子。

“我冲上去便和她们打，你知道么？我其实是气她们说阿蓝，我早已被说惯了的，不在乎。后来，阿蓝知道了我知道试卷的事了，在我面前像个做了错事的孩子。她说：‘安，你那么骄傲，我只是担心。’

“我当时就哭了，这些年，除了许慕辰就只有她对我这么好了。到了初三，为了钱，我去了发廊，后来被警察发现，学校的同学都笑话我，她们骂我是破鞋，然后打我。

“许慕辰为了一个骂我的人和别人打了起来。他多么乖，多么优秀的一个人，为了我和别人在地上死滚，我打烂了别人的脑袋。后来老师来了，阿蓝站出来硬是承认人是她打的，她说什么惩罚都认了。

“许慕辰在左边，她在右边，他们把我紧紧护在中间，一分也不肯让。

“我当时便退了学，我不能让他们跟着受过，你知道么？我当时一个人去了山上，真的很想跳下去摔死，不想过得这么辛苦，可是，我不能死，我死了我妈怎么办？许慕辰和阿蓝该多么伤心！

“再后来，我一个叔叔来把我妈接走了，说要带她去看病，而我就被许慕辰的妈妈收做了女儿，她说怕我孤单，那一段时间是我过得最快乐的。可是，我忽略了阿蓝，直到她家出事，我才知道。可是，我能做什么呢？我什么也做不了，只能看着她难过。

“而这些天，她出事的前几天，我发现了许慕辰妈妈收养我的真相。多可笑，她竟怕我和许慕辰之间有什么。可是，许慕辰是我最亲最亲的哥哥啊！我只顾着绝望，再次忽略了阿蓝：从开始到现在，都是她在为我做着什么，这一次，无论是怎样，我都得帮她。”

她说得很平静，偶尔红了眼眶，便停下咽了咽口水再继续说。

看着她神色平静遥望着窗外的表情，她真的很瘦弱，凛冽的锁骨，乖戾的颧骨，十分明亮的眼睛。

林陌心里像被鞭打着，酸涩的感觉淌过每一处神经，胸口聚积着一股无处发泄的情绪，比疼更疼，无法言语。

她说：我早已被说惯了的，不在乎。

她说：同学都笑我。

她说：为了钱我去了发廊，大家都骂我是破鞋。

她说：我想死，不想这么辛苦地活着，可是，我不能死啊。

那样漫不经心、略带嘲讽的表情让他几乎落泪，心脏剧烈地抽动，连着神经，疼得无以复加。

这些年，她如何一个人走过，可是，如今的她竟还保留着人性中最可贵的真诚。

“安。”他喊，第一次喊她的名字。

然后执起她的手，将她的头揽到自己的胸膛，他说：“你哭吧。”他宁愿她哭出来。

“我不哭，为什么要哭。”她深吸一口气，轻轻地说。

为什么要哭，哭给谁看，谁会心疼？

这些年的事情，她一次性说出来，说不疼是假的，可是，

最疼的时候都已经过去了不是么?

“林陌，你不会明白的，人若到很疼的时候，其实是无法哭的，能哭，或许是件好事。”她抬起头，明亮的目光看着他。

他冷哼几声，转过身:“你信么?我亲眼看着我妈被枪决，我亲眼看着她死在了我面前。”他说，表情冷峻、邪恶，目光灼灼。

安仰起头看着他的侧脸，亲眼看着母亲死在了自己的眼前，和阿蓝一样?

尽管她不能理解，可是，她曾亲眼看见阿蓝的绝望，若非如此，又怎会有今日的仇恨呢?

“喂，摆那什么脸呐。”他转身瞪眼，她猝不及防。

“喂什么喂，管我什么脸哪你。”她反应过来，反瞪回去。

“谁让你看我那脸，一脸花痴的样。”

“谁花痴?”

“还不是你，虽然我很好看，可女生还是要矜持些的。”

“靠，自恋狂，谁在看你。”

“车里就我们俩，那你看谁，哎呀，谁许你在我面前说脏话。”

“喔，好痛，你管不着。”

“那要谁管。”

“我靠。”

“啊，好痛。”

“你再说。”

……

“喂，喂，喂，你怎么把我拉这儿来了，不是要去找程远么?”安转身看着熟悉的街道，朝着林陌大喊道。

“闭嘴。”他说，车子一路驶进。

安气恼地看着他，真是个傻冒，亏自己刚刚还觉得他忧伤，明明是好得一塌糊涂。

44　就是想对你好，没有缘由

“林陌，我们不是说好要去找程远么？”车停在了她家的胡同口，安看着他，一脸严肃和紧张。

她怕他突然反悔，如果没有他，她不可能找得到程远，那么，阿蓝怎么办？

他嘴角弯起，手不自觉地放在她的头顶。“给我一个晚上的时间想想办法，你先回去睡觉，不差这一个晚上，或许有更好的解决方法。”他说，温柔得无可救药。

安愣愣地看着，像被施了魔法，只剩下胸口似被撞击后引起的悸动。

她多么需要有一个人可以用这种语气，这样的温柔代她决定一切事情，她只需静候结果，多好。

“回去睡吧。”拉开车门，他走了下来。

“嗯。”气氛终是有所影响，安点头，亦拉开车门朝胡同里走去。

“安。”他突然在身后喊。

“我们一起过吧。”他在身后与她隔着十步的距离轻声说。

寂静的胡同里，偶尔有猫的喵喵声传来，他刚说的话清晰无比，一字一句砸在安的心头上，没有浪漫的宣言，不是动人的告白。

只一句我们一起过吧，安听得出他的沉思还有犹豫，可偏偏他的语气又是极其笃定的，多么矛盾。

转身，安走回去，在中间的位置停下，然后他走过来，在她的身边停下。“为什么我们要一起过？”她问，努力压制住

自己语气里的颤抖。

他也是觉得唐突的，可是，并没有一丝的后悔："没有为什么，就是想，想对你好。"

是真的，他想和她一起过，无数次出现的念头，不过三两天的时间。

她突然抱住他，在他的怀里号啕大哭，眼泪、口水淌在他胸前的衣服上，没有一丝丝女生的矜持。

为什么他总是能给她反反复复期冀过的感觉？

"这么感动么？"他习惯性地挑起左眉。

她吸吸鼻子，并没有觉得自己的狼狈，转身走到车身旁靠上去，掏出口袋里的烟点上，狠狠吸上一口，情绪渐渐平息下来，她说："林陌，我是个坏女生，我不会温顺，不会讨好。"

"我知道，别说废话。"他走过去皱眉看着她。她是什么样的人并不费解，几眼便可望穿。

"在我知道许慕辰妈妈收养我的真实原因后，我问他这个世界上是不是不会有一个人真心对另一个好。他说会，只是不会没有缘由，可是，林陌，你刚刚却说没有为什么，只想对我好。"她轻笑几声，抬起头目光凛冽地看着他。

"算了，我总是这样莫名其妙。"她耸耸肩，脸上是似笑非笑的表情。

是很奇妙，哪个女生会在和自己告白的男生面前哭得一塌糊涂，然后絮絮叨叨又说这些有的没的。

然而，她够率真，没有女生被告白后的矫情和故作的矜持。

他伸手用力抱住她，温柔坚定地说："我懂。"手里的烟烫在他的肩膀上。

她咬唇，怕自己再次哭出来。

他说他懂，多么难能可贵，莫大的恩赐。

“疼么？”半晌后，她从他的怀里起身，看着他单薄外套上被烧出的黑糊糊的洞，语气中有别别扭扭的关切。

他笑起来，很愉悦的样子，伸出手在她的脸上捏了捏：“当然疼。”他看着她皱起眉的脸，又说，“可就要疼，才能记住。”

许多的事情，要不就是很疼，要不就是很欢愉，否则，都不会被记住。

他想要被她记住，也想要她记住他。

谁知道能在一起多久呢？一辈子不敢想，不敢奢想。

“快回去。”他说，忽而将她打横抱起来，转了一圈后，又放下来。

安静的夜里，是她惊喜的叫声还有咯咯的笑声。

“打横抱起，这叫公主抱，你知道么？”她说，然后转身飞快地跑进了胡同，胸口像跳进了一只小鹿，四下乱撞。

他看着她瘦弱却充满生命力的背影，垂下眼眸，心有些酸酸地疼，抬起头，却又弯起了嘴角。

尹安，尹安。

林陌，林陌。

尹安，林陌。

Chapter 5 年少的感情，炙热却拙劣

45 她长大了，却不属于自己了

“许慕辰，你等我么？”她问，脸上还有未消散掉的笑意。

他心里像被刀划过，泛起锋利的疼，那一幕，他看得太过清楚。

“怎么玩这么晚呢？”他笑拉起她的手，温和的语气里并没有一丝的质问。

“没有玩，是阿蓝出事了，我们去看她了。”她说。

她说，我们。

许慕辰身体一僵，而她浑然不觉。

“许慕辰，你知道么？阿蓝竟然把她爸爸公司里一个新的项目设计卖掉了，那个设计也有程远的份。”她抬起头，语气沉重。

事情的严重性，他当然知道：“那么，现在怎么样了？”

“林陌说明天去找程远。”安低下头去，她不想告诉许慕辰她的决定，她不想他担心。他是个傻小子。

“嗯，有事一定要告诉我。”他习惯性地拍着她的头，动作轻柔，目光宠溺。

“快去睡吧。”他说，然后犹豫几许，将她拉近怀抱，在额头轻轻吻上。

他一直在等她长大，可是，浑然不觉她已经长大了，那么，他迟了么?

他的怀抱很温暖，有亲人最浓腻的味道，连他的吻都是温情的，她丝毫不觉得别扭。过往的十七年，他早已和她长在一起，早已是密不可分的亲人，融入生命。

“哥哥。”在关门前，她朝着他的背影，突然喊。

哥哥。

他的背脊僵硬，挺直，她喊他哥哥。

不问林陌，不问今晚的事，不问那个我们所代表的含义，是他有自信，若是那人真重要，她会第一个告诉他，至少现在她什么也没有说。

可是，她突然喊他哥哥。

看着他修长略显单薄的背影，她的泪悄然落下。那个从一丁点儿高就在她身边守护她的男孩，已经变得高大了。时间改变了很多的事情，唯有他对她做的，丝毫未变。

他在身边，已成习惯，他是亲人，她很早便认定。

可是，某些的变化，她不是一点不知，怎么办呢?像许妈妈说的那样吧，他应该有更好、更明媚的女孩来陪伴。

她其实也是这么认为。

可是，她不会知道，在她抹掉眼泪入睡之时，他就坐在她的门前，那棵树下，仰起头，仿佛看见曾经他们坐在墙头上一幕幕闪过的画面。

一看，就是一整晚。

46 等待重逢，会有何种别样的风景

翌日，安和林陌约了程远在学校附近的一家奶茶店见面。进去时，程远已经坐在了那里。安突然有些紧张，她该说什么呢？的确，在这一场复仇中，他是最无辜的，可是，他还愿意来见她，安很感激。

“是为唐蓝吧。”他率先开口。

安点点头，深呼一口气说：“如果要有一个人承担责任，就我吧，可以么？”

程远笑笑：“有你这样的好朋友，是她的福气啊。”

差点落泪，从认识以来，她能为她做上的也只有这么一件事了。“希望真的是这样。”她说。

“其实，我很早就认识唐蓝，在她爸妈还没有离婚的时候，所以在她找到我的时候，我就明白，只是心里亦是觉得她很可怜。后来，感情便发生了变化，当然，这也是谁都无法控制的。”程远三言两语带过。

安和林陌却都听得明明白白。

“唐蓝的事我不会追究，至于董事会那边我自会处理。”程远的目光看向窗外。

安惊愕得半张着嘴巴说不出话来。

她纠结了一个晚上都无法安睡的问题，解决起来竟是如此轻而易举么？

“她和我在一起这么久，这点情意终还是有的。”他站起来，朝林陌点点头便走了出去。

这个过程，安一直没有反应过来，直到他走出门外，她都没有说一声谢谢。

眼泪几乎落下，他说得这样风轻云淡，这么严重的事，谁都知道，他一肩揽下岂非是一点情意可比？唐蓝知道了，会怎么想呢？世界或许并不全是让人感到绝望的吧。

例如：程远，许慕辰，自己，还有林陌。

是自己总容易绝望，又总容易给自己制造希望吧，所以，才会一直伤害不断，是不是这样？

"笨蛋。"他的手敲在她的脑袋上。

她还来不及喊疼，他又凶巴巴地说："那表情，啧啧，真难看。"可他的脸上分明泛着温柔的笑意。

其实，他没有告诉她，即使今天程远没有这样说，他也不会让她去承担责任。

而如今这样更好，他不想欠老头任何一点恩情。

可他似乎从来都不曾意识到，与她相识不过数天，便愿意为她这般付出。

"如果程远不是已经有妻子，如果没有出这件事，或许，阿蓝和他在一起是会很幸福的。"安说。

"可是，没有如果。"他的下巴搁在她的头顶上。

是啊，没有如果。

再次来到唐蓝家，院子里的那些保镖已经没有了，想来是程远和她的父亲已经有过协商。

"阿蓝，你什么时候去上学？"安陪着她坐在床上。

房间已经打扫干净，捆绑住唐蓝双脚的绳子没有了，她换上干净的衣服坐在床上，目光望向窗外遥远的地方。

"你说多奇怪，他居然这么轻易就放过了我。"唐蓝轻轻地说。

安盯着她空洞的眼神，犹豫几许开口说道："是程远。"

她突然转过身，目光灼灼地盯着安。

"我和林陌找过程远，原本是打算告诉他我愿意承担这件事，可他却说，这件事他会处理好，说你们之间的情意岂止这么一点？他还说，希望你振作起来，再见时，也许会是别样的风景。"安的双手扶住她的胳膊，目光温婉地看着她。

当然，最后一句，是林陌教她这样说的。

她的目光泛出奇异的光亮，蠕动着嘴唇，半晌后，她问："是这样么？"声音十分干哑。

再见面会有别样的风景，在这一切之后？

安郑重地点头。

唐蓝先是小声抽泣，后来，越发克制不住。安叹息，把她的脑袋按在自己的怀里，哭吧，哭吧，能哭说明已经开始痊愈。

在回学校的路上，安的心情一直很雀跃，陪了她一个晚上，唐蓝终于答应她明天就回学校上课，事情有惊无险，总算是圆满。

她一定要把这样的好消息告诉许慕辰和林陌。

47　她不能伤害他

回到学校的时间正好离上课还有十分钟，路过操场时，安听见喧闹的声音，转头看了眼里里外外围满的人群，稍稍驻足后便直接朝教学楼走去。

"呀。"安扶着肩膀发出一声叫。

女孩见自己撞到人后不停地道歉，抬起头却发现竟是尹安，忙疑惑地问："你怎么在这里？"

安疑惑地看着她，貌似她们不认识吧。

"许慕辰和林陌正在打架，听说是因为你，你怎么在这里？"女孩睁着圆圆的眼睛看着她。

许慕辰和林陌打架？果真是一波未平，一波又起。

安扭头就向操场跑去，直直地冲进人群，大家见是女主角来了，便也自动让出地方。

篮球架下，许慕辰和林陌扭打在一起，突然猛一翻身，林陌把许慕辰压倒在地上。

人群中是唧唧喳喳的议论声，安顾不得听个明白，只看见林陌的拳头就要挥了下去。“林陌。”她大声喊。

她冲上前去一把拽开林陌，拉起地上的许慕辰，紧张地问：“有没有怎么样？”

他白色的衬衫上沾满了尘土，头发乱七八糟，嘴角还有一片淤青，尖锐的目光在见到安时瞬间就柔和了下来。

“没关系，男人之间的一点小问题。”许慕辰扯着嘴角温和地说。

“什么小问题需要打架，那么大问题是不是要杀人了？”她说。

站在一旁的林陌瞥了眼议论纷纷的人群，忽而眯起眼一把扯过安，问：“尹安，你究竟是谁的女人？”他的双臂有力地禁锢在她的腰上。

她皱起眉：“林陌。”声音不大，却揉了谴责在里面。

许慕辰是绝不会轻易动怒惹事的人。

突然，他俯下身咬住她的嘴巴，众目睽睽之下，毫不避讳，他唇齿间的烟草气息铺天盖地地涌向她，容不得她丝毫的挣扎。头顶的太阳把她晒得就要眩晕，还有那些纷纷的议论声。

“许慕辰。”看着突然被许慕辰一拳挥倒的林陌，安惊呼。

她从来没有见过这样的许慕辰，散去了温和的目光中，是一片尖锐和凌厉。

“走，安，跟我走。”许慕辰突然拉起她的手腕。

他从来没有用这种语气和她说过话，一种近乎强制的迫切，一时间，安愣住了。

直到林陌在身后喊：“尹安。”他的声音很清冷，还夹杂着一丝似被背叛后的怒意。

其实，他怕，揉碎了的阳光在他的眼底闪闪发光，他几乎

不敢正视她的背影。

讨厌别离，所以，一直不曾给谁这样的机会。

许慕辰拽着她的手腕亦多了些力气，仰头看他的侧脸，单薄的线条，紧抿的嘴，而唇间、鼻息间却到处都是他犀利的夹杂着烟草的气息。

我们一起过吧。

我想对你好，没有缘由。

而身边的少年，是她这些年唯一不曾变过的温暖。

外面黑压压的人群，都是一张张看热闹的面孔，安从未觉得自己是个软弱的人，可此时，竟散失了所有的力气。

最讨厌选择，宁愿被选择，算懦弱么？算是没有勇气承担后果么？

“你可信我？”她轻轻地说，却是坚决的。

她由着他拉着走出人群，他在身后，指尖冰凉，眉目妖冶。

胸口隐隐发出疼痛，细微而锋利，像是被刀片一下又一下地划着。

那晚，她的眼泪和激动都是假的么？或是说，许慕辰太过重要？

48　他，眉眼如画，是她心里独一无二的少年

“为什么打架？”她不看许慕辰，直接从口袋里拿出烟点上，心口烦躁而沉闷。

“男人的事情。”许慕辰说，心里还在为她选择和他走而感到窃喜。可更多的却是忐忑和不确定。

安抬起头目光凛冽地看着他，许慕辰终是拗不过，缓缓开口说：“有人说在学校附近看见你和他亲密的样子，他也不避讳，直接就说你是他的女人，大家在背地里骂你是朝三暮四等

等，我去找他让他解释。”

他说得云淡风轻，她却已经清清楚楚。

朝三暮四等等，想必是很难听，否则，许慕辰怎么会轻易动怒?

他的女人，安忽而轻笑起来，倒像是他的作风呢。

“安，不要和他在一起。”许慕辰突然说，目光似掺了水一般的荡漾开来，一圈一圈的是缠绵的哀求。

安的心疼得无以复加，这些年，他哪一次的要求为过自己。

傻小子一个。

“没有他还是会有别人，谁知道以后会是谁呢?”狠了狠心，还是委婉地说。

就是要他明白，就是要他清醒。

“安，你懂得的对不对?”他说，声音很轻。

“许慕辰，你知道么?在你陪我坐在墙头上说要保护我的时候，我就认定你是这个世界上我心里独一无二的少年，觉得温暖的怀抱就是你的怀抱，你知道么?假如有一天你需要我做什么，哪怕是刀山油锅，我都不会皱一下眉。这个世界，再不会有人比你重要。”她仰起头看着他，一字一句说得缓慢而郑重。

看着她真诚的目光，他的手不自觉地捂住胸口，那里生疼，生疼，像被人用刀子剐去了最重要的一块，再也不能愈合，直到流干所有的血，再让伤口自然死亡。

刀山，油锅呵。

他都不需要，他需要的那么简单，可她就是无法给，不愿意给。

“林陌可能不是个好孩子，有点流氓，有点骄傲，很坏，可是，他总是带给我许多我曾经想过无数次的感受。他说要和我一起过，想对我好，没有缘由：你可知道，当时我的心情。

他说没有缘由，他说我是他的女人，多流氓的话，可当时我居然有了归属和安全感。在你家时，我拼命想要却还没来得及有的感觉，突然有了。当然，许慕辰，你若真的要我离开他。”

他看着她说这番话，看着她的眸子由亮转暗，看着她的表情变化，胸口的疼痛越发厉害。

原来，他想给的一切中，竟没有她想要的。

多讽刺。

“许慕辰，我愿意。”她忽而说，声音很轻却依然是坚决的。

眉心跳了跳，突然生出一种疼痛，连着神经。

短短几天，能有如此情深么？

许慕辰的手再次习惯性地放在她的头顶，脸上仍是温和而宠溺的笑容，虽然牵强苦涩，他说：“他真的能给你想要的感觉么？”

顿了顿，他垂下眼眸，极轻地说：“我只是希望你幸福，虽然我无法给予你要的，仍然希望你有。”

她的眼眶浮上一层浓重的雾气，鼻尖酸痛得厉害，努力忍着不在他面前掉眼泪。

终究，终究还是伤到他，对不对？

她最不想伤害的人啊。

“安，别忘了还有我。”绽开在他嘴角的笑像纯白的梨花。

转身，安看着他离去，窄窄的弄堂里，他的身影被拉得细长而单薄，阳光从头顶斜照下去，一片模糊的光亮。

安想冲上去紧紧地抱住他，可却怕最终只会更加伤害，他离开时是带着笑的，他最不想她看见他的悲伤。

浑身颤抖起来，她蹲在原地，紧紧抱住自己。最该下地狱的就是自己，对不对？

深夜，窗户玻璃上总是发出叮叮当当被石子敲击的声音。

安从被子探出头看了看又继续窝起来。哭得累了，身体也乏了，总是不想起来，尽管那声音一声声像是无休止一般。

安的心里全是许慕辰离开后的那道背影，还有下午许家激烈的争吵声。

她知道是为她，却不敢去听。

49 她是他骄傲的姑娘

“笨蛋，笨蛋。”安一个激灵从床上跳起来。

这声音她再熟悉不过。胡乱套上外套便跑出去，穿过胡同，满心的欢喜溢出胸口。

果然，他靠在墙上侧身而立，见她来了，微微挑眉，眸光微眯。

她的心跳忽然乱了，脚步也慢了下来，刚走过去，便被他猛烈地推到墙上，俯下身，他的吻灼热而强硬，带着不可抗拒的力气和怒意。

铺天盖地都是他的气息，起初的挣扎慢慢失了力气，她软软地拽住他的衣领，直到两个人都无法呼吸才停下。

“你可真够胆啊，嗯？”他眯起眼睛，语气低沉沙哑。

大力地抵着她的肩膀，身后硬邦邦的墙壁硌得背生疼。

“你在气什么？”她喘着气，轻声问，目光毫不畏惧地盯着他。

气她的离开让他丢了面子，还是气她选择和许慕辰离开？

“别他妈的给我说废话。”他低吼，灼热的气息喷吐在她的脸上。

她噤了声，他又逼近一步，咬牙切齿地问：“你他妈究竟是许慕辰的女人还是我的女人？”

她使劲推开他，利索地仰起手，“啪”的一声挥过去，手掌微微发麻。她的身体压抑不住地轻颤。

他突然反应过来，上前一步用力捏住她的下巴，手背上青筋暴起。她不说话，只睁着明亮的眼睛看着他，他一点一点用力，几乎要捏碎骨骼。

直到她的眼泪掉在手背上，并不灼热，却烫到了他的心脏，恍惚间，失掉所有的力气。

手指徒然松开。

她咽着口水，仰起头逼回让自己鄙视的眼泪，冷淡地说："如果可以，我宁愿做许慕辰的女人，可是，我做不了。"

要知道，伤害许慕辰，是她这一辈子都不想做的。

要知道，许慕辰于她而言是多么重要。

他怎么能这样说?

"你是我的女人。"他不顾她的挣扎，硬生生地把她圈在自己的怀里。

她不会知道她离开时的坚决所带给他的惊惧。她不会知道他等了一天，只为一个解释。

"林陌，许慕辰是我的亲人，很亲很亲，他陪我度过十一年荒凉且孤单的生活。林陌，这些年，我一直希望可以有个机会让我去照顾许慕辰，为他做些什么，可是到头来，我却伤害他最深。"

"林陌，你不会明白。"她背对着他在他怀里说。

这些年的恩情和照顾，到嘴边，来来回回竟只成了这短短的几句话。

可安知道，对于许慕辰，不是言语就可表明。

"我以后不再打许慕辰。"林陌说，头埋在她的颈项，语气有些别扭。

安紧绷的身体渐渐松懈下来，心里有暖暖的气流涌向胸口，翻腾着些许酸涩的感觉。个中滋味，再亲密的人也无法感同身受。而他这么个骄傲的人，说出这些，是妥协也是谅解。

扳过她的身体，紧盯着她的眼眸，他轻柔却蛮横地说：

"你说，你是我的。"

他的目光灼热，眉心轻蹙。

她明明在身边，可没有完全属于他的感觉，他不想留有一丝不安的不确定感。

"我是……"话在嘴边却开不了口。

这些年的骄傲教她无法在一个男人面前说出这样的话。

"说你是我的。"她扬起眉梢看着他。

心里有无法顺畅的感觉，憋着气在胸口，无法开口说出话。

好个漂亮的反击。

她轻挑嘴角，可分明在他的瞳孔中看见自己含着笑意的目光中有几分的失落。

他呢？明明是情人间很平常的亲昵话语，他们却如此艰难地开不了口。

吻再次铺天盖地，席卷而来，带着少年的执拗和不安，满心深情。她无力地攀附在他的肩上，心神恍惚，天旋地转。

50 她说：你们并非同一类人

许慕辰病了，整日地发着高烧，躺在床上迷迷糊糊地昏睡着，嘴里含糊地念叨着些碎言碎语。

唯有一句清晰的：安，我想你。

真切地教人掉下泪来。

她说：许慕辰，这算是惩罚我么？

眼泪大滴大滴地落在他的脸上，伸手去擦拭，一个激灵又缩了回来，他皮肤上的热度一直烧到她的心脏，像被撕扯着一般，生疼。

微抿的嘴，嘴角两边浅浅的温柔的细纹，轻蹙的眉心，她心里温暖的少年、她心里高大的少年，突然之间，仿佛像个软

弱的孩子，胸口像烧着火，心脏缩成一团，无法伸展开来。

“许慕辰，你这个没出息的东西，不过是一个坏孩子。”

“她不过是个坏女生。”

“许慕辰……”

那么多想骂的话，目光触及到他的脸上便无法开口，趴在床上，低声抽泣起来，然后，无法抑制。

许慕辰，该为你做些什么？

站起来，胡乱擦掉眼泪，她扶起他靠在墙上，然后蹲下来为他穿上鞋子，又拿了件外套，弓起身体架起他。

许慕辰，不许你这样没有出息。

脚下一个失衡，她半靠在墙上，双臂还紧紧扶着他。

“安，你在做什么？”许妈妈突然进来看见这一幕，戒备地看着她。

“喔……我想带许慕辰去医院。”安说。

“哎呀，我们带他去过了，打了针，医生说要好好休息，不能见风的。”她语气中的责怪并不明显。

可她是那么敏感的孩子啊。

和许妈妈一起把他放到床上，她弯下腰仔细地替他掖好被角，在床边转了一圈，细心地把所有的缝隙都盖好，看着他泛着奇异潮红的脸。

自责地想：许慕辰，是不是我什么也无法为你做？心里的难过一波涌过一波。

许妈妈等在门口，见安出来后客套地问：“留下一起吃饭吗？”

安摇摇头：“我还要赶回学校。”

她的表情很不自然，欲言又止的模样。“许阿姨，有什么话要和我说么？”安问。

“安，你可以游戏人生，可是，许慕辰不可以，他有既定的人生轨道，必须一丝不苟地继续下去。”许妈妈一口气不间断地说完。

许慕辰斥责的声音从屋里传出来。

其实，她不知道，在她蹲在床边时他已经清醒，继续昏睡只是想和她有多一些的时间，更是害怕她知道他看见她难过自责的模样。

她疼，他更疼。

却无能无力。

许妈妈瞥了眼安，她已经快速跑了出去，连再见都来不及说。

难过，悲伤，难堪，失望，太多复杂的情绪压抑在胸口，无法排泄。

她说：安，你可以游戏人生。

曾口口声声说关心她的人，到头来是这么说她，尽管她是这样的努力在做好。本来以为她可以无所谓谁说什么，原来当视为亲密的人说出时，心会比想象中的疼。抑或是她还不够坚强。

如果奔跑可以带走所有用来悲伤的力气，多好。

她发誓，再不要哭。

51 真不行，你们就一起吧

“林陌，安在和别人打架，我怎么都拦不住，她像疯了一样。”气喘吁吁的唐蓝还没说完，林陌便跑了出去。

教学楼的天台，密密麻麻地围满人。

“五班的尹安，算算这一学期惹了多少事了，真是。”

“是啊，听说今天一来，就去了三班找艾嘉叫嚣。”

“不是群殴么？怎么成了单打？”

“你瞧瞧她那个样子，像打红了眼，那么拼命的样子，谁敢上。”

“难道你们不知道么，在初中时，她的外号叫做一百块，听说在发廊门口大张旗鼓地揽客，一百块一个呢。”

……

“谁他妈的……”

人群散开来，最后说话的男生还没来得及骂完，便在林陌阴霾的目光中闭了嘴。

“下次我再听到谁说她什么。”他的瞳孔急速收缩。

然后站起来从男生的手上踏过去，旁若无人，神态骇人。

场面静了下来，只剩下她挥拳头的声音和地上女生虚弱的求饶声。阳光下，她眼中迸出一股野兽般的光芒。

“安。”他用了极大的力气拉下她。

捆绑她在自己的怀里，近距离看，也被她眸中灼热的恨意吓到了。

“快拉下去。”林陌朝人群中喊道。

大家见安被钳制在他的怀里，才有人上前拉走地上的女生，人群渐渐散了下去。

安突然疯了似的挣扎起来，林陌就快要钳制不住，怕弄疼她，双手反握在她的身后，俯在耳边低声说：“安，我是林陌，安，我是林陌。”

她渐渐安静，看着他，目光的灼烈缓缓平息下去。身体突然瘫软，从他的怀中滑倒在地上，双手握紧后，还能看见轻微地发颤。

这个样子似曾相识，仿若十年前的自己。完全陷在了自己的情绪世界。

“安，我是林陌。”他的声音出奇温柔，然后揽过她僵硬的身体放在自己的怀里。

她的世界仿佛有人牵引，缓缓走出去。然后是无止境的悲伤。

风静静地吹，头顶的光亮照射下来，在他怀里的她单薄又瘦弱，逆着光，似透明般一样。

“可怕么？”许久后，她才出声，声音干涩得厉害。

林陌一直吊着的心瞬间松了下来，能说话就好。

“很特别。”他笑起来，揶揄道，尽力让两人之间的气氛轻松起来。

“从没有见过哪个女生可以像你这样凶猛，不愧是我的老婆。”他揉乱她的头发。

一股酸酸的热流从心底涌上来，她用力地咽着口水，不让眼泪落下来。

“你不怪我么？”她的声音发紧。

唐蓝慌乱地从楼下跑上来，紧张地看着安：“艾嘉好像出了些事，校长让安过去。”

他拥着她的手臂加了几分力气，淡淡地说：“你去和校长说，安受了些惊吓，现在和我在一起。”

唐蓝愕然，说打了人的人受了惊吓，有人信么？态度那么淡定。担忧地看了眼在他怀里目光茫然的安，唐蓝点点头朝楼下跑去。

“对欺负你的人当然要给予最严厉的回击，你没有错。”他说得理所当然，语气里有几分的戾气。

“如果不是她乱说话，许慕辰怎么会去找你，你们怎么会打起来？如果不是这样他就不会生病，她该打。”安喃喃地说。

是该打，如果不是她乱说话，许慕辰就不会知道。他们不打起来，他就不会生病，她也就没有机会听许妈妈说的那句话。

“所以，你是为了许慕辰，所以，如果她没有乱说话，你就不会说我们的关系。”他的背脊瞬间挺直。

她如此失控，如此凶猛，都是为了许慕辰么？

她茫然地点头，完全没有注意到他生硬的语气。

"你很在意许慕辰知道我们之间的关系？"他再问。

她默不作声。如果没有她的乱说话，自己就真的不会和许慕辰说么？

会，只是她还没有准备好，她并不想他这么早知道。

她很难过他说的话。

他猝不及防地松开她站起来，面朝天空背对着她："尹安，许慕辰如果比我重要的话，你如果那么在意他的话。"

最后的话，他还是开不了口，可是，他无法忍受他的女人整天说的是别人。那种感觉，就像是她根本不属于自己。

"我只是在意自己对许慕辰的伤害。"看着他的背影，那种疏离感，突然让她害怕。

"不用在意了，你们在一起吧。"说完，他走下去。

的确，他没有许慕辰的温情。

若不是全部，就只能是零。

最后瞥她那一眼，是冷淡的。

像是突然蒙了雾的瞳孔，看不真切。

她愣站在原地，风吹在脸上，忽而生疼，心空空的，一片茫然。

你们在一起吧。

就这样就失恋了么？这样小器的男人么，也罢。

反正不是第一次失恋。可夺眶欲出的眼泪是怎么回事，还有无可抑制的心疼和无法动弹的身体是怎么回事？

尹安，算了。

52 想要的，是合适的么

晚自习上课前，唐蓝找上来看见依旧坐在天台的安，走过去，才发现地上堆满的烟头和她身上散发出的辛辣的味道。

"有烟么？"她头也不抬，按灭了手里的烟。

“不就失恋么？”唐蓝语气平静略带嘲讽。

她明亮的眼睛看着她，是他说的么？脸上浮出似笑非笑嘲讽的表情。

“和班里的妹妹打得火热呢，脾气却暴得厉害。安，我没有想到你们会完得这么快。”唐蓝熟稔地点起烟。

她早已成熟，不再是没心没肺的样子。时间最是无情。

“这么快，呵呵。”安笑起来，眼角有微微的湿润，她迅速仰起头。是太快，她身上他的味道还来不及消失干净。

“你们都太自我，其实，你更需要的是许慕辰的温情和恒久。”唐蓝猛吸了口烟。

想起了程远，若不是时间不对，他定是她的少年。

“他让我觉得像是在活着，他有我要的感觉。”安毫不避讳。

唐蓝笑起来，风情万种的模样："小姑娘，总是你要的，适合么？"

“他不应该也同我一样感谢许慕辰么？”

“可他终归是个男人，和许慕辰不一样，他是个自私的男人。”

安似乎开始明白了。

说，你是我的。

“安，不必委屈自己的感觉，但凡事要知道是为自己而做，这样才会心甘情愿，并永不后悔。”唐蓝说。

话到嘴边连自己也诧异起来，明明她想说的是：安，忍一时之痛，断掉后路，别和我一样。是啊，忍一时之痛。若不是当初贪恋程远的温暖，如今，又怎么会在每夜都有彻骨的冷呢？

也罢，个中滋味，终需自己去体会。

若一早就知道不会圆满，那么，过程就让它尽全力地惊心动魄吧。

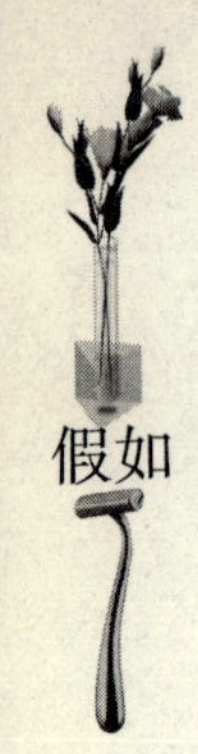

“阿蓝，这个世界对我不公，所以，有一丝的可能，我都必须抓住自己想要的，哪怕代价是毁灭，也在所不惜。”她的双眸熠熠生辉。一瞬间，点亮黑的夜。

53　林陌，你是我的

林陌，你是我的。

教室里，议论纷纷，每个人的脸上都是一副明显看好戏的表情，总有些趣事来应付枯燥的学习生活了。

黑板上，歪歪斜斜的蓝色大字。

多么飞扬跋扈。

“靠，谁的字这么丑？”当事人林陌走进来瞥了眼黑板，轻蹙眉角，大大方方地坐在了自己的位置上。

周围是低低的笑声。

“林陌，你是我的。”

所有人都惊愕地看着黑板下小小的瘦弱的尹安，她目光明亮，表情坦然得像一个勇士。

这一刻，他才敢承认自己心底方才的忐忑和期待。

“我都已经表明了立场，下次再看见谁勾引林陌，别怪我不客气。”她脸上的表情不可一世。

议论声渐小，在天台上的那一幕，太过暴力，甚至有些血腥。

林陌忽而想笑。小屁孩一个，不是么？却偏偏吓到了这些人。

“你是我什么人呢？要管这么多。”他慵懒地挑起眉角。

教室里瞬间的沉寂。

却连他也觉得神经有些绷紧。她会怎么说呢？

“林陌，你倒说说看自己是谁的呢？”教室里，不知是谁突然说道，博得一片附和。

安不想承认自己的紧张，装模作样地走过去站在他的面前："你是谁的？"她问。

"你是谁的？"他问。

咽了咽口水，即便在只有她和他两个人的时候，要她承认这样的话，也是难的。

她突然双眸一转，扬扬得意地翘起嘴角："你也可以说：尹安，你是我的。"在心里，这一刻，是不顾一切的。

胸口的一角瞬间柔软起来，低下头，故作沉声道："这就是道歉的方式，还是说怎样？"他不明白自己怎么会变得这样较真。

"我没有错。"她轻声说，却是坚决的。

啊！

教室里爆发出她的惊叫声，所有人都惊讶地看着林陌提起她的衣领拖着她走出了教室。议论声此起彼伏。

"痛。"她扶着一只胳膊，仰头瞪着他，却在他阴晴不定的脸色中渐渐噤了声。

而她委屈的模样，叫他忽而不知道该说些什么。

"既然你没有错又何必来找我，继续你正确的道路去吧！"他瞳孔微缩。居然说她没有错。怎样，想同时拥有两个人么？手在身下握紧，恨不得掐死她。

54 我带你走，再次重生

"林陌，你在吃醋么？"她问，目光明亮。

他像是吓了一跳，半睁着眼睛看向她，随即又不自然地别过了头，耳根却不争气地红了起来。

她皱了皱眉，说："果然，阿蓝说的是真的呢。"

"她说了什么？"他语气低沉。连别人都看出来了么？

凭什么她身边还有一个许慕辰？

“林陌，你怎么能吃许慕辰的醋呢？”她叹息。

不等他发作，她又说：“林陌，如果没有许慕辰，可能你就不会遇见我，也许我死了也不一定呢。”

她脸上似笑非笑的表情那么悲伤。

眸子里的怒气转瞬即逝。

“你可能也看出来了吧，许慕辰是个多么优秀的人，他是和我们不一样的。”安靠在墙上，语气中始终透着一抹笑意，却并非是愉悦的。

什么叫和我们是不一样的。林陌皱眉。

安又仰起头，眼底一片悲凉，嘴角始终是那样若有似无的笑意，她说：“可能你不知道吧，他那样优秀的人，偷过东西，打过人，说过谎话，坏孩子做的他都做过，都是为了我。小时候，我家没有钱，我和我妈连饭都吃不上，是许慕辰去偷了她妈妈的钱给我，骗我说是他存的零花钱。他不知道，其实他被他妈妈打的那个晚上，我就坐在他家门口。还有，他为了我差点被开除过。”想起这些，心里就疼，细碎而钻心的疼。

那些斑斓阴暗的岁月，要不是有他，她甚至怀疑自己是不是能走得过来。

“林陌，我曾想过自杀，真的，我没有和任何人说过。”她的声音又开始模糊起来。

所有的怒气都变成了震撼。

差点自杀，她不知道她说这几个字时，他身体微不可见地颤了颤。

如果她不在了，他不敢想。胸口的沉闷连自己也没有料到。相识不过数天，他对她已经这样。这样的认知，让他觉得可怕。

“林陌，如果有一天你和许慕辰同时遇见危险了，我会救他，毫不犹豫。”她不想掩饰许慕辰对她的重要。

他的嘴巴抿成一条直线。

她接着说：“我要他活，然后，我和你一起死。”

她说得坚决，坚决到决绝。

他几乎屏住了呼吸。刚才是幻听么？可她的眉梢眼角都是坚决的感情。

心脏突然膨胀起来。

当年，不是没有人让他愿意为其死过。他想报恩。

可如今，如果有那一天，他愿意和她一起死。

“许妈妈说，我可以游戏人生，但许慕辰不可以。我在意的是这个，她曾经是我很敬重很亲密的人，她明知道，这些年我的生活……”越说，越语无伦次。

他不说话，紧紧看着她：“安，我带你走，好么？”

若这里的回忆那么沉重、艰苦，那么，就离开吧。

“再重生一次。”他说。说她，也是说自己。

我带你走，好么？

再重生一次。

她惊愕地看着，眼前有着男人模样的少年说要带她走，再重生一次。这是她多年的梦想啊。

“可是，去哪里？我没有钱。”夜那么静，都可以听见她狂乱不安的心跳声。

伸出手捏住她的脸，狠狠地刮了两下：“你要做的只是跟着我。”他的眼眸灿若繁星，点亮她十七岁的整个天空。

重生后会有怎样的惊心动魄和美好，谁会知道？而她有着不顾一切的决心。

看着她泛红的脸，因为兴奋而放大的瞳孔，他从来没有觉得自己这么幸福，甚至不能自持。想必，这就是真的恋爱吧！

“我们什么时候走？”她问，夹杂着一股激动和忐忑。

他放在她腰上的手突然一用力，将她拉近自己的怀抱，另一只手插进她的发间，原本就紧密的身体变得没有一丝缝隙：“就这两天走，我稍稍准备一下。”

过了半刻，他声音愉悦地说：“到时你可是要和我住在一起的。”

她一惊，跳起来，满脸黑线。

他嘴角微扬，眸中有几分促狭。“去你的，还没走就想占老娘便宜。”她推着他说。

说完，她蹦蹦跳跳地跑回了教室。

他在背后，嘴角的弧线荡漾起来。

他的安，就该是这副快乐且生机勃勃的模样。

Chapter 6 你是我过不去的风景

55 不怕从头再来，只怕会后悔

“喂，你听说了么？尹安打三班那女生的事居然算了。”

“貌似是林陌去找的校长吧。”

“他来头好像不小呢，校长都得卖几分面子，哼，真不知道怎么看上了那人？”

“就是，你们也听说她在初中发生的事了么？”

……

几个女生说完转过头却看见站在门边的安和唐蓝，微变了脸色，下午的事还历历在目。尹安打架这么厉害，再加个唐蓝，几个人面面相视。

“怕了？”安问，轻轻淡淡地问。

“尹安，你下午才犯过事。”其中一个胆子大的女生说。

安双手插进口袋，迈着碎步走到她面前，笑意渗到眼底，她说：“你刚才不是也说了么，林陌的面子很大，连校长也要

卖几分。”

她的模样让几个女生估摸不准。

是生气么?

“走吧。”她斜着身子靠在墙上。

几个人不可置信地看着她，貌似她不是这么好讲话的。

“下不为例。”她语气凉薄，几分寒意透在其中。

几个人咬住下唇，看了她一眼，拉着手缓缓走出去，心里不是不恨的。在一个同龄的女生面前，这样失掉了骄傲。所有的咒骂，只能放在心里。

“丫的，还真是大姐大的样儿呢，都是林陌那小子教的吧。”唐蓝走过来，一拳砸到她的肩上。

“阿蓝，没有我你会不会孤单?”她低下头掏出烟。穿着破旧的牛仔裤席地而坐，总是随意的样子。

“林陌说要带我离开，让我重生。”仰起头，手支在膝盖上，侧脸的轮廓忽而变得温柔。

“你很幸福，是不是?”唐蓝靠在她的肩头，胸口微酸，不是妒忌。

“你认定他了，是不是?”她说，心里想起程远的模样。

安夹着烟的手指微缩，是寂寞的姿势，低声笑起来，她说:“阿蓝，不是认不认定的问题，是不会放掉。我不会放掉一丝一毫可能会让我幸福的可能，管他结局如何，这些年，这样孤独难熬不是都过来了么?以后怎样，我也认了。”她说话时的神态不曾迟疑，她的眸光坚定。

唐蓝怔怔地看着，这样一个勇敢决绝的女子，多么美丽。

“不幸福的话，会有我陪你。”唐蓝轻声说，能给予的承诺只有这样，还能有什么?祝福的话，太虚无。

转身，彼此紧紧拥抱，余下半截的烟落在地上，忽明忽暗。

“阿蓝，可是你怎么办?你不幸福，而我选择了离开。”

她的声音哽咽。

唐蓝眉眼低垂，轻声说："可是，两个不幸福的人在一起，只会更不幸福；你幸福了，我也会有这样的感觉。"

豆大的雨滴敲打在窗户上，发出噼里啪啦的声音，一场雨，来得气势汹汹。

安拉着唐蓝跑了出去，在雨夜中尖叫着奔跑。雨打在脸上，有轻微的疼痛，心里是无比酣畅的。记得曾经，每到大雨天，她们就携手跑遍整座小城，时而沉默，时而尖叫，累到极致，就躺在马路中间，心里像是虚脱一样，连悲伤都没有力气。

"程远，对不起。"阿蓝突然挣开安的手，跑在前面，停下来大声地喊，撕心裂肺般的痛楚毫无遮拦。

是对不起，还是我想你?

安想，阿蓝无法说出那声想念，是在心里早已觉得自己丧失了资格。

心里瞬间疼得无以复加，她想起那个纯白如梨花般的笑容。

"许慕辰，对不起。"

"许慕辰，对不起。"

眼泪滂沱和雨水交织在一起，整个世界是一片模糊的倒影。

秋的气息渐远，空气变得凉薄起来。校园里大家都穿着厚厚的外套，走起路来都带着风，吹在脸上是尖锐的疼。走廊尽头被排队打热水的同学围满，三三两两围在一起。

期末考试近了，气氛日益紧张起来。

坐在角落靠窗的位置，安打量着埋在书本里的同学，嘴角浅仰。她从来没有在学校这样用功过，整日都是一副十足坏孩子的模样，可心里从不曾忘记临说过的话。

她说：读书是你以后唯一可以过好的机会。

她一直都记着，所以夜深人静时，所有的癫狂之后，她还是会做一个好学生该做的一切，只为以后可以过得好，摆脱如今的一切。

安，我带你走，好么？

除却一丝惊愕，她没有片刻的犹豫，以后是多远的以后。而她迫不及待想要离开，心里的野兽在遇见林陌之后，无法遏制。

原本就一无所有，所以，她不惧怕，最不济再回到当初的日子，可谁又知道究竟会怎样呢？

她不怕从头再来，只怕后悔。

56　温情少年，对不起

“喏，外面有人找你。”一个女生走到尹安的身旁，极小声地说，然后迅速走回自己的座位。

无所谓地耸耸肩，她的劣迹早已被传遍了，谁都不想搭理她。

走出去，看见站在门外的许慕辰，片刻的惊愕后开心地笑了起来，声音愉悦地问：“怎么样，病好了是不是？”

她明朗的笑让他心下一怔，若是为他，多好。他点点头，一如既往地温和：“嗯，好了。”

安仰起头细细打量了一番，蹙起眉，关切地说：“还是瘦了些呢，脸色也不好，真的没有关系么？”

该死的温柔，明明无关情爱，只怪自己陷得太深。曾以为会一直和她一辈子，等一切水到渠成，却不料，只一个意外，就完全颠覆。

看着他垂下了眼眸，她小心翼翼地喊：“许慕辰。”

敛去多余的表情，再抬起头早已是一副温和的模样，眉间染了几分歉疚，轻声说："安，我是来代我妈向你道歉的，对不起。"

对不起让她失望，对不起给予不了她要的家的温暖。这些天，都反反复复地想，若是当初他的父母是真心对她好，是不是就不会有那人的出现?

可是，回不去最初。

短短数天，他的眼底便多了几分隐忍的疼痛和沉重，她难过得无以复加。

"许慕辰，再说对不起，我们以后便不要再说话了吧。"她的声音清冷。

他的心沉了几分，目光在她脸上停了片刻，点点头转身向走廊深处走去。她可以想象到他此时的表情。

是不是在一个人生命中，不管多么真心总要被一个人辜负?

就如同许慕辰知道，凭着他与安十几年的情分，他开口让她离开那人，她会答应。

可是，他无法看她伤心。

所以，宁可被辜负。总有一个人要被辜负。

"许慕辰。"安追上去，咬唇站在他身后，是自己说话太重了。

"安，怎么了？"在她面前，他总是习惯收敛掉自己原本的情绪。

"许慕辰，你老是说对不起，好像一副我欺负你的样子，下次都不敢和你说话了。"她委屈得气势汹汹。

他笑了，总是抵不过她的任何要求。

"好，下次不说了，快回去上课吧。"他的手习惯地拍她的脑袋。

她靠在窗户上，一直看着他修长单薄的背影消失在走廊的尽头。很多的时候，她都在想，上辈子，许慕辰是不是她的父

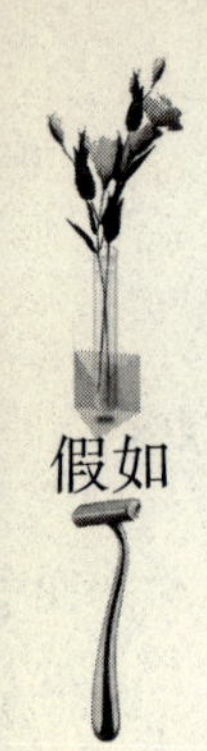

亲呢，因为不疼爱她，所以这一辈来还债。

57 男朋友的未婚妻是姐姐

“尹安，是么？”

安转身，目光先掠过周围三三两两的同学，最后才看向眼前的女生：柔顺的直发，并不特别让人惊艳的脸上画着无懈可击的妆容，时尚款的米色风衣，毛茸茸的靴子。算是个十分精致的美女吧，安想。

“有事么？”在这个学校，还有敢愿意公然和她说话的女生呢。

“我是你的姐姐，我叫沈繁画。”她的笑容像是演练过无数遍，温柔优雅。

周围有抽气声。

野草般的尹安会有这样的姐姐？

她伸手摸向沈繁画的额头，挑眉自顾自地说：“貌似没生病。”

“尹安，尹临是你的妈妈，不是么？”她的话成功地让安的脚步停了下来。

安转身回头眯起眼睛又打量了一番，语气清淡地问：“私生子过得这么好？”

沈繁画笑起来，可目光分明是尖锐的。安的敏感比她想象中更甚。

“还记得上次带你妈妈去看病的男人么？他就是我的爸爸，也是你爸爸的弟弟，亲弟弟。”她还是笑着的。

可最后那亲弟弟三个字却咬得极重。

“我妈的病好了么？”安开门见山地问。多一个名义上的姐姐，对她而言，没有什么实质上的意义。

她是独立的，独活的。

“你也知道啊，那病要好，多不容易。”她的声音软软地不大不小，足以让周围的人听见。

偷偷打量的目光和刻意压低了的声音，安并不在意。她妈妈是个疯子，那又怎样？即使全世界都知道那又怎样？那只是她的妈妈，和其他人都没有任何的关系。

“安，我转学到了这里，以后我来照顾你。”她笑意温柔。

安没有说话，转身就走。

她话里的怜悯让她十分讨厌，这样假意的好人，她见得太多。

顷刻间，五班转来一个叫沈繁画的美女被传得人尽皆知，更离奇的是这个温柔的女生竟是坏女生尹安的姐姐。几乎所有人都来看上一番，然后再大大对比一下。

两节课的时间，她便拉拢了班里许多的女生，那些精致的礼物和赞美的话在女生间永远是最有力的武器。

安冷眼看着，她巧笑嫣然，八面玲珑，无疑是十分聪明的。

“安，这是我特意给你带的礼物，看看喜欢么？”她走过来，手里拿着纯白的围巾，下摆缀着漂亮的流苏，一眼便知价格不菲。

“送礼物前要打听好别人是否需要或是喜欢。”安瞥了眼围巾，面无表情地说。喜欢或是讨厌，她从来不加以掩饰。

沈繁画微变了脸，垂下眼帘，煞是委屈的模样。

安冷笑，这个样子到底谁比较像姐姐呢？

有胆子大些的女生走过来，站在她的身边：“安，毕竟是你姐姐的心意。”她说，然后拉走了一脸委屈的沈繁画。

看着她身边围满的同学，安转过脸趴在了桌子上。

她的沉静和凉薄形成了一个独立的小世界，与那边的嬉笑欢闹格格不入。

“哇，S市是个繁华的大城，为什么要转到这边呢？”

“是啊，我妈妈还说今年寒假要带我过去呢。”

“你给我们说说那边好玩的吧，喔，对了，你为什么要到这个偏僻的小城呢？”

58　我或她，单项选择

“我的未婚夫在这里，他家人不放心，硬要我也过来，说方便照顾他。”沈繁画娇笑着低下头。

安心里没由来地闷起来，周围的空气变得稀薄，感觉上，沈繁画的话像是只独独对她说的一样。她一直有着十分敏锐的感觉。

沈繁画不顾身后同学唧唧喳喳的问话，再次从座位上站起来走到安的身边，手放在她的胳膊上晃动了两下：“安，我带你去看看你姐夫，好么？兴许你们认识呢。”

安转过头，紧盯着她的脸，周围的同学又开始哄闹了起来，七嘴八舌地说：“对啊，你说说看，在这个学校没有安不认识的人。”是褒是贬，再明显不过。

“安。”教室门前的声音再熟悉不过。

身后，沈繁画半张着嘴巴和笑颜如花的脸像是被丢弃了一样。

“校长那边就说休假吧，哪天你要是想再回来也是可以的。”逆着光，林陌的脸半明半暗。

“就退学吧。”她说，神色坚决。

即使哪天真的需要回来，她也不会回来。离开，便不回头。这是尹安的姿态。

“当真要一直赖着我了？”他嘴边的弧线慢慢扩大，神情愉悦。

这样的勇气，这样的坚决。是为他，只为他。

“貌似是你主动并且深情地说要带我走的吧。”安弯下嘴角，眸光明亮。

他们总是谁也不想承认彼此的心，总是一副欲盖弥彰的模样。可后来才发现，等到想坦诚一切的时候，却失去了当初的机会。

“安。”沈繁画站在安的身边，突然喊，温柔的语气中有被刻意压下的颤抖。

“你们认识？”她问，眉眼间的笑看不真切。

然后缓缓走到林陌的身边，自然又熟稔地挽起他的胳膊，整个过程，她像是在拍电影，姿势优雅，动作缓慢。

安怔怔地看着他们，目光微眯，插在口袋的手紧握，有战栗感在身体流过。

安，我带你去看看你姐夫，好么？兴许你们认识呢。

尽管他从未说他是她的，可是她却早就一直这么认为。就像他说，她是他的一样。

“安，这就是你姐夫。”沈繁画亲切地说。

在她走向林陌的那一刻，她便就知道，紧紧看着林陌，他的目光却是夹杂审视的深邃。她看不明白。

“沈繁画？”林陌问。

沈繁画变了脸色，林陌的反击不动声色，安在一旁冷笑。心里悬吊起的感觉稍稍有所缓解。

身后纷纷扰扰的议论声被自动隔绝，他们三人，自动隔绝成一个特定的、安静的世界。旁人看到他们，他们却只能看见彼此。

沈繁画嘴唇蠕动，抢在她之前，安开口，目光掠过她留在林陌的身上：“没有早一步，也没有晚一步。在你要带我走的前一刻，你的未婚妻出现。林陌，三个人不能同行，我等结

果。”

然后，和他擦身而过。

她冷静得无法让人觉得她是第三者。

只是怕再待一会儿，就会在所有人面前控制不住她的狼狈。他是她的，她应该要笃定的。

好一出姐妹相争的戏码，比三流电视剧演的还要狗血，偏偏发生在自己身上。她越走越快，眼角处湿润冰冷，伸手快速抹掉，恨恨地跑了起来。

她果真还是没能做到内心所想的那般镇定从容。

59 只等你说话，我便不怕

他在她身后看着，直到她消失在走廊的尽头，方才她倔犟抹泪的样子，让他的心狠狠沉了沉。多么倔犟、骄傲的姑娘，一开口便表明三人不能同行，不逼迫，不哭闹，只是一句，等结果。

“可笑吧，你做的戏到头来看的也只有你自己。”林陌冷笑。

沈繁画咬住下唇，僵硬地反问：“我做戏？”

他转过身，她能看得到的只是一个背影。冰冷，疏离。

“林陌，当初和我订婚没有人逼你，如今怎么成了我做戏呢？”她不相信他真的会爱上那个女生，像杂草一样的女生。

他冷冷勾起嘴角，讥讽地说：“沈繁画，沈家媳妇真的很诱人是不是？”

救他是事实，可有所图也是事实。

她的心沉了沉，问：“你觉得我从头到尾为的就是这个么？”

他转过身，眸光流转，是一片寒意，说：“好巧，我去花园你也路过。你好善良，我落水了，你不要命地救。”他所看见的沈繁画并不是一个这样善良的人。

她咬着唇，牙齿磕破了嘴唇，一字一句问：“如果我说，我对你是一见钟情，你信么？”

他发出短促的笑，眸光半眯：“十五岁你知道什么叫一见钟情，不惜以生命做代价？”的确，用生命做代价换得一个和他之间的契机，可感情并不假。

原来，他从来都有自己的认知。

破败的楼顶，风从四面八方吹来，从领口吹到衣服里，尖锐的疼痛后是一片冰冷，然后，逐渐麻木。

安闭上眼，夹住烟的手还是抖得不停。

“我的未婚夫在这里，他家人不放心，硬要我过来，说方便照顾他。”

未婚夫，他的家人。

人家不是一早就把优势完全晾出来了么，而自己有什么呢？

反手狠狠将烟握在手心，灼烫感一直烧到心，才有片刻的镇定，心里烦躁得一塌糊涂。抬起头拼命吼叫，天的上方都是自己撕裂的嗓音。

从一开始就宣布他是自己想要的，那么自信笃定的模样，到头来，尽是一场滑稽的闹剧。他早就被贴上了别人的标签。小丑就是自己。

“想跳下去么？”唐蓝从楼梯口慢慢走过来。

安蹙眉，她说话真是越来越锋利了，转而一想，扬眉问：“你怎么知道这里？”

唐蓝在旁边坐了下来，耸耸肩说：“当然是那人让我来的。”

“怎么，正室出现了，你被华丽地淘汰出局了？”她盯着她分明哭过的眼睛问。

她的眼底燃起一簇小火焰，气急大声喊："唐蓝，你是不是想打架？"

唐蓝看着她慢悠悠地笑起来，转过头盯着前方遥远的天空。

她在心里一直把看似强悍的安当做妹妹，一直希望她和许慕辰在一起，直到林陌出现。她不赞成却不反对，毕竟是安想要的。她知道，安是绝对忠于自己内心，忠于自己感觉的一个人。她担忧着，却是希望最后她可以幸福，在这个过程中，她总想着自己要做些什么才好。

哪怕即使真的什么也做不了，至少还可以陪着她。

安安静了下来，许久后松开了自己握紧的双手："靠，半路杀出了个未婚妻，没想到我就成了小三。想要我华丽地出局，想得美，他林陌都还没说话呢！要是他敢不选我，我非他妈的打死他。"

她恶狠狠地说，假装自己心里很有底气，仿佛这样就真的很有底气了。一直以来，都是如此，面对选择，她不想做任何决定，是洒脱还是怕被拒绝的怯弱，连自己也不曾深想。

"那就是，那还装什么悲情？"唐蓝的胳膊大气地搭在她的背上。

"喔，对了，都在传那女的是你姐姐呢。"

"靠，最讨厌这么多狗血的戏码。姐姐的未婚夫，妹妹的男朋友，什么东西啊，管她是谁，反正是我的情敌。"安不耐烦地说。

唐蓝轻皱着眉头，慢吞吞地说："话说，你不是一直都想有一个正常的亲人，感受下亲情么？"

她的脸上再次出现似笑非笑的表情，目光冷淡，讥讽地问："有那么点血缘关系就可以是亲人了？"

她想起沈繁画和她说话时的神情，怕是也没有把她当做妹妹吧。

“那妞可能耐呢，才半天工夫，几乎学校的女生都站她那一边去了，一起声讨你呢。”唐蓝说。

安冷笑着哼了声便不再说话。

她向来不屑这一套。

“林陌让你来自己怎么不来，没怎么着就怕老娘了？”安突然想起什么挑眉问着。

唐蓝弯起嘴角，嘴里默念着：一、二、三。

“啊。”数到三时，安如预计般的叫了起来。唐蓝不可抑制地大笑起来，安抬起头来对上林陌深邃的眸子。“半大的姑娘，怎么一点也不知羞？”他说。

“靠，好痛。”她想也不想，脱口而出。

半晌后安跳起来，惊讶后恨恨地问：“怎么？和你的未婚妻温存好了？”

60　是你先入为主，注定彼此交付

唐蓝悄悄退出，临别时欣慰地看了看安。毕竟林陌对她是用了心的。单凭这，她也该放心。

点点头，林陌嗯了声。

安一时气结，却又无可奈何，又不想表现得太明显丢了身价和面子。

“会得内伤的。”他挑眉，嘴角的弧线微微散开。

安的脸色片刻间严肃起来，看着林陌，她一字一句说：“林陌，二选一，你别妄想左拥右抱。即使你能哄好她，我这边也不可能。”

她的语气坚决，没有一丝的犹豫，和他一样的决绝。

林陌蹙眉，看了她好一会儿，轻轻吐出两字：“妒妇。”

安还没来得及发作，他便又开口，悠悠地说：“谁让你先入为主了呢？”

她心里一怔，惊喜来得太快，瞬间填满了心里的忐忑："不是先有的她么？"她问，语气不自觉地有了些小心翼翼。

怕一不小心这惊喜就不见了。

她的神情让林陌的心顷刻间软得溃不成军，这就是他的安，耀武扬威的背后藏着孩子般的真性情，每每让人心疼得无可抑制。

伸手拥着她到自己的怀抱，把她的头按在自己的心脏上，轻声说："是你先入住了这里。"

想来，这是他唯一说过的甜言蜜语。瞬间，满心欢喜。

他的选择终究是她，不是么？

"走的时间推迟几天，我先回去一趟，解除婚约。"他说，十分坚决。

安才恍然想起，要带自己走的这个少年，她并不了解，一点也不。

不了解他家住哪里，不了解他家里有什么人是做什么的，不了解他的过去，却就在这样的情况下，她就与他私定了终身。

私定终身，安喜欢这四个字，有一种决绝的姿态在里面，却无比浪漫。

他像是看穿了她的想法，双手扶住她的肩膀，盯着她的眼睛："等我回来，就把关于我的所有都告诉你。"他的眼眸深不可见底。

嗯，都告诉她。确定一个人并不需要很久，他的心告诉他，眼前的人就是过一辈子的。这是十二万分肯定的事情，他只要她在自己身边。快乐地活着，其他的都交给他。

安在里面见到了傻傻的自己，还有一些她看不懂的情绪，是坚决吧，是交付吧。

是的，在这一刻，他们彼此交付。

"烟烧的？"看着她手心里一块糜烂的伤疤，还有没有干透的血水，他的语气生硬。

安点头，心里竟有些紧张。

“这是最后一次。”他看着她，郑重其事地说。这个傻冒，他的心里阵阵抽痛。

却又觉得满足，可耻么？只觉得她是真的喜欢自己，就这一点，足够。

“以后除了我，没有人可以伤害你，包括你自己。”林陌说。

安哼了哼说：“真土。”

嗯，是很土，后面还有一句更土的，那就是，我也不会伤害你，可是，怎么就是这么土的话居然让她的鼻子泛酸，眼眶中一片浓厚的雾气。

她心甘情愿被这个少年训着。

是幸福的。

回学校时，两个人高调地牵着手，侧着头看着他优美的侧脸弧线，安想起在破败的楼顶他们最后的谈话。

她问：“你不怕会伤害她么？”

他说：“和我订婚是她的选择，伤害也该承受，只是，她是你的姐姐，你若……”

他话没说完，便被她硬生生地打断：“我只有尹临、许慕辰和唐蓝这三个亲人，你要记清楚了。”

相视而笑。他们是如此矛盾的两个人，心分明是薄情而坚硬的，却又柔软得无以复加。

61 有些感情，注定被辜负

校门前，许慕辰侧身而立，神情焦虑。安远远看见便要扯开林陌的手跑过去却被林陌反握得更紧，稍稍一想，便不做挣扎。

“许慕辰。”安喊。再看见他们十指相扣时，他的眸底有隐忍的疼痛。

“安，沈繁画说是你姐姐，说林陌是她的未婚妻，整个学校都知道了，还有以往你得罪的那些人。”他的眼睛紧盯着她。

安的心疼了疼，他怎么还是一如既往的傻呢？就为了告诉她这个消息，在这风口等着。

“许慕辰，没有关系，你放心。”她笑着，却不忍看他。

他笑得温和，却掩饰不住落寞，看着安，习惯性地伸出手却僵硬地停在了半空，缓缓放下来：“安，你们先进去，我要去做些事。”他说。

安点点头，心又疼了。她怎会不知，他只是不想和他们一起走回去。

他只是不想在她面前露出自己的伤口。这个善良的人。

“定护她周全。”擦身而过，他在林陌耳边轻说，敛去了温和。他本是个尖锐的人，所有的温情都给了一个人。

此后，必不再有。

进了校园，安才明白为什么许慕辰会在风口等她回来，操场上的篮球架下居然挂着一个偌大的横幅，蓝色嚣张的字体写着：尹安，请不要破坏姐姐的幸福。下面居然是密密麻麻的签名。

安咧开嘴咯咯地笑了起来，抬起头竟看见探出窗外的无数张脸，各种各样的表情都有。

她突然踮起脚双手勾住林陌的脖子吻上脸颊，眉梢眼角掩不住的笑意。

“林陌，你未婚妻人缘可真好。”她笑着说。

有老师从身旁经过，侧目恋恋了几眼，走出几步后又折返回来，看着安，她说：“尹安啊，就算是青春期的叛逆也要有个度啊，他可是你姐姐的未婚夫，他是你姐姐的啊。”老师说着瞥了眼身旁的林陌。

“老师，你也加入沈繁画的队伍了么？”林陌眯起眼睛。

老师变了脸色，甩了甩衣袖冷哼一声大步走远。

下课铃声才响，教学楼的学生们就蜂拥而下，谁不想看看这姐妹相争的戏码。

人群中，她不再是势单力薄。懒懒地靠在林陌的身旁，面对各种异样的目光，她表现得理所当然。

对方是林陌和她，再不服也没有人敢上前。

紫色的裙角在风中飞扬，风情万种。安抬起头，隔着空气与她的目光碰撞。

那样的嚣张，刺疼了沈繁画的眼睛。只因为笃定身边的他么?

“安。”沈繁画目光绵长地掠过林陌而后落在安的身上。

安想她永远也学不会她娇柔无限的模样，张张嘴巴还没开口，沈繁画便抢先一步开了口，她说：“安，以前你不知道，不知者不罪，以后让我来照顾你，好不好？”

欷歔声一片。所有人都说：尹安怎么这么好命有了个这么好的姐姐?

林陌微挑眉角，老头子看人果然不假，沈繁画的确是最适合的人选。

“林陌，你说呢？”安转了目光。

他浅笑：“你想谁照顾那还不就是谁。”他的声音不大不小，却足以让周围的人都可以听见。

那样的纵容和温柔是她从没有见过的，全都给了这个像杂草一样的女生。

两年的情感抵不过数月么。他怎么舍得?

沈繁画变了脸色。

安看了她一眼，轻轻冷冷地开口说：“林陌是我男朋友在先，而你在后，即使我知道了也只能这样。”是的，在她知道

有沈繁画之前，他就已经做了她的男朋友。他是她的。

她的声音很坚决，连一句道歉也没有。大家的目光恶狠狠地瞪着她，怎么会有这么不要脸的人？

“而且，即使你在先也一样，我会让他公平选择，和前后没有关系。”她看着她，没有一丁点儿的躲避。

事实就是如此，她要的必会全力以赴。

“沈繁画，以你的条件再找一个像林陌这样条件的人不难。”林陌看着她，由始至终，这是他对她说的唯一一句话。

眼泪如期落下，她哽咽着说：“林陌，十五岁我们便订了婚，这么多年了，你如今再说会不会太晚？”

的确，找一个类似他条件的人不难，可是，林陌只有一个。

从十五岁到十七岁，两年的时间，她的眼里心里就只有这一个人，以为一切都是理所当然，他却突然让一切变得天翻地覆。

所有的情窦初开和情深意重统统都给他一个人。再没有别人。

且对方，根本连她的对手都算不上。

战争都没有开始，她就失去了领地。

62 只要他在原地，我绝不相让

他丝毫不顾及让她在全校学生面前狼狈得一塌糊涂，这个狠心的人，却偏偏又有十分的柔情。

整个学校的所有女生都疯狂地讨论着一个问题：五班的尹安凭什么勾搭上林陌？

唐蓝亦笑着问，安反手一拳骂道：“为什么一定是我勾搭他呢？”

那晚，说我们一起过吧的人可是他。

唐蓝看了看她，笑容真诚，她说："安，爱情也需要棋逢对手，你和林陌正好，幸而你们幸福了。"

如若不幸福呢？那便是一场毁灭，唐蓝不敢想。所以，一定是幸福的。

"阿蓝，如果你和许慕辰也都幸福了，我就真的完全幸福了。"安突然拥住唐蓝，可能真的感到离别渐近了吧，所以变得矫情起来。

真的不舍，可离开的心仍是坚决的。

"尹安，有人在学校后面的小岛等你。"回过头，一个女生说完便匆匆跑了。

地上丢有一个纸团，安走过去捡起来。

事关许慕辰，小岛见。

字迹娟秀，明显是一个女生。

唐蓝和安一起变了脸色。

上课铃声突然响起，尖锐地刺到安的神经，一阵阵抽缩和不安。

"阿蓝，你回去上课，我去看看。"安说，异常坚决。

"我陪你一起吧，兴许没有什么也说不定呢。"唐蓝假做轻松地说，其实心里也是紧张的。

近来，安得罪的人太多。

可许慕辰，向来都是无害的。

"你去上课，要是我一节课没有回来，记得打这个电话找丁叔。"安从口袋里掏出一张折好的纸交给唐蓝，转身就朝小岛的方向跑。

只要事关许慕辰，她就可以不顾一切。

那个叫丁叔的电话是林陌走前给她的，想来真有什么事情发生，亦是可以起到作用。

"何必这么赶，我会等你。"沈繁画笑盈盈地从岛上站起来走到安的身旁。

环视一圈，除了跟着沈繁画来的两个女生，并没有许慕辰。一直悬着的心这才放下。

“有意思么？”安冷冷地问。

“尹安，做我妹妹显然不如做林陌的女朋友，是不是？那么，那个许慕辰又算什么呢？”她又上前一步。

“沈繁画，你真的想让我做你妹妹么？”她抬起头，目光凛冽地看着她。

她眸光微转，勾起嘴角：“当然，如果你可以真的把林陌当姐夫。”

做她的妹妹？

沈繁画想笑，她凭什么？不过一个疯子的女儿。

或是，小破鞋。

“沈繁画，你明知道林陌这次回去是做什么的。”安仰头，事已至此，何况，她从一开始就没有准备后退，只要他站在原地。

她挑眉冷笑一声缓缓后退，身后的女生突然跳上前。

啪。

空气里响起短促清脆的响声，安冷眼看着裙角飞扬、巧笑嫣然的沈繁画，左边脸迅速红起来，火辣辣地疼。

相比较安的凶猛和尖锐，其实，冷静自持的沈繁画，更像一个大姐大。

“疼么？”她问，笑容里寒意逼人。

安紧紧盯着她，一字一句说：“沈繁画，这一巴掌算是你爸爸给我妈看病的情，我还了。你若觉得不够，可以再来一巴掌，我绝不还手。”

“尹安，那个不用你还，你妈自会还。”她的语气忽然严厉尖锐起来。

凭什么？她们母女有什么资格和她争？

安笑起来，看了她带来的两个女生一眼，缓缓说：“我以为这个学校没有敢和我动手的呢。”

沈繁画不屑地看了她一眼，十分优雅地说："尹安，你应当知道重赏之下必有勇夫吧。”

说完，她看着她笑起来，轻声地说："就如同你肯去发廊一样。”

安的双手紧握，目光眯起："沈繁画，你应该打听清楚再找我，即使今天你再带两个过来，我尹安也照样能全身而退。”她毫无惧意。

挨打、受伤早在她很小的时候就是家常便饭，她何时被娇惯过，所以，才练了这么一身功夫。

沈繁画再次笑起来，点点头说："我知道啊。”

“可是，许慕辰行么？他应该快高考了吧。”她说，然后，紧紧地盯着安。

脸上的笑容妖媚。

她知道她和那个叫许慕辰的少年情谊匪浅。多可笑，偏偏那人也算得人中龙凤，她何其幸运。

安突然快速跨上前，用力扼住沈繁画的脖颈，她狠狠地说："你他妈敢动他试试，老子保证让你好看。”

她眸光中的尖锐一时间真的吓到了她，从来没有见过这样目光的女生，她的动作迅速且直接。那两个女生才反应过来，铆足了力气拉下她。

啪。

安反手一个巴掌甩过去，看着其中一个女生说："刚才是你打的是吧。”

林陌告诉她，不是谁都可以欺负你，倘若遇见，量力而行，全力反击。如果不行，也要记住，日后十倍奉还。

这些想法和她不谋而合。

她说完又看向沈繁画："沈繁画，我告诉你，抢男人抢不过，输了不丢人，别在背后干那小人的事，老子不想陪你

玩。”

她在两个女人错愕愤恨的目光中昂首阔步走上了索桥。两个人之间的感情，纠结三人已是足够，何必还要连带上旁的不相干？

没几步却又走了回来，站在沈繁画的面前，她笑着眯起眼睛：“你可认识一个叫丁叔的？”

她目光惊愕，变了脸色。丁叔，她怎么会不认识？林家一把手的管家，亦是林陌母亲的娘家人，从小看着林陌长大。

而她刚才也只是试探的心态，可如今看来，这赌是赌对了。

“看来是熟人，我也不想为此破坏你们之间原来的情谊；至于许慕辰那边，你好自为之。”她的语气清冷，却自有一股威慑力。

心这才完全放下来，无论自己怎样，许慕辰这边一定要护他周全。

许妈妈有一句话是说对了的，她和许慕辰的人生轨迹不同，而今他正在高考前最关键的时刻，一丝也马虎不得。

沈繁画咬唇看她走远。

连丁叔她都知道，看样子是她太低估她了。

幸好，她是沈繁画。就这一点，抵过她太多。

63 只是输给了一颗爱你的心

三年级一班门口，安太久没来，在教室门前一站，突然伤感起来，前一段时间来找他是什么时候，是什么心情。哪知转眼便是分别。

十一年的情谊啊，她甚至不知道该怎样开口和他说分离。

“站很久了么？”他从教室里走出来，心情复杂。

“功课忙么？”她问。

“还好。”他眉眼纠结。

眼眶渐渐升起雾气，喉咙里灼热起来，她喊：“许慕辰。”声音有些哽咽。

她最是没有良心。这么好的许慕辰，怎么就不要呢？满满栽进他的怀里，像小时候一样在他怀里拱来拱去。

心里突来的悸动令他无法自持，这一辈子，就要栽在她手里。

“看，那不是尹安么？旁边的那个是许慕辰耶，神啊。”

“真不要脸，才高调地和林陌恋爱，这边她又和许慕辰混在一起。”

“靠，什么女人。”

……

走廊周围四处都在指指点点。许慕辰半僵着手，怀抱里的温软他不忍放开，可是，她的名誉却是他不能忽视的。

“安。”他轻轻地叫。

她不说话，只是更加抱紧了他。那些议论，她不在意。为许慕辰，她怎样都行。其余的，她统统不介意。

课堂上，她一直无心听课，直到一节课下课，仍在神游中。

十一年，若还无法真正了解一个人，是那人藏匿太深，抑或是她根本没有用心了解过。想来答案是后者吧。

想起走前许慕辰说的那些话，他说：安，若你幸福的话，不必愧疚。要知道，我与林陌之间其实是势均力敌的，所以，不必愧疚。

他说：安，我只是输给了自己的心。这些年，不舍得你受一点委屈，所以，安，与你无关。

他说这些时，目光清冷，藏匿在眼底隐忍的悲痛，她看得清楚。只是，她没有想到他看得如此透彻，完全以一个局外人的姿态。

他说得对。他与林陌是势均力敌的。如果当初他狠心一点要求她离开林陌，凭这些年的情分，她会照做。如他所说，他只是输给了自己。

原来，他从来不是一个温软的人，只是，他一直对她如此，她就以为他是了，并且，心安理得。而她竟弃了这么优秀的一个人选了那人，为什么？

再次想起林陌，他慵懒的模样，他匿在眼底的狠辣和果决，他内心不顾一切的勇气，他的直接。

嗯，阿蓝说得对。他和她是棋逢对手。

可是，又是谁说过，多么相惜的对手都无法相守，在度过温暖相守和相互厮杀的岁月后，便是各自天涯。

当然，这是后话了。

64 懦弱的情感，死亡做代价

“安，喏，这是刚热好的牛奶。”就在安神游间沈繁画端着牛奶走了过来。

这样宽容大度的姐姐，所有人都欷歔不已。

“沈繁画，你要干吗？”安转了个头皱眉看着她问。

不管沈繁画脸上的笑容如何温柔，说出的话如何甜腻，她始终在她眼底看不出真诚。

并且，是相反的东西。

大家都厌恶地看着她，怎么会有这么不知好歹的人？

沈繁画笑得更加妩媚，端着牛奶靠近一步：“天冷喝点热的，等会儿跑起来也更有力气。”

安接过牛奶狠狠地放在桌子上，眯起眼睛：“有没有人和你说过你这样装模作样的很恶心。”她满脸的烦躁和不耐烦不做任何的掩饰。

沈繁画亦不介意，只是凑到安的脸颊处，轻声说：“尹临跳楼自杀，生死未卜。”

尹临跳楼自杀，生死未卜。

安一瞬反应过来，仰起头瞪着她，伸手反拽住她的衣领，狠狠盯着她。

身体却不由自主地战栗起来。

她自杀？这绝不可能。

“司机和车就在校门口，晚一点，兴许连最后一面都见不到了。”沈繁画轻轻拨开她抖得不成样子的手。

眼底得意的笑意无限扩大。

“你要是敢骗我就试试看。”一片尖叫声，安推倒沈繁画从桌子上跳了出去。

跌跌撞撞，所到之处撞倒了所有的桌子和板凳。

尹临跳楼自杀，生死未卜？明明是不可能的，可偏偏这句话就像个魔咒一样，紧紧扼住她的心脏和呼吸，整个胸膛都是空洞洞的响声。

曾经那么多煎熬两个人都牵手走过，如今就快走到黎明见到日出了，不是么？

所以，妈妈，求你，求你不要丢下我成孤儿。

妈妈，你还没有见过林陌。

你还没有见到这个说要带我走的男生呢。冷风吹进眼睛里，一股热流蓄势待发，她仰起头硬生生忍了下去，不能哭。

根本是子虚乌有的事情，为什么要哭？绝不！

张开嘴巴大口呼吸着，从喉咙穿透过的冷风，一直抵达心脏，生疼生疼，像是肉被剜去一块。

“是尹小姐么？”穿着粗布灰色西服的男人看见失魂落魄的安后匆匆迎了上来。

直觉上定是眼前的姑娘，被风吹散的短发，凛冽却又茫然的目光，身体上还有拼命压抑着的战栗。

“我是沈家的司机，走，快跟我走。”中年男人拉着安快

速进了黑色的车子。

车里，关上门，男人轻叹一声。后车镜里她苍白的脸色让他心里不忍起来。原本这一切都该是她和那个温婉的女子的。

可如今，最狼狈的反而成了她们，是命么？还是时机不对，抑或是人为。男人再次摇摇头，专心开起了车。

“我妈，我妈……她不会有事的，对吧，你不是沈家的司机么？你应该知道的，她没有事，对不对？”安像是突然反应过来，站起来拽住男人的衣领。

手忽而一颤，车身急速转了个弯。

男人心惊地转过头，却在撞见安小心翼翼且忐忑的眸子时，想要训斥的话又咽了回去。

“回去就可以见到她了。”男人说完，快速地转过头，这个孩子的眼神他不忍再看。

心里绕过千百个说法，最后只能捡这个不至于让她那么绝望的一句。他能做的还有什么呢？

安咬着唇点点头，坐回到车椅上，两眼看着窗外，紧握成拳的双手放在身侧，拼命压抑着战栗的身体。想起和临在一起的许多个日子，虽然她们没有平常母女间的浓情蜜意，可却一直相依为命，陪伴在彼此的身旁。

即便在最潦倒的时刻也没有想过要丢下彼此。她恍然大悟，这份情有多深刻，这一刻，尽知。

车子驶进S市后，男人频频回头看安，满脸犹豫。迟早都要知道真相，早一点死心，断了这令人煎熬的纠结，未必不是好事，否则，又能如何呢？这样一想，原本平稳开动的车子忽然加快了速度。

市医院前，男人停好车子，又回头看了眼安，然后打开车门。不等男人开口，她已经飞快地跑了出来。

楼下，安首先看到的就是那个男人，上次接走临的那个男人。

“我妈呢？”安跑过去。

“沈先生。”司机从安的身后走出来，恭敬地喊。

被唤做沈先生的男人微微点了下头，目光便落在了安的脸上。他的眼睛微微泛红，看着安的样子是纠结的。

神情里是疼惜，不忍，还有歉疚。

安的心越发慌了起来，皱起眉，大声地喊：“沈先生，我妈呢？”

他的眼泪突然就掉了下来，眼前自己的亲生女儿，居然叫他沈先生。多可笑。

安怔怔地看着他，连呼吸都屏住了，下一秒，却被他用力地抱进怀里。

这些年，像是白过了一样，到头来仍是保护不了妻女。

司机别过头，这一切怪谁？说到底，最无辜的还是这一对孤儿寡母，不，现在，只剩孤儿了。沈家必不能容她。

“我妈呢，你他妈聋子是不是？我妈呢？”安挣开他的怀抱，瞪着眼睛看向他。

这一系列的表情，明明已经明了，可是，又怎么可能？临，怎么会丢下她，最难过的不是都已经熬过去了么？当初那个男人死临也没有想到要自杀，如今又怎么可能呢？

“去，看看她吧，去。”他深呼一口气，执起安的手。

还能怎么瞒，瞒不过去了。

安用力甩开他，仰起头，目光凛冽，一字一句地说：“当初，是你说要带我妈去看病，你说会好好地把她送回来。沈先生，要是出了任何的事情，我绝不饶你。”

当日的话还言犹在耳。你说会好好地送她回来。

他在安深而清的目光中，看见狼狈的自己，一如十七年前的自己。

“好没有教养的姑娘，想必，你就是尹临的女儿吧？”安转过头，看见站在医院正门前的妇人。保养尚好的皮肤，华贵

的衣服，和沈繁画有几分的相像，却长了副势利的嘴脸。

安瞥了她一眼，拽着身旁的沈先生走进医院，在妇人面前经过时，“沈立行，这就是你心心念念的女人生的孩子？”她说，语气十分不屑。

沈立行扭过脸没来得及说话，安抢先一步开口说：“闭嘴，自己的老公心心念念别的女人，还得意什么？”

妇人白了脸色，却在安凛冽的目光中闭上了嘴。这真是那个温婉女子所生的孩子么？

“几楼？”安问。

满手心是湿黏的冷汗。

他眉眼低垂，不敢看她，拉起她垂在身下的手，用了极大的力气，安怎么也挣不开。

安感到自己的心生疼生疼，所有的经脉都像蜷缩在一起，无法伸展。

不知到了几楼，沈立行突然停下了脚步，目光深深地看着走廊的尽头。

每个医院都有一个人气极少又极其阴暗的地方。

它叫太平间。

安知道，临已经不在了。

忽然间，失去了刚才的勇气，身体软绵绵地没有一丝力气。脚步沉重起来，甚至她可以听见回响在走廊里的声音。

“她什么时候离开的？”安问。

她不敢去说死亡那两个字，它太过强大，不可逆转。而离开，还可以再见，不是么？

沈立行不敢去看她的目光，却诧异于她语气里的平静，死寂一般。

“今早。”

“是跳楼么？为什么？”

他不说话，安接着问：“因为你们偷情了么？然后被你老婆发现了，所以像电视里演的一样？”安的声音里有种被撕裂的感情。

“不准侮辱你妈妈。”他变了语气。

安却哈哈大笑起来，在寂静的走廊里，一声又一声，清脆又嘶哑。脸上是湿冷一片。

忍了许久的眼泪，终于在这一刻宣泄出来。

临，就真的丢下了她。很好，真好。

他侧脸看着她，发现这个女孩是和她妈妈完全不一样的，她身体里蕴藏着一种力量。

潜藏在平静的表象下的，是波涛汹涌。

“如果今天，你有能力不让这一切发生，那么，我一辈子也不会有机会侮辱她。”她并不看他。可语气有着强烈的嘲讽。

他不看她的眼睛，脸上是似笑非笑的神情，很是尖锐。

门前，她停下了，脚迈不开一步。

想起了阿蓝曾经说过的一句话，她说：我不能看她，我不想看她一无所有的样子。

那么临呢？

“她为什么要跳楼？”安低头看着手掌中的门把。

冰冷的触感直达心脏，狠狠地瑟缩了下。

他沉默着。安没有再逼问，半晌后，他语气沉沉地问：“你和林陌在一起了么？你们是认真的么？”

“和他有关系么？”安努力让自己平静下来。

昏暗的光线中，他牵动了嘴角，然后慢慢说：“我和你妈妈也是十七岁时相爱的。”

“你妈妈嫁的男人却是我的哥哥。”男人的声音缓慢而冗长，像一部老旧的电影，穿过岁月，再现往日的情景，透着几分沧桑的欷歔。

“那个时候，其实和你妈妈有婚约的是我，可是，后来，

尹家家道破落，正赶上沈家发展的关键时期：所以，我的父亲就悔婚让我娶了现在的人，我不是没有闹过；后来我哥哥爱上了她，为此家里又闹了起来。直到一次，临要去另一个城市，我哥不知道从哪里得来的消息，拼了命地追到火车站，却在途中遇上了车祸，丧失了生育能力。你妈妈最后终于嫁给了他，而他也和家里闹翻了。他们婚后，我背着临，每个月都会给他们寄上一笔钱，我知道他们所有的生活状况。”

安想起那个男人在世的时候，不管他多么粗鲁，说的话多么难听，临总是一副不悲不喜的模样，很平静地接受着一切。

那时安以为临很爱他，这种想法一直持续到那个男人死后。原来，不是很爱，是不爱，所以，才会那么平静，所以，才会无悲无喜。

“所以呢，你又为什么回去找她？”安的语气是强烈的厌恶。多可悲，她的亲生父亲是一个懦弱又无能的男人，她宁愿是那个成日里喝酒后打她的男人。

至少他拼尽了全力为了心爱的女人。而他呢？眼前的这个男人呢，懦弱到寄钱都要偷偷摸摸。

沈立行盯着眼前白色的门，死灰般的眼眸渐渐亮起来。那些日子，是昏暗的光影里最绚烂的色彩。

虽然再次回到S市她已是神志不清，可是对他却是不戒备的。每日他陪着她去医院，去散步，去看海，一起听戏剧，一起吃饭。她仍是十七年前那样安安静静地过日子，她的病也在他悉心的照顾下渐好。家里的太太和女儿自是不高兴的，可今非昔比，他坚持留她在家，直到那天与太太吵了起来……

他痛苦地蹲下去，双手捂住自己的脸，高大的身体此刻弓起来，像是个小虾米。安从心底里感到可悲，为临悲哀。

“只要再等五年，五年就好，我就可以和她光明正大地在一起。

“可怎么会……怎么会这样，为什么要自杀？

“安与林陌在一起，若是他们认真相爱，我不会干预，不会让他们走我们的那条路，你怎么不信呢？

“临，你是想用这种方法逼我么？让我痛苦一辈子么？”他自顾自地呢喃着。

“她会等你五年，五年后，你真的会去找她么？”安冷冷地看着那个蹲在地上的懦弱男人。

口口声声说爱她的男人，却连和她在一起的勇气也没有，多可笑。

可是，妈，你真的是用这种方法逼迫这个男人不得干预我和林陌的事情么？她不知道离开前，临是用一种怎样的心态，誓死要成全女儿的幸福么？抑或是她对面目全非的生活感到了绝望。

用力地握住门把，不再犹豫，这最后一面，她怎能不见？

揭着白布的手颤抖得不成样子，她不知道下面盖着的是一张怎样的脸，绝望或是安详。她不知道，临还是不是一如既往地美丽。

“妈。”她的泪滴在她苍白的脸上。

那张脸上的表情很平静，像是睡着了一般，仿佛下一秒也许她还会醒过来。

“妈。”她蹲下来，握住临冰冷的手，不断地重复着一个单调的字。

曾经的那些日子，她们似乎没有这样十指相扣过。

这些年，她们甚至都还没有拥抱过。可是，她突然就离开了。

“妈。”她站起来弯下腰，把自己的脸贴在她的脸上，另一只手环过她的腰。

“如果我知道清醒后的你会选择自杀，我宁愿你一直疯下去。”

“至少我还有个妈。”可是，没有如果。

她的眼泪像断了线的珠子，爬满整张脸，心脏像破了一个洞，竟也觉不出疼痛来了。

“妈。”她把脸挪到她不再跳动的胸膛处。反反复复一个字，她不知道还要再说些什么，就一次性叫完吧，今后再没有一个女人可以叫妈了。

脱掉鞋子，她和衣躺在临的身旁，让白色的布也盖住自己的身体，和她头挨着头：“妈，我陪你睡。”

“妈，如果有下辈子，你不要再做我的妈妈，我也不要再做你的女儿。我不想再去照顾你这样一个懦弱的女人，下辈子，我要做个乖巧的孩子，一直一直腻在妈妈的怀里，听她说故事。

“可是，可是，我一直都没有这样过，没有这样的机会。

“如果有下辈子，不要了，不要做你的女儿了。”

闭上眼睛，临的脸在脑海中变得模糊起来，她呢喃着，直到哽咽得说不出话，喉咙里像烧着了火，火辣辣地疼。

梦里。她看见了临，她低着头，歉疚地对她说：“安，妈妈对不起你。”

她几乎窒息，生生地别过了头，她说：“你再不是我的妈妈。

“没有一个妈妈会不要自己的孩子，你再不是我的妈妈。”

然后，临便转过了身，越走越快，越来越远，她怎么也追不上。

一个激灵，她睁开眼睛，枕头上是湿湿的一大片，伸手捂住胸口。

临呢？

醒来后安才发现原来自己竟睡了三天。在这三天里，临已经火化了，当沈立行这样告诉她时，安的脑袋一阵眩晕，身子软软地差点倒下。

仰头看向外面的天空，眼眶中的水汽覆了整个瞳孔。

原来，从此和临真的便是两个世界了。

好，真好。

从此，你再不是我妈妈。

65 他说，一切都会过去

沈立行疼惜地看了安一眼，歉疚地说："安，对……不起。"

安冷笑两声，伸手快速抹下眼角的湿润："沈先生，是尹临她自作自受，和你无关。"顿了顿，她一字一句地说，"希望，下辈子，她不要再爱上一个懦弱的男人，懦弱到连一份爱都承担不了。"

说罢，她拿着茶几上临的骨灰便要走。

"喂，你的电话。"顾梅（沈太太）在身后喊道。

安停下脚步，她在后面继续叨念着："真不是个安稳的人，来了不过三天，电话就多得像讨债似的。"

安恍然想起，自己离开的这几天，除了沈繁画知道，并没有告诉任何人。可是，谁又会知道她来了这里呢?

"安，是我。"电话彼端传来的声音略显深沉。

安顿了顿，惊喜地叫道："林陌。"

眼泪忽而又涌了上来，不过一道熟悉的声音便把她强压下的悲伤又勾了出来。

吸了吸鼻子，忍住情绪，她说："我妈妈出了事。"

彼端，是绵长的沉默。

安亦不说话，忽然发现，心里复杂的情绪竟一丝一毫都说不出口。

"安，没有关系，一切都会过去。"心口有重重的失落感，她以为他会说，没有关系，你还有我。

难道因为爱上了一个人，便会计较所有的细枝末节么？

爱？一个激灵，手上的电话差点掉下。

“安，你……应当要坚强。”那端，再次开口。

声音里含了些模糊不清的情绪，细听之下，是有几分艰难。

“嗯。”她重重点头，随后才发现自己的傻气，她做的动作，他怎么看得见？

“等会儿，唐蓝和许慕辰就应该到了，我让他们过去陪你回来。”

“为什么你没有来？”她脱口而出。

才发现，那边的电话已经断掉。

听筒里是冰冷的忙音。

是因为他和沈繁画有婚约在先，所以不方便过来么？安不知道，可意识中却又觉得林陌并非是会顾忌世俗礼节的一个人。

总有些失落在胸口挥散不掉。她并不是那么计较的一个人啊。

转过身，顾梅站在身后，脸上的表情嘲讽且冰冷。

安从她身边走过。“别人的东西，你握得牢么？”她说，声音刺耳。

忍下心里的厌恶，安瞥了她一眼，径直走了过去，抱紧了怀里的骨灰盒，想了想却又退回来，斜眼看着她说：“握在手里的东西就是你的么？明明活着，在别人心里却已经死了。”

她震惊得半天没有说出话来，这个小破鞋说话竟是这样的尖锐，直接捣入心脏。

顾梅闭起眼狠狠甩出手臂，从耳旁过去的是一阵疾风。

“安，你要去哪里？”沈立行追上来。

她脱口而出：“回家。”

“安，你妈妈不在了，这里就是你的家。”他拽住她的胳膊，满眼的焦急和真诚。

安回头看了看变了脸色的顾梅，似笑非笑地看了眼沈立行，然后走到她的面前："有这个女人一天在，那么，我便和沈家毫无关联。"

她就是要和她公然地叫嚣，为临也好，为自己也好。谁给过恩她记着；谁给过仇，她也一样记着。

顾梅哆嗦着嘴唇，一时间说不出话来。即便是那个女人在世，也不敢如此嚣张。

安嘲讽地瞥了眼神色复杂的沈立行，走得更加快了起来。

她听见他追在了身后，还有另一个急切的脚步声。大门前，他拉住安，认真的模样让安不自觉停下了脚步，他说："安，你就是沈家的人，就是我沈立行的女儿。"

安不自觉地低下头看着手里的骨灰盒。是说给临听么?

当着临的面，安不想再和这个男人起冲突，回头看了看浑身发抖的顾梅，笑了起来。

昂首阔步走了出去。

沈家的一切，都和她没有任何的关系。她是孤儿，无父无母。

还没出这高档的住宅区便看见了表情严肃一起走过来的唐蓝和许慕辰，那种由心而显露在外的急切和忧虑任谁都可以看得清楚。

刹那，她红了眼眶。

有他有她，还有林陌。她终究不是孤身一人。

这三个人是谁也无法从她身边夺走的，谁也不能，她剩下的只有这些。

所以，遇神杀神，遇魔杀魔。

"安。"唐蓝看着迎面走来的安便冲了过来，结实地来了个熊抱，身子甚至微微发颤。

"没事了，没事了。"她喃喃地说着，语气是极度紧张后

的放松状态。安的喉咙再次加剧地疼。

面前，是许慕辰修长的身体，他目光疼惜地看着她。

放开唐蓝，她走向许慕辰的怀抱，安心地闭上眼睛，任眼角的湿润在他的外套上擦干，轻轻地说："谢谢。"

她不知道他有没有听见，可是，对于这个少年，她满心感激，能说出口的只是这句没有重量的话。

他的手在她的头顶温柔地抚摸。如果谁知道怎样可以让她幸福，那么，请告诉他，他一定会做到，一定。

"王八蛋，出了这么大的事居然不吭一声就跑了，要不是林陌打电话告诉我们地址让我们过来接你，你死了我们都一定不知道。"唐蓝骂道，伸出手却不舍得打下去。

安轻轻笑出来。

"好了唐蓝，我们快带她走吧。"许慕辰蹙眉。

安点点头，再次抱紧了手里的骨灰盒。

妈，我带你离开那个男人。从此，永远。

飞机起飞前，她最后俯身看了眼这座城市，在三万英尺的高空上，闭上了眼睛，想起林陌的话：安，一切都会过去的。

是的，像飞机飞过，迅速，只留下浅浅的痕迹。她知道，临用了另一种方法，告诉她，要不惜一切牢牢握住一丝可能的幸福。

"林陌在学校么？"出租车上，安问。

才发觉自己这个女朋友的失败，居然连他的手机号都没有。

唐蓝抬起头目光落在许慕辰的身上。

伸手按了按鼻尖，他说："安，我们先安置好你妈妈吧。"

司机不解地回头看了一眼，安亦低下头说："好。"

语气很是郑重。

许慕辰难过地别过了头。

窗外的景色在急速后退，头顶不算强烈的阳光穿破云层，发出淡淡的光晕在他的头顶。

一如那日。

他说：许慕辰，我这一辈只为我妈妈求了一个人，这次，是为安来求你。

他的眉眼一个劲地跳了起来。眼前少年的模样太过于认真，甚至有些虔诚。

他说：在我走后，尽所有的可能帮助安走出来。那一瞬，他的血液冲到脑门，挥出的拳头用足了十分的力气。

“如果只能是这样，为什么要在当初那么不顾一切？你知道，这样对她意味着什么么？她能有多少勇气可以承受多少的绝望？她从来就不是一个温暖明媚的姑娘。”他怒吼。

他侧过身对着他，光晕投在他的眼底，是浓溺不开的悲哀。

低下头，他看不到他脸上的表情。可是，许慕辰知道，从他身上散发出的悲伤和恨是多么灼烈。

“我还不够强大，我不能保证护她周全。求你，求你帮她走出来。”他低声说，字字艰难。

末了，转身，他似听林陌说：再一次的失去，会让她绝望，其实，大爱所以大惧。

絮絮叨叨多句，唯一真切的便是这句。大爱所以大惧。

可是，他要如何帮？若有可能，倾尽一切都行。

轻叹一声，淹没在刹车的声响中。

“安，要去找个公墓么？”唐蓝问。安稍作考虑后毅然地摇了摇头，她说：“随时会离开也说不定，就放在现在住的地方，和……那人在一起吧。”

那人，该叫他什么呢？

帮别人养了十几年的孩子，他知道么？

推开门，染了光的尘埃在空气中跳动着，房间里有陈旧却

亲切的气息，她微微挑动嘴角，在心里默念：临，我带你回来了。

抽出纸巾，站在板凳上，细细擦拭着男人的相框。

从未如这一刻细细地看过他。

为一个女人葬送一生，值么？

“安，打开盒子，让我们都最后看一眼阿姨吧。”许慕辰对着正在放骨灰盒的安说。

安点点头，拿掉盒盖。低下头却赫然发现放在最上面的红本存折，还有一封信。

唐蓝走过来接过存折，安打开叠得方正的信。

“呀，安，你要成了小富婆了，七位数的存款呢，啧啧，还真是不得了呢。”唐蓝惊叫着。

安抬头瞥了眼，他以为用这样的方式就可以平息良心上的愧疚么？更多的心思却在那封信上。

这，算不算遗书？

亲爱的女儿：

相信所有的故事你都已经知道了，这一辈子最对不起的便是你和他。

听说你已经有了喜欢的对象，我很遗憾不能陪在你身边倾听你的心思，可是，妈妈有一句话要和你说：喜欢一个人首要考虑的不是条件的差距，而是他是否的确是良人，你能否从他那里获得真正心理上的幸福和归宿感。

如果是，并且他足够珍惜你，那么妈妈祝福你，更开心，这样的生长环境，你并没有丧失对感情的希望。

另外，请帮我向许慕辰致谢，这个美好的少年。

安，不要拒绝沈立行给你的照顾，一切都是他欠下的，也是你应得的。

想说太多，能说的太少，只希望你此生健康平安。

请不要恨任何人，最后这一步，是妈妈自己的选择。

尹临绝笔。

信在手里握成一团，心里不可克制地悲愤，十七年的母女，最后不过短短的半页纸。

最后这一步，是她自己的选择呵。

真好。

闭上眼睛，抬起手狠狠地掷出手里的信纸。

唐蓝看了她一眼，放下存折屁颠屁颠地跑了出去，拾回来后，她笑嘻嘻地凑到安的面前问："你不要的，我捡来看，可好？"

安转过身，用力盖上骨灰盒，走出去靠在门前。

许慕辰抿唇看了眼，目光收回落在唐蓝手中的信纸上。

"安，若非不得已，谁又会丢下心里最爱的人？"许慕辰拥着她，心里蓦然想起那个少年悲恸的模样。

若非不得已。

"是么？可许慕辰，我永远都不会丢下你们。"她轻声说，心里难过得无以复加。

他垂下眼眸，多好听的话。永远啊。

若非之后的事，安怎会透彻地明白许慕辰的那一句"若非不得已"。永远都不会丢下，原来是放在心里，永远都不丢下。

66 请求你，离开他

“安，离开林陌，好么？”去学校的路上，狭小的街道中，许慕辰突然停在身后。

他的语气艰难，几个字耗费了所有的力气，他不敢看她。

唐蓝紧张地看向一旁的安。他的语气是从没有过的严肃，她的身体突然紧绷。

转过身，她走到他面前仰起头问：“你不是已经答应了么？”眉梢眼底都是像孩子一样的疑惑。

其实他明白，自己对她的重要。只是两者的重要不同而已。

许慕辰绝不是自私的人。他别过头，不去看她的眼睛。

“许慕辰，回答我。”她一字一句地说。

薄薄的嘴唇抿成了一条直线，狠下心，看着她说：“如果我以我们之间的情分求你呢？”

求。她震在了原地。居然用了一个求字。他们之间居然用了一个求字呵。

随即笑了起来，她的表情嘲讽：“许慕辰，对我，你何须一个求字。”上刀山，下火海，她眼睛都不会眨一下。可许慕辰你知道么，一个求字呢？

他心里一阵钝疼，恨他了么？

“给我一个理由。”她说。

半晌后，他艰难地开口，说：“他并非良人。”

并非你的良人。

她笑起来，短暂急促，然后问：“许慕辰，你是我么？”

这样的语气，是对他，她从没有想过。那样的讥讽，那样似笑非笑的表情。

她何曾想过有一日她会对他这样？心不是不疼的。

“许慕辰，我答应你离开他，可以后我们要怎么办呢？对你，或许我做不到像从前那样了。”她低下头，声音模糊得厉害。

心像被针碾过，细密而钻心地疼。十几年的感情啊，他早已是她生命中不可或缺的部分，说出这样的话，是自己先刺疼了自己。

她曾以为，他是她世界里最强悍的防卫。这个世界，还有什么是牢不可破的?

许慕辰苍白了脸，手指蜷缩，僵硬且缓慢地颤抖起来，呼吸也变得急促起来。

她说：对你，或许我做不到从前那样了。

之前，他便想到可能会这样，可当她亲口说出来的时候才发现，他比自己想象中脆弱了许多。不是不愤怒，十一年的情分，当真敌不过她和他的一季么?

后悔么？不。

“安，那是你的事，我只想继续做我想对你做的。”他的声音有些变了样，却仍是坚定的。

唐蓝背过去掉眼泪，拼命压抑住想告诉安真相的冲动。这个少年，隐忍得让人心疼。

空气里响起枯叶被踩碎的声音，噼噼啪啪敲在心里，胸口沉闷得无法呼吸。

转眼，竟已是初冬的天。

风吹在脸上，凛冽地像刀子，掠过眼底，生生逼出满眼的泪。

许慕辰转身靠在树干上，看着她走远。每一步都像踏在他的心脏上。

该说什么去留住她呢?

学校里，见到安的突然出现，所有人都捂住嘴窃笑着，冷眼讥讽。

当初如此嚣张又怎样，不过落得这样下场。

活该。

刚进教室，心里就堵塞得厉害，在走廊上收回了脚步，竟

没有勇气走进去。

他说：如果我以我们之间的情分求你呢？

她怎么会不答应？

“呦，尹安，你怎么回来了？”同班的女生在教室门口看见安，尖刻地笑起来。

一旁的女生也都凑过来：“我们还都以为你不会回来了呢。”

忍下心里的烦躁不想搭理她们，直接朝教室里走去，却听见身后的嬉笑声。

“怎么没有和林陌一起转学呢？终究是别人的未婚夫。”

呼吸窒住，半晌后，转回去拽住说话的女生胳膊：“林陌转学了？”所有人都惊讶地看着她，随即又放肆地笑起来。

“在你走的第二天，他就和你姐姐一起转走了。”女生不屑地看着她。

你姐姐？沈繁画……第二天就转走了？怎么会？

走前，他还说“谁让你先入为主了呢？”

还说“回来我就把一切告诉你。”

推开面前的几个女生，冲进教室，神色慌乱。

在所有人嘲弄的目光中，她走到林陌的座位上，又跌跌撞撞地走到沈繁画的座位上。都是空的。

踢翻板凳，她大声喊了起来，不顾周围人异样的目光。

“安，他真的转走了，不信你可以去问问校长，那天，沈繁画还请全班都吃了饭呢。”有一个女生看不过去，走到安的面前。

真的走了。蓦地想起在沈家他电话里说的话：安，都会过去的，一切都会过去。

安，你是我的，说你是我的。他曾说的话还言犹在耳，还有那晚他狂乱的吻。

所有人都惊诧地看着突然又哭又笑冲出教室的她。都过去了么？林陌，都过去了么？到底谁是谁的，还是谁也不曾是谁的。

“许慕辰，你说，你说到底是怎么回事？”安拽住坐在大树下的许慕辰。

他并不惊讶，只是心疼地看着她。

“许慕辰，如果你赶走了林陌，我会讨厌你，我会讨厌你。”她边哭边喊。

他的身体瞬间迅速颤抖起来。她不信任他么？

她说讨厌他。安，在你的心里，许慕辰真的不值得被信任么？

唐蓝看不过去，跑过去推开安，大喊道：“尹安，你还有没有良心，林陌是谁可以轻易赶走的么？是他自己不要你，然后找到许慕辰，还他妈的说让他安慰你。”

“也只有许慕辰好欺负，安，你能欺负的也只有他。”

说到最后，眼泪竟无意识地掉下来，声音也逐渐小起来。

她为他不值。爱上一个人是世间最傻的事，心甘情愿饮毒酒，姿态壮烈。

“阿蓝。”他低沉了声音。

这个时刻，她必是极难过的，再气，也不舍大声地责怪她。

安怔怔地看着他。

是他自己不要你，然后找到许慕辰。

“是么？”她看着许慕辰。

他走过来，低下头看着她的目光绵长而忧伤，手习惯性地放在她的头顶，柔声说：“安，你不是答应我要离开他的么？”

“所以，是你先不要他的，不是他不要你。”

唐蓝捂住嘴巴抽泣起来。

她咬破了唇，血腥味溢满唇齿间。

“许慕辰。”她的头抵在他的胸膛上。

她知道，许慕辰不会说谎。

是他先不要她的。

而这个傻小子，不惜以这些年的情分要求她离开，也是为她。

“安，不要这样，没有关系的，离开一个人其实没有那么难，不要难过。”他在她的耳边不断地说。

离开一个人其实没有那么难，去他妈的谎话。怎么会不难？

“许慕辰，他和你说了什么，跟我说他和你说了什么？”她埋在他的怀里，声音哽咽得厉害。

怎么会不要她呢？他说过的话还言犹在耳，他眼底的情绪不假。这一切她都看得透彻，可他的离开却也是事实。

走前，他说回来就彼此交付，交付什么，交付一个离别的事实么？若是这样，为什么不亲自告诉她。他说要带她走的话，都是假的么？

他的手无意识地收紧了些。

“安，离开他真的那么难么？”他问得缓慢。真的那么难么？

她不知道，或许从未想过离开吧，为什么要离开呢。不是说好要一起过的么？

“我尹安，不是他说要就可以要，不要就可以不要的。”她说，看不见表情的脸上透着几分悲愤。

唐蓝点上烟靠在树上。

面前的少年连拥抱的姿势都透着对怀中女生的时刻保护。果真是情到深处啊。

她听后，看着夕阳长久地发愣。

什么叫没有能力护她周全？原来，她知道的真是太少。

还是他太过自以为是呢！她从来都不是一个娇惯的孩子，

她不需要谁护她周全。

林陌，你怎么舍得连告别的话都没有和我说就一声不响地告别呢?

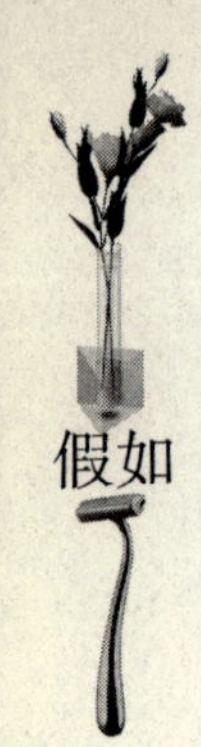

Chapter 7 所有年轻的勇气，都给了你

67 对不起，我的绝情

H市。

高中门前，安耸耸肩，深呼吸一口。

前不久还信誓旦旦地说绝不会丢下阿蓝和许慕辰，转眼不过数日，她就为了林陌离开。

想起许慕辰说的若非不得已。

原来果真是如此。

那日，和许慕辰说要转到这里找林陌，他看了她良久，最后转过身去，只说了一句话，他说：想去就去吧，高考志愿我正好就填了那个城市。他说得云淡风轻，可她分明清楚看见他紧握起的双拳。

“尹安，你他妈的真离不开他么？”唐蓝高高举起的巴掌却始终没有落下。

火车上，她看着他和阿蓝站在站台上，好久，好久。阿蓝一直不肯看她，自顾自地低着头，地上落满烟蒂。

许慕辰的眉目间是一片染了霜似的苍白。

她探出窗户大喊："许慕辰，唐蓝，对不起。"

她恨自己语文成绩差，为什么每次即使到了内心最感动或最难过的时刻，能说出的话也反反复复不过是，谢谢，对不起。

她看见阿蓝背过身去，固执地不肯看她一眼。

许慕辰单薄的身体在风中摇曳起来。那一瞬间，她有跳下火车狠狠抱住他们的念头。

车却已经发出长鸣声。

"尹安，你他妈的要给我好好的。"唐蓝追着火车跑了几步，在风中高声喊。

那回音在她的心里久久不散。

怕自己哭出来，狠心地低下了头，可即便是那一刻，她的意志仍是坚定的。

多该死。

不过一个林陌。

不过就是一个林陌，她就扔下了许慕辰和唐蓝。

果真勇气可嘉，还是愚不可及。

68 你究竟在哪里

"你就是尹安。"教导处，二年级三班的班主任惊诧地看着打着耳洞，穿着破了几个洞的牛仔裤的安。

原来的高中不是说品学兼优么?

安蹙眉无所谓地点点头。

每到一个陌生的地方，她总是喜欢把自己搞成一副不可一世的模样。

班主任不可置信地又多看她几眼，低下头边整理自己的教

材边说："正好这节是我的课，和我一起去教室吧。"一路上，总有学生不断看过来。

而她毫不示弱，目光凛冽地回看过去。和老师一起走进教室，她没有丝毫怯意，大大方方地走上讲台，在黑板上写出飞扬跋扈的两个字。

"我叫尹安。"她的声音清脆响亮，目光环视一圈，下面却没有她要找的那人。眉心微蹙，沈立行不是说，他绝对在这个班么？

从倒数第二排开始座位就空了下来，她径直走到最后一个靠窗的位置坐下，心里开始紧张起来。

若见了面，该用怎样的表情？

质问，悲愤，或是淡然。

有学生好奇地转过头不动声色地打量：她行为怪异，长得并不是十分漂亮，却透着一股凛冽而风情的味道。

短短不过一天的时间，她已在这所学校出名，公然顶撞老师，在老师面前抽烟，和那些小混混混熟，寻事打架。她不信，在所有人都知道她的时候，他会不知道。

晚自习结束后，她去食堂吃饭，进去时和一个人擦肩而过，掠过鼻息的是熟悉的混合烟草味的香皂味，走了几步后蓦地停了下来，神经在瞬间绷紧。

她无数次在一个人的怀里闻到过这种味道。回过头却发现身后已无一人。

拼命跑出去，在偌大的校园里，四处乱撞，卡在喉咙里那个烂熟于心的名字却怎么也喊不出来，心脏像被一层厚厚的茧裹住，只得不断喘气。

天空灰沉沉地压在头顶。一场大雨如期而至。她跌坐在雨中，放声大哭。

怎么能接受这样仓促的爱，仓促的分离？

另一边，黑的夜，磅礴的雨，遮住一双灼热纠结的眸子，眸光一片幽深，像蒙了雾一般看不真切。

谁是谁的救赎，谁是谁的灾难。

转身，步伐艰难。

69 你是我最致命的劫难

所有的悲伤都应该在黎明前结束，翌日，她依旧笑得没心没肺，眉眼上挑。

夹着烟的手突然蜷缩了下，烟蒂落下，烧伤了手指。

身边打扮得妖艳的同伴随着她的目光看过去，笑着打趣起来："哟，原来咱们尹安也是个色女咧。"她随即笑起来，夸张地眯起眼睛。只是害怕泄露了内心真实的情绪。

"别来无恙。"她走到他的面前。

天知道，连手指都在身下颤抖。

"对男人搭讪都这个样子么？"他用手支起半边脸，目光微眯，一副慵懒的模样。

安想骂，林陌你他妈的装什么逼。

好吧，既然他装作不认识，深吸了口气，咽下心里的失落和愤怒，弯下腰，脸和他贴在一起，勾起嘴角："不，只对你这样。"那一瞬，他慌了神。

他垂下眼眸，低声吼了句："滚。"

差点落下泪来，幸亏周围同学的嬉笑声让她重新振作起来。

"喔？平常可没有见你这么正经过呢，不会一个晚上的时间就被那未婚妻驯服了吧？"同伴走过来继续打趣道。

安心里又是一阵尖锐的疼。未婚妻呵，果然他是和沈繁画一起。若真的无情又何必去找许慕辰，他林陌真的是那体贴的人么？

上课铃响起，安和同伴坐回原来的位置上。"他以前不正经么？”安问。

“当然，和好几个女人有暧昧呢。”

“这样……”

“安，你不至于吧你，不会一见钟情吧？”

“哈哈，嗯，就是看上他了呢。”

迅速伸出手，是笑着呢，可眼角怎么又湿润了呢？林陌，我怎么会放过你？

“尹安。”讲台上的老师喊。

她抬起头来，看见迎面飞过来的粉笔头，飞快侧过身。

“谁他妈的。”林陌抬起头不悦地骂。

“哈哈哈哈。”安和同伴放肆地笑起来。

老师气得脸色铁青，伸出手颤颤地指向他们，半天憋出一个滚字。

安和同伴慢悠悠地走出来，走廊上，面朝着窗户的背影那么熟悉。

见安出来，沈瀠画转过身看着她，笑道：“安。”

同伴诧异地看着她。

“去，一边去等着我。”安转过身说。

“我靠。”同伴骂咧咧地离开。

和她一起走到窗户前，看着远方，沈繁画说：“我真是小看你了呢。”

安笑着回应：“彼此彼此。”

“你和你妈妈都一样，总觉得别人的都是好的，可是，那又怎么样呢？下场不过如此。”她笑得尖锐。

啪……

她捂着脸不可置信地看着目光凛冽的安。

尹临，岂是谁可以随便侮辱的？

“下场就是你妈的男人要为一个死人和你妈离婚。”她掷地有声。

沈繁画放下手脸色微变。安倾身上前，更加贴近了沈繁画，说："沈繁画，和我抢男人，你还嫩了点。"她笑得光彩夺目。

沈繁画亦不示弱，冷冷地回应着："那好，我拭目以待。"

可在安走后，她颓然地靠在窗户上，眼睛痛苦地闭起。那个男人的心她不能确定。

女生特有的第六感告诉她，他喜欢的是安。而她拥有的优势不过是沈繁画这个身份而已。若，连这个也不能确保了呢?

不管如何，也要拼尽全力，不惜一切。她睁开眼睛，眸光坚定。

70　林陌，我若伤，你可疼

"林陌，我看上你了。"食堂外，一棵大樟树下，她上挑眉眼，歪着头看向林陌说。

就是要让他猝不及防。

风吹叶落，在她的肩头。

眼前的男子一脸冷漠，噙着坏坏的笑容，目光却落在了别处。

她的模样，还是会让他的心无可抑制地紊乱。

三三两两的同学亦停下看，学校的风云人物，怎可错过?

"你，我看不上，我未婚妻，可比你漂亮得多。"他眸光流转，风华绝代。神色疏离，略带讥讽。

无情未必决绝，这话，反之亦然。

若再不狠心，多怕再也狠不下心。

"那又如何? 大可与我比比，况且，只是我看上你了，并没非说让你看上我。林陌，你自作多情。"她仰起头，闪闪发亮的钻石映在眼底，一汪明亮。刚才的话，换谁而言，都是一

种难堪，可她却用一句“自作多情”，将讥讽风云不起地击了回去。

“那么，你想怎样？”瞧瞧，多么棋逢对手。

安眯起眼睛，走到林陌的身边，踮起脚，用耳语般的声音说：“休了那未婚妻，要我，有一天。”她忍住要狠狠拥抱的心，逼迫自己迅速回到原地。

她的气息迷乱了他的心智。

“陌。”沈繁画突然走近，笑容艳丽。

生生地让他清醒回来，气氛顿时让人兴奋起来，所有人都不肯离开半步。

即便刚才他那些羞辱的话也没有此时他们亲昵相拥的模样让她觉得心疼。他的目光从不曾落在她的身上，所有的爱真的只是错觉么？

“安。”她调头，故作惊诧地喊。然后走到她的面前亲密地拉起她的手，责备道：“安，你什么时候来的，怎么不通知姐姐呢？”

周围一片喧哗。这刚才高调夺爱的人竟是他未婚妻的妹妹。

她看着安的目光明晃晃地得意。

“想用舆论的力量么？沈繁画，你用过了，可惜，我脸皮厚。”她说。

不再看她，跨过她走到林陌的身边停下，夺下他手指间的烟，然后狠狠按在自己的手腕上。

空气中有滋滋的声音。

所有人都倒抽了口气。

真他妈的够种。

抬起头看见他压抑不住愤怒的脸和瞬间缩小的瞳孔，她笑得邪恶。不是全然没有反应，不是么？那么，这一点疼，算得了什么？

转身大步走开，不给他任何发言的机会，其实，也怕自己再也控制不了自己的情绪。那些话，还言犹在耳，是谁在耳边说过：除了我，以后没有人可以伤害你，包括你自己。

多可笑。原来，伤害我的竟真的是你。

手腕的伤疼得那么清晰，就像过往的一切。都绝不是错觉。

所有人的议论声都摒弃在耳后。

“尹安，看不出来你还真是个烈女呢，求爱不成就烫了自个。”几个头发染着乱七八糟颜色的人围成一圈，地上的是杂乱的烟头。

她不说话，接着又有人搭了腔：“可尹安，他那未婚妻怎么就成了你姐姐了呢？估计学校闹成一片了吧。”

她狠狠吐了口烟，说：“呵，她是我姐姐，像话么？”

一时间，大家面面相觑。

这话啥意思？

“哈，不过尹安，说实话，这一招苦肉计估计让林陌留下很深的印象，妞，我佩服你，可疼？”一人穿着大大的印花T恤走到安的身边。

低下头看着手腕上丑陋的伤疤，可疼？

林陌，你可疼？

“尹安，要不咱们找沈繁画来玩玩？”有人兴致勃勃地提起。

“是喔，老早就看那扭捏的女人不顺眼了。”

“可谁知道她后面有人啵？还有林陌那小子。”

……

或许，这未尝不是个方法。当初，她不是也找她来着么？

“成，你们看着办，真出了事，就说是我尹安出的主意。”她扔掉烟蒂。

林陌，我说过的，要不惜一切。

夜，很静。如墨染一般的天空，星疏月朗。

他靠在篮球架下，地上是散落凌乱的啤酒罐，黑色的外套随意扔在一边。

那日的夜，也似如此。

他说：我们一起过吧。

她问：为什么？

他说：就想对你好，没有缘由。

她的笑声清脆乱了整个夜的静，乱了他的心。

一如今日，她毅然将烟蒂按在自己的手腕上，那眸光凛冽又浑浊，一副视死如归的模样，再也没有谁可以让他这样揪心。若当初那夜不是太意乱情迷，是不是就没有如今的辗转难安？

早自习结束后，林陌的座位依旧空空，安连看了几眼，心里又越发烦躁起来。

有眼明的同学看见后便去和其他的同学唧唧喳喳地议论一番。

这里和原来的高中是有所不同的，连学生们都更开放通明一些。饶是如此，昨天尹安的举动仍是让大家震撼了一番，告白的事情并不稀奇，奇的是尹安的直接和另类。

在学校，有拥护沈繁画的，更有支持尹安的，各成一派。

71　抵死相护

“尹安。”一班染着黄头发的张阳站在门口喊着。

她推开凳子走出去，教室门口，和那人擦肩而过。

他看她一眼，眸光微敛。

“喏，你男人。”张阳故意大声地说。

尹安和教室里的一群人一起笑起来，然后走开。

她没有看见错开身体之后林陌眼眸中的戾色。他从来就讨厌她和别的男人太过熟稔。其实，无法自欺。在心底，她一直是他的，只是，不在身边。

“沈繁画被带走了。”张阳说。

安有些诧异，脱口而出：“这么快。”

“必须的，走，带你看看去。”

过了两条街道，张阳带尹安进了一个窄小的弄堂，在弄堂的最后一间房子前推门而入。

光线昏暗，扑入鼻息的是一股呛人的烟草气息。

安伸出手挥散周围的烟气，然后走进去。

沈繁画坐在床上，脚被捆住，浅粉色的裙子被揉皱了，头发凌乱。安笑起来，走到她面前，挑起她的下巴，哈哈大笑起来：“我以为你还会是那一脸妩媚的笑呢。”她说。

“尹安，你想怎样？”她恼怒地问，从小到大何曾被这样对待过。

“沈繁画，当日你不是也带人找过我么？可我这人记仇，如今不过是双倍还了你。”

沈繁画怒视着她。

“可是，我不想打你，可怎么办呢？”她说着，也随即坐在了床上。

门再次打开，又进来几个人。

看见安在，纷纷坐过去，问：“亲爱的，办事速度怎样？”

安点点头，想了想后，问：“你们打算怎么做？”

她话音刚落，沈繁画就激动地叫起来，她踢动着双腿：“尹安，你要是敢对我怎么样，你试试。”大家笑起来。

“上你么？”她睁大眼睛看着她。

沈繁画气得白了脸色，身体轻颤。

“你们就这样捆着她就行，别给吃别给喝，她要是老实的话就这样。”安朝着大家说。

说完，她躺在了床上。

其实，并不想对她怎么样，她也不会想要用那么卑鄙的手段达到任何的目的。尹安，不是这样的人。她要的只是林陌出现，她要的只是林陌的反应。

“尹安，现在放了我，或许我还会顾念些姐妹之情。”许久后，沈繁华的情绪明显稳定下来。她轻笑起来。

“若不顾念呢，会怎样？”她倒想知道，在这个陌生的城市，没有临，没有许慕辰，没有唐蓝，她孑然一人。

“要你的命。”沈繁画语气阴沉，煞是认真。

那一瞬间，安倒愣了愣。然后放声大笑起来，一时半会儿竟无法止住。

“尹安，你笑什么，要不是林陌抵死相护，你真以为你还能这样安然？”她说，然后，惊讶得捂住了嘴巴。

不该一时冲动把这些说出来的。

安从床上翻腾起来，一字一句地问：“你说什么？什么抵死相护？”

心像被人用手提起来，忐忑难安。

“和你无关。”沈繁画转过了脸。

“我再问你一遍，什么叫林陌抵死相护？”她的声音紧张得变了调。

曾经的一切都绝不会是错觉。

她知道，一直都知道。

谁也没有不要谁，谁也没有丢下谁。

72　当初招惹你的债，如今也还了

学校里，林陌脸色难看地看着面前的丁叔，双手在身下握紧。

“走漏了风声了么？”他问。

丁叔摇了摇头，说：“目前还没有，不过沈小姐以后未必不说。”

他话还没说完，林陌就一阵风似的狂奔了去。该死，她就是一闯祸胚子。

昏暗光线的房间里，安的手握上沈繁画的脖颈，力量一分一分地在增加，她不断地问着：“说，什么叫抵死相护？”

沈繁画喘着粗气，头痛苦地左右扭动着。她心里急躁得不可抑制，大声地喊叫着：“说。”

门，被粗暴地踢开。

林陌旋风似的冲到她们面前，伸出手推开安，焦虑地问：“有没有怎么样？走，我带你去医院。”沈繁画嘴巴一撇，抽泣着说不出话来。

他余光瞥见坐在地上似失了魂的她，双眼通红，布满血丝。

心狠狠地疼了起来。抱起沈繁画，他背对着她，狠下心说：“当初招惹你的债，如今也算是还完了。”

“林……陌。”门口，她突然走在他身后，轻声地叫。

他的身体震了震，怀里的沈繁画差点掉下去。这样的语气，这样深切的悲伤。不是尹安该有的。

心脏蜷缩在一起，疼痛感袭击着每一根神经，脚忽而沉重得迈不开步子。喉咙有不断加剧的灼热。

如果不是怀里的沈繁画突然发出声音，林陌一定已经不顾一切地转过身狠狠把她抱在怀里。

恍然醒悟后，逃也似的离开了弄堂。从不曾有过的狼狈。

当初招惹你的债，如今也算是还完了。

从头到尾他没有看过她一眼，安全身虚脱，靠在墙上。

当初转来这个城市的时候那股斗志高昂的勇气，在他那一句话之后消失殆尽。

原来，一个人，不管是绝望还是死心，都是一件很容易的

事情。

原来，真的不过是当初的一时兴起和招惹么？

还完了……

同伴们进来看见失去锐气靠在墙上的安，床上早无一人，张阳惊讶地问："安，你放了沈繁画。"

"林陌找来了。"她说。

"把手机借我一下。"她伸出手，不想去看大家略有同情的目光。

是的，同情。

多高调的开始，多悲剧的散场。

电话接通，彼端是许慕辰温和的语调，原本压抑的委屈在那一刻，从心底泛滥起来。

"安，是你么？"他问。

她在这边用力握住手机发不出一个字，好半晌后嗯了声，然后点点头。嗓子像被黏住一样。

"许慕辰，我想你们。"她说，语气里有浓浓的哭腔，只有在他的怀里，才能毫无顾忌地放肆大哭。

"想回来么？要不我去接你好不好？"他从不问她发生了什么事情，只是在她需要的时候义不容辞。

"许慕辰，是不是我错了？"她怎么也忘不掉刚才林陌说的话。

不过一场情爱，是不是她错在太认真？

"安，不是错与对的问题，如果不去这一趟，你又怎么会知道结果呢？"沉默片刻，他说。

他的话，让安心里的憋屈，有了个释放的出口。如果不是来这一趟，怎么会知道结果？

"我知道了。"她说。

仿佛听见彼端许慕辰轻笑，夹着些宠溺的味道。

挂掉电话，仰起头看天，然后很矫情地想到一句话：女子若一个人仰望天空，并不是在寻找什么，她只是寂寞。

这一刻，安也是寂寞的，仰头看天只是一个习惯。

是该回去自己的生活了。

她不能在他说了这一切之后还能不要脸地继续她的惊人举动。她做不到。

拨通丁叔的电话，在心里不断告诫自己，一定要勇敢。

这个世界没有什么过不去的坎。

有什么大不了。

学校外的附属医院，安在电梯里，心里还是没出息的忐忑，目的是四楼的单人病房，目的是和林陌告别，华丽地告别。

随即自嘲地挑起嘴角，真的只为告别么？其实，心里再清楚不过，不过是想找个说服自己来见他的理由，抑或是再看一次他的态度，就算是让自己彻底死心。

是傻吧。

73　你没有辜负我，是不是

“沈繁画，你究竟还想要什么，现在不是都如你所愿了么？”

门前，安正准备敲门，却意外地听见林陌低沉的吼声。

“林陌，我想要什么你不是都知道么？”

顺势靠在了门边上，她反正从来就不是光明磊落的人。

房间里一时间静了下来，半晌后，里面传来沈繁画低低的啜泣声。

她哽咽着说：“林陌，你去找我也只是为了尹安，对不对？”安的心提了起来，恨不得连呼吸都屏住。

“不管是谁，结果都是一样，你又何必过分在意？”林陌冷漠地说。

“若不是你爸拿她的性命威胁你，林陌，你敢说，你还会愿意承认我这个未婚妻么？”一向内敛的沈繁画突然吼叫起来。

拿她的性命威胁？安惊愕地捂住嘴巴，胸口忽然用力地涨满，堵住了所有可以呼吸的空隙，心脏暂停之后狂乱地跳动起来。如果说前一刻他所说所做都是假象，那么此刻呢？

若不是你爸拿她的性命威胁你。

“沈繁画，我以为你很聪明，若说从前我不爱你，却至少不厌恶你，可在你做了这一切后，还希望我反而会爱上你么？”他噙着笑，不屑地说。

心里艰难筑起的墙垒，瞬间分崩离析。他的话敲打在她的心里，除了无可抑制的惊喜外还有翻腾不息的勇气。一切，还是在原点；一切，还是如她所想。

尹安和林陌是真实存在的，都不是错觉。

“沈繁画，你进林家，老爷子允许便可，但进我林陌的心，那便要问我。”

他话音刚落，她推门而入。

他一闪而过的慌乱和诧异，她看得丝毫不落。

“有什么事么？”他问，侧过脸去，只留下一个冷漠的背影。

她走过去，在身后环住他的腰。一直以来，他更隐忍。他的身体先是怔了怔，然后开始僵硬，直到反应过来时才狼狈地推开她。

“我以为女孩子的脸面就算厚也该有度的，难道你看不见我未婚妻还在么？”他说，却垂下了眼眸朝床边走去。

她快他一步堵在了前面，目光明亮看着他说：“在全世界面前我也会如此，就当我不要脸又怎样？”

她生机勃勃又充满锐气的模样让他愣了片刻，还有她眸底的坚持和深情。

“沈繁画，林陌我要定了，他说过，是我先入为主。”她转过头看着沈繁画，坚定不移。

然后在两个人还没有反应过来时拉着林陌迅速跑出了医院。若从此，没有尽头，会不会比现在更幸福，他发誓，在她的身后他真的是这样想。

“够了。”草坪上，他甩掉她的手。

现实是，早已是尽头。

“尹安，要我怎么说你才能明白自己的立场？”他愤怒地喊。

其实，他更愤怒的是自己始终无法狠下的心。

啪……

她的手迅速地扇到他的脸上，然后，抬起头毫不畏惧地看着他。

“懦夫的角色，你当够了么？”她一字一句，言词犀利。不给他说话的机会，她接着说，“林陌，我曾经以为你和我一样有着不顾一切的勇气，可是我发现我错了。”

他冷笑起来，反问着：“不顾一切？”

不理会他的态度，安走近他，用力地抱住，然后轻轻说：“我爱你，林陌，我以为你也爱我的，对不对？”

她的语气忧伤但并不哀怨。那一句我爱你，对他而言是无与伦比的震撼。

踮起脚，她的吻落在他的唇上，辗转加深。他先是躲避，随着她的坚持，他爆发出一声低吼然后狠狠将她束在自己的怀里，狠狠撕咬。

这么多天，压抑的思念一旦爆发便是无法收拾。

在心底的冲动即将泛滥时，他放开了她，呼吸低沉而急促。

“林陌，我知道你爱我，你不能对不起这份爱。彼此都行尸走肉地活着，就好了么？”在他意识混乱的时候，她趁机劝

说着。

“安，你都知道了。”他说得很笃定。

一句安，她生生红了眼眶。

重重地点下头，她说：“林陌，关心则乱，他真的可以要了我的命么？”

虽然不知道林家的势力到底如何，可毫无缘故地要一个人的命会是一件简单的事么？

看着怀里的安仰着头，目光明亮，神色紧张却又坚持的模样，他的胸膛狠狠震了震。

侧过身坐在草坪上，掏出烟点上，所有的心思都缓缓沉淀了下来。

74　大爱所以大惧

当日离开学校他便以最快的速度坐了飞机回去。老爷子多么深沉的人，见他回来，虽有片刻的惊讶，但稍作一想，便明白所为何事。前几日，沈繁画才和他通了电话，想来都为一人。

老爷子不是没有好奇的，什么样的女孩，可以让他突然认真起来。

“我要解除和沈繁画的婚约。”他开门见山，并不遮掩。

老爷子眉眼不抬，目光专注在书桌上的文件上，不以为意地说：“我可以容你在外面玩玩，想来沈繁画必也阻止不了你，这婚却是非结不可。”

他咽下胸口升起的怒气，语气不善地说：“这婚非结不可么？那对象可是你？”

老爷子抬起头，眯起眼睛，冷声说：“那我就看看那女孩能活到什么时候。”

他上前一步，厉声道：“你敢。”

老爷子的拐杖蓦地飞到他的腿上，他硬生生地挨住了那一棍，眉头不皱一下，却在他收手的时候迅速还击。

“今日，你若动一下手，那女孩他日必遭十倍。”

彼时，他的手离老爷子的脖颈只差一毫，颓然放下。

老爷子冷哼一声又低下头。这儿子他虽不看好，可纵观这几年来的表现，他的确优秀，假以时日，他的事业在他的手里必能发扬光大。可惜，他和他偏生抵触，更不愿意在他身边学习。而沈繁画适时出现，于他或他的事业都是有绝对的帮助的，更重要的是他不爱她，不爱就生不起牵念，日后也不必怕有仇家捏住软肋。

“你最近是太放松了，连沈繁画安排了人在你身边竟都毫无知觉。”老爷子语气不善。

他亦是惊讶的。

“如此能人，不愧能入了你的眼；若她愿意，给你做小夫人，更好。”他冷笑着，反唇相讥。

脸上挨了十足的力。

神情却是不卑不亢的。有一日，这羞辱必千倍奉还。

“可见，那女娃不能留，她只能惑了你的心智。”老爷子接着说。

他骇然地盯着他，半晌后，一字一句地说：“若你敢，那这林家偌大的家业，你认为又该如何？”

每个人必有所顾虑。

“留她，也未必能帮了我。”老爷子说。

当初能看着发妻死在自己的面前，还能对谁留有余情?

“若不留她，必会毁了你。”他冷声说，头也不回地离开。

心里却再次想起自己的母亲，多么善良的一个人，若不是为他，最后又怎么会走上那一条路？自己曾发誓这一辈子绝不会受制于他，可不想，会遇上她。

老爷子说得不错，于她于他，都不是件好事。

假如当初会知道如今的一切，或许便不会抵触他的栽培，至少今日，足有些条件可以与他抗衡。现在，晚么？

可在此之前，绝不能让她卷入这是非之中。半晌后，他说："我说过要把一切告诉你的，还记得么？"

安点点头，这个时候，她不想说任何话打扰到他。

他又深深地吸了一口烟，然后说："很小的时候，我并不是林家的独子，还有一个同父异母的弟弟，我父亲很爱他和他的母亲，对我很冷落，我就和我妈相依为命，那时候我妈怕我最后在林家会被欺负。

"然后，就在一个午后，把他从秋千架上推了下来，抢救无效后死掉了。那年，我十一岁，他九岁，我父亲狠狠地打了我妈，然后警察来调查，我妈就认了罪。

"我跪在地上求他，他一脚踹翻了我，我又爬着到他的身边求他。那个时候，以林家的能力完全可以救一个人，至少不会被枪决，然而，他没有这么做。"

烟已经烧到了尽头，长长的一片烟灰挂在烟头上。

安感觉得到他的情绪变化，若连一个旁观者一时间都无法释怀，何况他？

和母亲相依为命，然后突然间只剩一个人，那种感觉，毋须多说，她有切身的体会。

"你知道那种感觉么？无法保护心里最深最爱的一个人，甚至处处受制，多可怕的梦魇。"他说，弹掉落在手指上的烟灰。

对，可怕的梦魇，即便这么多年过去了，他依然会在某个夜晚看见母亲最后的模样。

那个善良、美丽的女人。

他发誓，绝不辜负母亲的初衷，不惜一切得到林家，最后为她报仇。

“林陌，在知道一切之后，你仍然是我的选择，现在的你不再是十一岁的孩子。”她的手挽上他的胳膊。

若之前是一股莫名的勇气，现在就是绝不放弃。

“安，是我自私，那样的感觉我不想再有一次，除非等我有十全的把握。”他别过头去，不敢去看她的眼睛。

突然觉得，这些年的努力，这些年自以为是的强大，都太过渺小。不是十一岁的孩子又如何？

羽翼未满，自难飞。

75 因为是你，所以连赌也不敢

她跳起来，站在他的面前，居高临下地看着他，大声地说：“林陌，你他妈的就这么点出息么？你以为人生有多少时间可以等，下一秒会发生什么有谁知道？好，你不是怕，我亲自去找你家的林老头，反正也不见沈繁画就会轻易罢休。”

一口气说完这些话，胸口不断上下地起伏着。恨死他自以为是的保护和倔得像驴一样的性格了。

他惊诧地看着她。

以为他不相信，她表情严肃，又再次重复了一遍：“我亲自去找你家的林老头，我告诉他，要不即刻杀死我，否则我绝不会放弃和你在一起。”

从来没有想过自己会这么不要脸地对待一场感情，如此誓不罢休的模样却还得不到回应，一股脑儿的委屈涌上来，眼眶一热，差点掉下泪来。

心里不是没有震撼的，在这么多年后，还能出现一个用最真的心对他的人，是该珍惜。可是，他怕自己保护不了，既然最后无法相护，那么，宁愿从没有拥有，对两方都好，才是上策，不是么？

“为什么一定是我？不要在不了解危机的情况下贸然做出

任何的决定。”真想一枪毙了自己，明知道这样的怀疑会让她难过，可还是要说。

是不相信自己吧?

她的身体微不可见地颤了颤，狠狠咬住自己的嘴唇，忍住眼睛里的酸痛。

“你怀疑我是意气用事，或是冲动？”她问。

她果然还是生气了，想解释的话又咽了下来。

“可能我没有你的理智，但绝不是冲动。我只是听从我的心，不想那么多，就像我当初问你为什么，你说没有缘由一样，而我对你也是没有缘由。”她说完闭上眼睛，任眼泪掉下来。

这样还不够么?

还要说多少，她以为他懂得她的，可他却一直逃避。

若这样也不行的话，那么，只能说明其实他没有深爱她，至少没有爱到舍不得、放不下的地步。

夜很静，可以听见两个人轻轻的心跳声。

好一句没有缘由，他开始明白她当初感动到当场就哭的心情了。

若就此放过，以后自己会不会后悔?

只这一个念头，他忽而浑身一颤，心疼得无以复加。若说她不曾找来，不曾说过这些话，那么或许疼一疼还能过得去。

可如今呢?

怕再多陷一分就不再松开。

还是再也松不开。

76 情到深处，似无情

“谢谢。”他说，喉咙里一片灼热。

情到深处，是再也找不到更深的话来表明。一直紧绷的情绪和所有的委屈在瞬间释放，她在他的怀里号啕大哭。

恨不得就此哭他个天昏地暗。

他终于又是她的了。

“可是，尹安，我可能没有爱你这么深吧，至少是不足以承担这一切。”他站起来，后退几步。

没有办法不说假话，或许说的次数多了，就可以当成真的了。是太深，所以不敢冒一丝的险。

宁愿，她不懂。

天堂和地狱之间，不过数秒，她感觉自己几近崩溃。

两个人之间相差不过几步，才终于明白那句，咫尺天涯。

“是这样么？”她颤着声音问。

疼的次数太多，是不是就会变得麻木？

可她只觉得一次疼过一次，几乎不能自持。

他狠着心又退了一步，目光掠过她落在遥远的地方，说：“既不回头，何必不忘？”

然后，转过了身，违心地说：“忘了吧。”

她眼底凝聚起来的眼泪和苍白的脸色，狠狠击溃着他的防线。

再多看一秒，他都怕自己会忍不住狠狠将她拥在怀里。

爱，反之就是害。若真如此，他宁愿不爱，去护她的周全。

就如当初的母亲，若不是太爱他，又怎么会落得那样的下场？

“既然这样，当初你又何必那么深情呢？”她在身后大吼，像陷入困境，几乎要绝望的野兽。

他的身体震了震。一种钝痛从头到脚，无一幸免。

脚步沉重得无法前迈一步，只听得她在身后缓缓走上前。

“林陌，当真要忘了么？”她问。

从来没有觉得自己这么贱过，比当初到发廊的行为还要

贱，至少那时，她是无法选择。而今，是她自己一次又一次要听见他绝情的话，一次又一次被他狠狠打下更深一层的地狱。

多么恬不知耻。

和那优雅的沈繁画相比，自己该有多么卑微。

可，怎么就控制不了呢？连自己的心都控制不了。

“林陌，若有一日，我真的忘了，不要爱了，那时，你会不会有那么些的后悔？”他不说话，她接着问。

没有想到，一阵尖锐的疼痛击中了心里最柔软的神经，十指没有意识地覆上胸膛。

一直只觉得此刻不能爱，爱不起。

却未曾想过，会不会有一日真的忘了，真的不要爱了。

会么？

心脏像被人硬生生地用刀剐着，支离破碎。

他在身前，背对着她。

她在身后，目视着他。

可以听见彼此的呼吸和心脏跳动的声音，若时间一直如此定格，谁能说不愿意。

即便如此卑微简单的要求，却仍是奢侈的。

“林陌，这么冷，怎么还站在这里呢？”沈繁画从住院楼里走出来，亲昵地挽住他的胳膊。

“安，你们的话还没有说完么？要不，去楼上说吧。”她的目光轻轻掠过她，有几分不屑。

而她就在原地定格着，看着他跟着沈繁画的脚步渐渐离开她的视线。身体像掉进了冰窖，彻骨地冷。

是不是林陌从头到尾和她都只能算做一场短暂的旅途，而她只是他华丽旅途上的一个陪伴；转了个地方，自然会有下一个接应上，而自己太把自己当回事了，以为沿途的美丽风景和人都将会是以后的人生，并从未怀疑过，所以，投入了所有的热情和希望。

才发现在最后一刻时，连想放手都是那么困难。

是心里那些该死的幻觉，太过于逼真。

怔怔地站着，在偌大的医院中，在风口地里，止住了身体，像傻子一样眼泪汹涌，却怎么都止不住。幸而，人烟稀少。想来，这就是弃妇的表现吧，自己曾无数次耻笑过的那种弃妇。

思及此，又傻傻地笑出声来。

“你别拉我，别拉我。”

听见熟悉的声音，安转过头看见满脸通红的唐蓝，眼泪还没来得及擦掉，就急忙问：“你们怎么来了？”

“我们早来了，是许慕辰不让我出来，否则，我早冲出来打那林贱人了。”唐蓝气呼呼地叫着。

许慕辰抿起嘴巴，担心地看着她，因为知道她多么要面子，才不让唐蓝出来。

“你们都看见了。”说着，声音又哽咽起来。

唐蓝和许慕辰对视一眼点点头，可那些安慰的话又无从说起。

她勾起唇牵强地扯了扯弧度，颤着手从口袋里掏出烟，细长的烟，从嘴里吸入肺里，是一种薄荷的凉，她曾最能稳定情绪的动作。连续猛抽了几口后，她说：“瞧，我怎么说他都还是不肯和我在一起。”

“说什么无法护我周全，呵呵，我他妈的需要他护，我要的只是和他在一起，他走前说要给我交代的，说要彼此交付的，都他妈的废话么？”长长的烟快烧到了尽头，说着说着，又有眼泪流下来，像受了莫大的委屈，不能自已。

心里不断告诉自己：有什么呢？男人如衣服嘛，而林陌这件衣服，已经烂了，已经破了，即使不烂不破，华美异常，它也是别人的。

可尽管如此，仍无法克制自己如野草般疯长的喜欢和念

头。

一根烟完了，她又从口袋里拿出一根，迎着风，点了几遍却怎么也点不上。

唐蓝跨上前夺掉烟扔掉，问：“你还想和他在一起么？”

安怔怔地看着她，心底不值钱的骄傲又涌了上来，即便在最亲最亲的朋友面前，也开不了口。

“你他妈的给我句实话，别装逼。”唐蓝突然发了火，大声地问。

她无法看着自己的姐妹这样生不如死的模样，所有的事情，能一次性疼痛或欢喜，不好么？偏生出这么多纠结。谁他妈的说过，爱情啊，真是件百转千回的事情。

若真是这样，还有命等到那天么？

“我只是想确定他的心意，并不想要一个不爱我的人在我的身边。”安拉紧了牛仔外套的拉链，直到脖子，然后头深深低了下去。

许慕辰走到她的身前，把她的脑袋按在自己的肩头。

能这么没有骄傲，是因为在心底，她始终觉得他是爱她的，在这一切之后。

“尹安，如果确定了他是真的不爱你，那么就跟我和许慕辰回去，从此，就当他林陌不过是曾经的路人某某。”她应了，不用思考。

一个和自己没有关系的人，不是路人某某又是什么？

从此，相忘于江湖。

Chapter 8 我若堕落，就彻底

77　若不是，是谁也没有关系

尹安喜新厌旧，新的目标是二年级七班的程翼，虽也是一表人才，可在学校，却是声名狼藉的。与他有染的女生不在少数，最终目的不过就是骗身，据说上了他的床的女生，绝不会超过一个月。

本来拥护安的那些人，反而站在了对立的一边。

据说，她今早亲自给程翼买了早饭。

据说，她抽程翼抽了一半的烟。

据说，他们逃了一节课，在操场后的围墙边，至于做了什么无人得知。

据说，除了程翼，她还和他身边的一些小混混，不清不楚。

……

总之，如今的安，是标准的反面教材。

课间，教学楼的楼梯口，她半靠在墙上，手指间夹着烟，风情又凉薄，眉眼轻佻。虽不十分漂亮的她，却也是别有风味。

“前天才高调地和林陌告白，如今也不过就是一天，怎么？”程翼问。

她笑出声来，燃着的烟对着他的脸，说：“我以为你不会问这种问题呢。”

她语气中的嘲讽让他心里生出一些不悦，冷了脸却也不知道该说什么反驳。

“我就是水性杨花，不可以么？”她把夹着烟的手举过头顶，向前一步俯下身体，嘴凑到他的脸前。

心跳一时间紊乱，她的气息有一股淡淡的烟香，不作多想，他伸出手就要握住她的后脑勺。可她却似乎早有所料，轻轻一闪就已经躲开了。咽下嘴边苦涩的笑意，她抬起头，咯咯地笑起来，娇嗲地说：“你都没有和我表白呢，就想先行动了。”

而林陌侧身，从楼梯上走下，身体无可察觉地微微一怔。她昨晚说：若有一日，我真的忘了，真的不要爱了，你会不会后悔？会这样快么？

脚下的步子更加快了起来，似逃离，是逃离自己的心么？

“刚才你的情郎过去了。”程翼从楼梯上一把拽住她，一个不稳，倒在他的怀里。头正好撞在他的胸膛上，掩下了眼底升起的疼痛。

推开他，眼睛眯起，脸上是似笑非笑的深情，手指戳在他的眉心，说：“原来搞了半天，你还不是我的情郎呢。”

他微微怔住，她却侧身走了下去，迎着阳光，身体才缓缓暖了起来，真好。

“程翼，你讨厌我直说就好，我不喜欢别人总是试探我。”她说，语气平淡疏离。

他心里生起一些别样的情愫，前不久还在考虑若真的和她有什么，别人会不会说他是捡了林陌不要的呢。如今看来，是没有这必要了。

程翼走到她的面前，手臂揽过她，轻轻巧巧地将她带进自己的怀里，看着她笑起来，问："那就再试一次可好？"

他的眼睛很大，不似林陌的狭长。他很帅，有阳光的味道，不似林陌的妖魅和冷漠。惊觉自己又想起了他，指尖深入掌心一分，逼迫自己清醒回来，对着程翼说："好。"

"如果我向你告白了，你说会不会有人说我的闲话呢？都知道我是情圣么，我怕别人会说，你瞧他女朋友，是和林陌告白后被拒绝然后才找到他的呢？"他说得并不是很郑重，似有些开玩笑的意味。

安快速看了身边的男生一眼，敏感地觉得，他不是外面传的那么声名狼藉，一般声名狼藉的人都是智商和情商不高的人，可身边的人这两点都不像。

"那要我怎么办呢？"她问。

"从此，不许和林陌有染。"他看着她，目光没由来地认真起来。

或许连自己也未曾察觉。

看着这样认真的目光，她怔了怔，恍然想起，当日的她和林陌似乎都有过这样认真的样子，忽而笑起来。

原来，要爱上一个人真是容易呢，那么相守呢？这相识不过两天的男子就对她认真起来了么？

眸光一转，幽深不见底，似笑非笑地说："你可不要对我太认真喔，据说你也是有未婚妻的呢。"

他还没来得及反应过来，她已经走远。

的确，他是有未婚妻的，然而却未曾顾忌过，知道自己不会和谁认真。那么，她呢？宽大的白色衬衫包裹在她娇小的身体上，从背后看就有一种凛冽的感觉。

欲擒故纵么？却又不像那样心思迂回的女生。

78 爱上一个人，再多高人指点，也是走投无路

林陌从三楼看下去，远远的看着，两个人刚刚发生的一幕幕，就像是情侣间的打情骂俏。心口有隐隐的怒气，甚至掩了那份重重的失落。

变得当真是快呵。

“妞，可无聊？”操场的边上，有几个染着头发的少年走到她的面前。

她冷眼瞟过去，他们身上劣质的香烟味让她心里烦躁起来，猝然推开面前的人就走。衣服被人拽住，无奈又倒了回来，是刚才被她推开的那人，他在她的脸上喷了口香烟，说：“装什么个性，谁不知道你缺男人？”

她笑了笑，几个人一时间没反应过来，她夺掉他手里散发着令人头痛的烟扔到地上，说：“是啊，我的确缺男人，可你们……是男人么？”她笑得放肆。

几个人变了脸，手伸到半空，又看了看四周的人放了下来，改为用力地拖着她。她笑得越发放肆了，眼睛对着阳光，暖暖的雾气涌上眼眶。

林陌，你若知道，我是为你把自己搞成了这个样子，会怎么想？

只是想确定你是否真的爱我。傻么？值么？

从楼上将这一切看得彻底，他的手背上青筋暴起，目光阴霾，心里只恨不得将那几个人的手通通毁了。看着她狼狈地被拖着离开，这样的怒气，一刻也忍不得了。

转身，大步迈开。

“林陌，这样就忍不住了么？”沈繁画站在身后，语气漠然，却透着几分怒意。

明明是在她的身边，目光却始终落在那人的身上，淡淡的，似若有若无，可她知道，其实那人一直在他心底。

他不说话，只是走得更快，心像被猫抓了似的，一分也无法安生。

她追上去，拉住他的手腕，用了十足的力气。

“何必这么蛇蝎，毕竟是你妹妹。”他狠狠推开她的手，语气有难掩的冷漠和厌恶。

原来，他对她竟是厌恶了么?

曾经谁说，他即便还没有爱上她，可对她总归是有情分的。

“恐怕要落到老爷子手里，就不止是蛇蝎了吧。”她在身后漠然地说，只是要提醒他一个事实。林陌的未婚妻，只能是沈繁画一个人。

他停了下来，转过身，目光阴狠地盯着她。

“沈繁画，不要逼我用残忍的方式对你。”他一字一句说。

她冷笑起来，这样的方式还不够残忍么?

被自己深爱的人厌恶，还不够残忍么?

“丁叔刚刚来说，老爷的人已经到了，怕不久老爷子也会到。”她说。

他果然不再动，身体定格了数秒，然后疯了一样地冲到窗户旁，一直紧握的手才缓缓松开。

幸好，她没有事。

倒没有想到一直在她身边的温良少年竟是这般深藏不露。出手凌厉，十分的足力，一个不落。心里苦涩异常，连一个人都不敢保护呵。

“你当真那么爱她么?”她站在他的身边，苦涩地问。

“如果不是危及到了她的安全，你绝不可能和她分开，是么?”眼泪落下，努力使自己的声音显得平静下来。

明明赢家是自己，可偏偏却觉得自己根本就是一无所有。十五岁那年，她想都不想，就舍命救了他，在床上昏迷了近半个月，醒来后，听见他要和她订婚的消息。

那一刻，她觉得值得。如果不是这样不顾一切，就会错过他了，不是么？现在想来，值么？真的值么？可时光重回，她想自己还是会选择去救他，不计后果。

原来真是啊，爱上一个人，再多的高人指点，终是走投无路。

……

79 所有的深情都给了一个人

“许慕辰。”她小心翼翼地喊。

从小到这么大，许慕辰几乎没有对她发过脾气，而刚刚他打那些人时，她看得出他手法的凌厉，几乎每一招都是极狠的，然后便拉着她一直走，从出了校门到现在，他始终不发一语，目光低沉。

他仍旧不愿意理她。

是对她失望了，她把自己搞成了这个样子，所以他失望了，不想要再理她了么？

“许慕辰。”她再喊，声音已经开始哽咽而模糊不清了。

他握住她手腕的手毫无意识地收紧。

是不想理她，从来没有这样生气过。把自己搞成那样一个境地，他不敢想象，如果他没有及时赶到呢？如果错过一分呢？

想起那晚唐蓝说：安，我真的不知道该说你究竟是幸福还是不幸福。若说不幸福，你身边一直有个许慕辰在，你知道么？在你打过电话后，他就去学校请假，只是担心你一个人在陌生的城市会孤单。

这么多年，他从来没有离弃过她么？现在也对她失望了么？

“许慕辰，你不要不理我。我知道我傻，我知道我不争气，我知道我不该这样做。可许慕辰，你不要不理我，我害怕，你不要不理我。”她突然就哭了起来，并且声音越来越大。

哪怕是那晚在林陌的面前，哪怕是刚才在受欺负的时候，她尽管委屈，但没有像这样号啕大哭。这么多年好像真的已经习惯了，只要是在许慕辰身边，那些委屈就变得无法控制。

他的心狠狠地颤了颤。她说的这些话，多像是自己受了委屈的小情人，可惜，她一直都不曾是他的小情人。

电梯里的其他人都纷纷露着探究的目光。出了电梯，他突然横抱起她，任她一路哇哇大叫，把眼泪和鼻涕都洒在自己的衣服上。

唐蓝惊讶地看着许慕辰把安扔在了床上。

“出了什么事情？”她看向面色不善的许慕辰。

他收拾着散落在床上的外套，眉眼不抬，淡淡地说：“即刻回去，安的衣服就算了。”

唐蓝怔怔地看着他。出去不过半小时，又发生了状况了么？

“她刚才差点被几个流氓带走。”他像是看穿了唐蓝的心思，抬起头，目光中掠过一抹狠色。

她突然反应过来，从床上跳起来：“我不走。”

他看着她，目光深沉。

她的眼泪又流了下来，转过身去，用力地擦了几下，克制住声音里的颤抖，她说：“我不走，即便是走，也等自己都清清楚楚地明白了再走。”

“明白什么？非要他亲口说不要你了么？”他脱口而出，心底的怒气像火山一样爆发起来。

她的身体明显颤了颤。他才发觉自己语气重了，连唐蓝也咬着唇看了看他，从没有见过这样愤怒的许慕辰。

可是，她不知道，当他看见她像个木偶一样被那些人拖着走的时候，他心里的疼。

在他的身边，她从来没有受过一丝的委屈。那个男人，怎么舍得？

即使当她选择了林陌的时候，他都不曾生过她的气，只希望她可以幸福。

“对，我要他亲口说他不要我了，没有什么原因，只是不爱了，不想要了。”她的语气很轻，却很坚决。

一如既往的倔犟。

抓过身，他看见她眼底汹涌着的悲伤和落寞，心不能自制地软了下来。

又生出一丝无力。他当真如此重要么？

“我知道我傻，我知道我是自取其辱，可是，我无法忍受更不相信那些都是假的，怎么会是假的呢？即便是假的，也要让我自己完全相信，我宁愿自己清清楚楚地绝望，然后完全死心。”捂着胸口，忍受着从心里翻滚着的疼痛，一阵又一阵，越来越剧烈。

仰起头，倔犟地不让眼泪掉下来。

而他还能说什么？都是她自己的选择。

他再一次静静地把她抱在怀里，手轻轻拍打着她的背。对于她，任何一个动作，哪怕只是不经意的一个目光都是溺满爱的。

唐蓝转过了身，不忍看。其实，尹安是多么勇敢呢！很多的时候，我们都宁愿在心底骗自己，那人是爱自己的，不过是现实不许，而她却非要弄清楚，是傻么？

是勇敢吧，要么就纯粹的爱，要么就两两相忘。

可是，她又是多么残忍，明知道，眼前温和的少年有多么爱她，明明知道自己给不了他什么，却总不断索取。

也罢，总归是一个愿打，一个愿挨。

看着窗外，她自嘲地勾起嘴角。即便如此，她又有什么资格评论呢？

80 情不由人，谁都如此

谁也没有想到，程翼会找到林陌，即使是他自己，也没有想到，可心里却偏生出一股可怕的不受牵引的力量。

其实，他有注意到，不管说起林陌时，尹安的表现是多么云淡风轻，却总是不敢去看他的眼睛。

开门见山，他见到林陌的第一句便是："我是为尹安而来。"

"因为她曾向我告白过么？"他抬起头，明明是笑着的，可笑意并未到达眼底。

程翼一时间竟无语。

他突然的念头就来找林陌了，到了面前，却才发现自己其实不知道要和他说什么。

"那么，明天她若又和别人告白，岂不是天天有人来找我？"他语气含笑，有淡淡的讥讽。

迎着光华，他的面容模糊，只觉是一片妖魅的感觉。

程翼蹙起眉，刹那间想起了她昨日说的话"你可不要对我太认真喔"，才觉得自己的唐突。对着林陌歉意地笑了笑，他转身朝走廊的另一头走去。

林陌挑起嘴角，苦涩地笑起来，眼底竟是一片悲伤。无力地低下了头，刘海遮住了眉眼，长长的睫毛垂下眼帘，洒下一排细密的阴影，是浓得化不开的落寞。

你的身边，有许慕辰一人还不够么？

够了。至少，他是真心待你。

然而，在程翼去找了林陌的时候，他的未婚妻亦去找了安。

那是个和沈繁画不同的女子，虽在容貌上有过之而无不及，可性格却相差很远，见到安时，也只是温和地笑着。

她说："尹安，果真是个特别的女孩。"眼底有浅浅的赞赏。

"我是程翼的未婚妻，程程。"她说。

安有些惊讶，随即却笑着说："你放心，我没有要和你抢未婚夫。"安的直接是她所没有想到的。

愣了片刻后，她说："我找你不是这个意思。昨晚，程翼回来和我提到你了，他交了这么多的女朋友，唯一提过的女孩就是你，我一时好奇所以来看看。"

他交了这么多女朋友?

安脸上也毫不掩饰地露出疑惑的神色，她既然都知道，怎么还能如此淡定?

"事实上，我是程家的养女。在成为他未婚妻之前，我是他的妹妹。"她接着说，原本并没有打算告诉她这些，却在见了面之后，莫名其妙地想告知她一切。

或许，程翼会喜欢上她也不一定呢。

"程翼原来有个青梅竹马的女朋友，彼此都很相爱，却在一次旅途中出了车祸，从此，程翼发誓绝不会喜欢上任何女孩子，可程家就他一个独子，结婚是势在必行的。因此，我就成了他的未婚妻。这几年，他一直不停交女朋友，声名狼藉，所有人都说他是个不务正业的花花公子。其实，只有我知道，他不过是太思念死去的恋人，太寂寞，而他的每一个女朋友，多多少少都会有些地方像那人。"程程说，语气很轻，夹杂着一些莫名的痛楚。

安愣住了。多么狗血的老套剧情，可她相信眼前女孩说的是实话。那眉梢眼角的悲伤骗不了人。

原来，每个人的背后都有一个关于爱情的故事。

“那么，你想和我说什么呢？”安问。

程程抬起了头，对着安露出一个不好意思的笑容，接着说：“我只是要告诉你这个故事，至于你如何选择，便是你的事。当然，我更希望你们能彼此相爱，毕竟，不能用一辈子的时间去悼念一段已经逝去并永不会生还的恋情。”

一段逝去并永不会生还的恋情，安的心颤了颤。

“那么你是他的未婚妻，你们不是更应该彼此相爱么？”安脱口而出。

程程的脸色微变，随即便自然地笑了笑，说：“在心里，我一直是他的妹妹。”

一时间，安没有反应过来。既然在心里一直只是妹妹，那又如何成为了他的未婚妻呢？

想起她说的那一句“作为程家的独子，结婚是势在必行的”，恍然间，安明白了。

那么，林陌和她呢？突然间就成了陌路，是不是也存在一种势在必行的原因呢？百转千回，绕了十八个弯，最后又回到他的身上。

果真是无可救药了，她自嘲地弯起嘴角。

“谢谢你。”

和程程告别后，她就知道了该怎么做。当初选择程翼，更多的原因便是他的声名狼藉可以引起林陌的注意，而自己也不怕和他有任何感情上的纠纷；可如今看来，并不是这样。

这样一个内心深情且认真的人，她不忍利用。

也无法欺骗。

81　我的狼狈无处遁形

想起离开宾馆前，许慕辰说的话，他说：安，你放心，不

管最后是什么样的结果，我和阿蓝都会在你身边，可我希望，你并不是无休止的盲目和不断地自欺。若在心里有了答案，就自己优雅地离开，难道你只能爱，而不能承受最后的结果么?

不，不是这样，她只是不相信他们之间最后的结局会是分离。

找到程翼之前，在教学楼下面她遇见了沈繁画。

彼此间，存在的是一个强大的敌对磁场。

“安，林陌的父亲会在这两天来到。”她并不知道，安已经大概清楚横在她和林陌之间最大的问题了。

她在她身后停下。

“可能是商讨我们结婚的具体事情吧。”她语气中有不动声色的挑衅。

头脑一阵恍惚，转过身，面对着笑容艳丽的她，安轻挑眉梢说：“想不到你竟然敢告诉我。”

她的目光一凛，却笑得更加明艳了，轻声问：“尹安，你有什么资格可以成为我的对手呢?”

“就以林陌的心，够么?”她毫不示弱，并理直气壮。

没错，她就是相信林陌是爱她的。沈繁画的手在身下用力握成拳，然后再缓缓松开。

“这是他父亲在这里房子的通行证。”她从包里拿出一张银色的磁卡交给她。

转身前，她笑着说：“尹安，我们之间也算是公平了。”

对于自己要做的事和可能达到的目的，她从来都是有十分的把握，绝不允许有丝毫的意外。

从那晚之后，安再次见到林陌是在自己极其狼狈的情况之下。

偌大的操场上，她被全校师生一起围在了一个篮球架下，身上白色的衬衫已经变了颜色，从领口处被撕裂开来，露出里面黑色吊带的肩带，短发乱七八糟。她蹲在地上，把头埋在自己的膝盖里，四周都是乱哄哄的吵闹声。

站在她身边的中年妇女手指不停地指向她，歇斯底里地大叫着："什么破学校，都是些什么人，年纪小小的女娃就知道勾引男人长大了还得了。这样的学校以后还让不让人待了？"一旁的校长不断赔着笑脸，目光狠狠从她身上掠过。

她听见大家尖锐的笑声。

"妈，事情你不清楚就不要在这乱说好么？快回去！"程翼看了眼蹲在地上的她，用力拖着自己的母亲。

"什么不清楚，我可是在旅社把你们捉住的！大白天好好的不上课，一男一女去旅社还能做什么？"

她不想说话，脑袋里有一阵阵的眩晕感。

好像又回到了那年在学校的发廊事件。可如今，是孤身一人，幸好，许慕辰没有看见，没有知道；不然，该有多么心疼。

林陌呢？他会相信自己，还是完全漠视？

女人突然跨上前，手拽起她的头发，大声骂着："不要脸，小小年纪就不学好，勾引男人，今天非弄花了你这张脸不可。"

她觉得自己的头皮就要裂开了，不得已地仰起头。阳光刺在眼底，她几乎就要晕过去，眯起眼睛，小声却清楚地说："你一定是被你丈夫抛弃的女人吧。"她的脸这么狰狞。

周围的人似乎都听见了她说的话，小声窃笑着。女人狠狠踢上她的肚子，安感觉自己就像虚脱了一样，幸好这个女人拽住头发的手还没有松开，否则，她想自己一定会倒下去。在这个时候，绝不可以倒下去。

"林陌。"沈繁画在身后紧张地叫，不敢给他和她之间一分相处的机会。

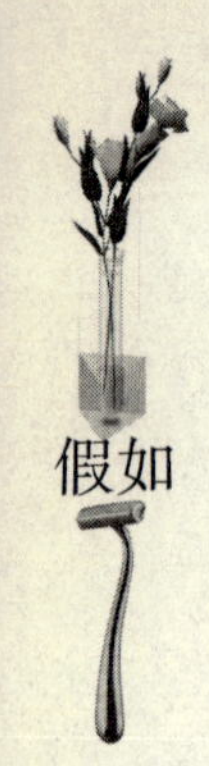

"林陌，是不是如果你一早知道会遇见她，即使十五岁那年我不幸没有救活，你也一定不答应婚约？"从来，她都是理智的，对于自己所要的永远目的清楚，不急不躁。

可，那年第一次遇见他，她就毫不犹豫地做了一件又一件的傻事。手死死地拽住他的衣袖，怕一放开，所做的一切就都成了空白。

"不管任何时候，只要是你的事我必会尽全力，但绝不可违了她的利益。"林陌停下来，目光焦急地看向操场。

然后，掰开她的手。

心一点一点地沉下去，半跪在走道上，满脸眼泪，像一个傻子。绝不可违她的利益，还是输给了她么？先遇见的，明明是她。

"滚。"林陌手下铆足十分的力，推开那个肥胖的女人。

他几乎是以百米冲刺的速度跑下来。

女人倒下去，压在了几个学生身上，周围发出一片呼叫声。

她怔怔地看着他。恍恍惚惚只觉得太不真实。刚刚还在幻想，他会不会穿过人群来救她，就像古时候被火烧的少女突然间得到了救赎。

这样想着，好像身体也开始慢慢有了力气，自顾自地傻笑起来。他蹙眉，目光中的阴戾转过头时慢慢散尽。

到她身旁弯下腰将她打横抱起，在程翼的身边停下一字一句说："除了叫当事者亲自道歉外，其他一概都不必说。"出了校门，他拦了出租车把她放上去，直奔医院，自始至终，她都在他的怀里。

鼻息间，是辛辣的烟草味。忽然，喉咙就疼了起来，胸口涨满，鼻头一酸，埋在他的怀里哭了起来。

半晌后，吸了吸鼻子，哽咽着说："第一次你就是这样抱的我。"

他不说话，看向窗外。

当时她说：打横抱起，这叫公主抱，你知道么？然后，极其欢快地笑起来。

那夜，他曾发誓，只要和他在一起，他都要她一直那样笑下去。可后来呢？

“你没有忘，对吧？”她坐起来，强硬地扳过他的脸，逼他看着她。

他的眸光幽深，所有的波涛汹涌都藏匿在重瞳之后。她看不真切。

“每一次，你都要把自己搞得这么狼狈么？”他问。想起那些不堪入耳的话，心里就滋生出强烈的怒意。她居然和一个男人去旅社，哪怕她真是没有做什么，却也是十分危险的。

她的脸白了几分。

“你相信那些话么？”她紧张地问。

他垂下眼眸并不说话。

她看了他许久，一着急，便从他怀里挪了出来，直直地看着他，说：“和程翼上床的不是我，是另一个人。”

他才缓缓看向她。

她咽了咽口水接着说：“我去找程翼是为了和他说清楚。当时他正在和别人上床。我去了后，那人走了，他没有穿衣服坐在床上。再后来，他那个妈就冲了进来。”她目光紧紧地盯着他。

“既然这样，当时为什么不解释？”他问。

“我不想解释，他和我一样，都是傻瓜，这次就当我还了他一个人情。”她低下了头，脸上的神色有几分悲戚。

82 爱一个人的心，怎么也藏不住

看着她的模样，他的心毫无意识地抽紧。和她一样傻？恍

然一想，她和程翼什么时候变得这么熟悉了，还没来得及问，车已经停在了医院门口。

他抱着她，不顾医院门口来来往往的人看来的目光。她更是抬起头，一一对视回去。

"啊，为什么来医院，你生病了么？"她才反应过来，大叫着问。

他低下头瞥了她一眼，眉心微蹙，淡淡说："这么生龙活虎的模样，看样子也不会有多大的问题。"

她不说话，怔怔地看着他，然后温暖的感觉传遍全身，一直流淌到心底。幸好她一直在坚持，不是么？

他是在乎她的，不是么？

"你不是很凶猛的么？刚才又干吗装那一副可怜兮兮的样子。"他嘴上毫不留情。

想起刚才她在操场那蜷缩成一团的样子，心里就十分窝火。

她瘪瘪嘴，不以为意地说："那是因为她是程翼的妈妈，你瞧着吧，如果再有下次，我绝不会不反抗了。"他突然停下了，皱着眉头，瞳孔缩起。

然后手猝然松开，她毫无防备地从他怀里掉在了地上。

身上的骨头像是碎了一样，尖锐而火辣地疼痛，大叫一声，引来周围人的纷纷侧目。

"林陌。"她闷闷地大叫，疼出了眼泪，狠狠看着他。

他居高临下，眯起眼睛看着，周身透着一股逼人的危险气息。

虽然她委屈的模样让他心里生出细碎密集的疼痛，可脑子里却不断想起她刚才说的话，想再抱起她的念头又被压了下去。

"还有下次？"他声音低沉地问。

"啊？"她一时间没有反应过来，睁大眼睛疑惑地看着他。

突然间，恍然明了。顾不得身上的疼痛，跳起来蹦到他的身上，死死勾住他的脖子，兴奋地问："林陌，你是吃醋了，你是吃醋了，你一定是吃醋了，对不对？"

她一遍又一遍地问，并且声音响亮。来来往往的人都看着，脸上是意味深长的笑容。

饶是他脸皮太厚此时也不免有些窘迫，微微侧开了脸。朝着阳光，他的脸明亮得像破碎了的阳光，泛起淡淡的红晕，秀挺的鼻梁下，薄薄的嘴唇紧抿起来。

她心情大好，又问一次："林陌，你真的吃醋了喔？"

"再说信不信我再把你丢下去。"他恼火地瞪着她。

一时间，呼吸却微微滞住，她目光璀璨，削瘦的脸因为兴奋而变得红润起来，笑容明媚，神采奕奕。有多久没有再见过她这副模样？有疼痛从身体的四面八方涌出。

啵……

她又忽然在他脸上发出响亮的声音，头深深地埋在他的脖颈中。

笑容清脆似孩童。

刹那间撼动了他艰难筑起的所有坚强壁垒。爱一个人的心原来真是无论怎么藏都藏不住的。

83　真的就非你不可么

外科检查室里，他像似随意把她丢放在床上，可她知道其实他的动作有多么细微，多么小心。

"好好检查。"他抬起头对一旁的护士说。

然后看了她一眼，转身走出去。只要一想起在操场上那个胖女人的举动，他心里滋生出的怒气便连自己也无法控制。

而她又究竟和程翼之间发生了什么事情，以至于让她在言

语之间都尽是对他的歉疚？这种感觉真是极端不舒服。

心里明明知道自己不该再去干涉，可来不及理智对待，就被另一种念头疯狂地压了下去。

“你男朋友真凶，看起来道貌岸然，可怎么能对你下这么重的手呢？”护士愤愤不平地说。还没等安反应过来想去解释时，她已经拉开了门走出去了。

“你怎么这样对自己的女朋友呢？既然这样，为什么还要假惺惺地带她来医院？”护士一脸鄙视地看着林陌。

“她怎么了？”不做解释，他的紧张怎么也掩饰不住。

护士一脸疑惑，忙问：“不是你做的？”

看着他急躁紧张的样子又不似作假，护士接着说：“她手臂上有很多的青紫，背上还有指甲划伤的痕迹，至于肚子你要问问她是不是有哪里不舒服，看看有什么要紧。”说完，护士又抬头看了他一眼。

是自己太大意了，那指甲的划痕怎么会是一个男人所为呢？

安听着护士在外面的话，慌乱套上衣服，可出去时还是晚了一步。只见林陌脸色铁青，目光阴霾，看见她出来也不说话，只是掉头就走。她居然任由一个人欺负她。

他的腿很长，迈的步子很大，加上他本身又走得极快，她在后面几乎是一路小跑，仍是追不上，不停地喊着：“林陌，林陌。”一声一声的委屈和焦急。

好不容易可以有一些相处的时间，他怎么能就这么快走掉呢？她还没有来得及听他说说对她的在意，这样想着，喊的声音里竟夹杂了一些哭腔。他的脚步不自觉地慢了下来。

她追上去，死死拽住他的衣袖，仰起头，无限委屈地看着他说：“你不要生气好么？”她本不会是这样小心翼翼讨好的女子。

心里那些薄弱的骄傲涌上心口，眼泪不由自主地掉了下来：什么时候，她也开始变成卑微的模样了？

他的心不是不疼的。可更多的还是气，不管什么原因，她都不可以让别人欺负的。

“因为我身上的伤么？是因为这个么？”她问。

他依旧不说话。

她突然停下了脚步，语气淡然地说：“就因为这几道伤就生气了么？可是，林陌，你在我心里划出的伤痕你可能看见，又可会对自己生气？”

他生生地被击中在原地，胸口重重地震了震。

她的语气里没有质问，没有哀怨，可就这样淡淡然然的，却让他透不过气来。

是啊，他对她的伤害又何曾少过？如果不是遇见他，她又怎么会到这里来，又怎么会遇见这些事情？归根究底，是自己，而不是谁。那么，今后呢？眸中闪过一抹强烈的痛楚，用力握住了垂在身下的手。

“我为什么要为你生气?”他的语气淡漠，细听之下，又有几分嘲弄。

她怔了怔，睁大眼睛看着他的背影。这个男人，她怎么也看不懂。

刚才，她是清清楚楚地发觉他对她的心意的，可怎么一转眼就冷漠了起来呢？半晌后，她轻声笑了，在安静的走廊上，显得有些突兀。

“林陌，我就真的这么非你不可么？”

她的话若有深意，一时间，他竟也听不出其中的意思，隐隐像是有些绝望。

他开始理不清自己的情绪了。这些天，他都不断提醒自己和她要保持距离，不可以在一起，不能给她一丝的错觉，可如今听她这样反问，忽而说不出任何话了。只觉得胸口闷闷地难受，又似慌乱。

“谁会非谁不可呢？”他生硬地说。走了几步后，发现身后并没有她跟来的声响。回过头去，看见她已向相反的地方走得渐远。

身体削瘦，像是秋日里薄薄的落叶。他无法自欺，心在不经意的时刻总会为她疼。大步跑过去抱起她，转身朝原本的方向走。

“你干什么？”她没有想过他会突然转身。

“既然来了，就一次性检查完，何必白跑这一趟？”他并不看她。看，又是这感觉。

她心里恼起来，身体在他怀里挣扎着要跳下去，可他却没有丝毫要放手的意思。

“林陌，你又何必让我感觉其实你还是爱我的呢，我想我该死心了。”她无力地说，最后还是倒在了他的怀里，只怪自己太过于眷恋。

他该怎么说，原本就是爱，只是怕爱最后成伤害。

明知道她说得对，自己不该有半分的心软，可怎么才能做到对她无动于衷呢？手臂做环绕状，无论从哪一个角度看，这姿态都是对怀中人十分保护。

“如果可以，我想我还是生病的好，至少可以一直在你怀里，至少你的视线不能离我而去。”手里捏着白色的检查单，面朝着他的背，她无奈地说。

声音极小，原本就是不想让他听见。

尹安可以是张牙舞爪的，可以是放肆胡闹的，可以是无赖的，可以是如孩子般乖张的，可以是莫名其妙病态的。

想必这些他都是熟悉的，可是，她不能卑微到一再卑微。偶尔一次可以算做真情流露，次数太多，她都怕自己会看不起自己，最后，她无法放弃说服自己那脆弱且自欺欺人的骄傲。

他又回过头，走到她面前，装作淡漠地说：“你总认识回去学校的路吧。”

她点点头，又不怕死地反问：“林陌，我总是感觉你就是爱我的。”

“你趁早回到原来的地方吧。”他答非所问。

话音刚落，口袋里的电话响起来，盯着屏幕，她能看见他目光中的阴霾和瞬间变了的脸色。

拉开几步的距离，他才按下接听键。

她竖起耳朵，也没有听清他究竟说的是什么，却看见他突然摔了手机。

然后大步走回她的面前，说：“你打车回去。”

这前前后后情绪的变化这么明显，她看他在路边拦了车，她竟也鬼使神差地追上去拦下车子。

“跟上前面的车。”

看着司机疑惑探究的目光，她才恍然大悟自己做了什么。心里依旧不想停下。

84 她生在他心脏的经脉上

夜色，满街闪烁的霓虹，车水马龙，人群熙熙攘攘，大街璀璨如虹。这里的夜景很美，急速掠过，更是一番别样的风景。

她无心去看，眼睛不敢眨动一下，只紧紧盯着前面林陌坐的车子，手心是一片湿黏的汗液。曾经做过多少的坏事，也没有这一刻的不安和躁动。

城里的风景渐少，取而代之的是如墨染的天空，还有闪烁的繁星。

车子相继停下。

“小姑娘，这里可是有名的富人区啊。”司机的话里若有深意。

安无心细想，扔下几张红色大钞就随之下去。

这是一个小区，单从外面的建筑看来就已经十分讲究。通体的白墙红顶，颇有古欧洲风情，依稀可见两旁种植着价值不菲的绿色植物，饶是安再没有见过世面，也知道住在这里的人非富即贵。

她看着林陌从口袋拿出证件给门口的保安看后再进去，蓦然想起沈繁画给她的通行证。心狂跳不已，整个神经都绷紧。

学着林陌的样子，她亦拿出证件给保安看，然后进去。

果然如她所料。那么，林陌见的就是他的父亲。沈繁画会不会在？

心里的无数念头闪过，眼看林陌已经转了个弯，她慌忙跑着追了过去。

在一栋房子前他推开外面院子的小栅栏，然后进去按下白色大门的门铃，有人开门，看见林陌后，表情十分谦恭。

在他进去片刻后，她才猫着步子推开小栅栏，然后转了一圈，在后面的一棵树下看见正对着客厅的窗户，抬起头，竟一眼就看见了站在那里的林陌和坐在沙发上的半老之人。

心提到了嗓子眼，几乎不敢呼吸。目光转一圈，没有见到沈繁画。

里面的说话声并不大，她屏气凝神，仍是听得不太清楚。朦朦胧胧中似听见说自己，心又一阵乱跳，全身连肌肉都紧绷着。

心忽而一阵剧烈地起伏，手用力覆上，久久不能平息，死咬住嘴唇，就怕自己不小心出了声。

刚才，她看见从沙发上突甩出一个拐杖，直抽打林陌的腿。那力度怕是十足，她看见他的身体颤了颤，强撑着才没有倒下。以他的性子，怎么会情愿挨这一下？

有风从耳边刮过，佣人开了另一扇窗，她趁机听见他说："你每次动手，我便都记着，他日，我若知晓你对她有什么动作，必以千倍送还。”

每次。每次是多少次？她，她又是谁？她有直觉一定是自己。

半老的那人声音稳稳传来，隐了一丝的怒气，他说：“今日你肯为她受制于我；他日，你未尝不肯因她受制于他人。仅此一点，我断不可能让她入了我林家的门。沈繁画最好，才情自是不说，单凭你对她无情，这一点足够。”

“你若真这样想，更应该想到，她交由我保护，绝不会出任何的差错；而我也因为有所惧，更不会留有机会受制于人。”他说，不卑不亢。细听之下，她才明白，绕了一圈，他还是想尽办法想和她在一起。

眼泪滂沱。他真的是爱她的。

“我原不是没有想过，可谁能没有失手的时候呢？我不能下这个赌注，别的还好，为一个女人，那大可不必。”他语气坚决。

他变了脸色，冷冷说：“为保她周全，沈繁画我愿意娶，可林家的事业看你能否再生一个吧，我决意不接。不用你的庇佑，我自认为也照样可活。”

为保她周全，沈繁画我愿意娶。

到底还是为她，这个傻瓜。像有刀子在心口一下又一下地割着，疼痛不已。

拐杖又甩出来，打在他的腰间，这次力气定比上一下还要大，他踉跄了几下。

心里生起一股冲动，想要不顾一切冲进去，和他并肩。可又害怕反而会害了他。

门铃响，有人来开门，她直接冲了进去。没顾得想周全这样做会不会哪里不妥，会不会反而对他不利，可人已经到了他的面前。

85　为你，我什么都愿意

她，不能放任他一个人，面对两个人之间的问题。

看着她红红的眼睛，他惊讶地问："你怎么来了？"

她走到他的面前，挽起他的胳膊，看着沙发上的男人，理直气壮地说："我就是尹安，林陌喜欢的人，喜欢林陌的人。"

拐杖出手的速度快到她还没来得及看清。

他迅速揽着她跳开。看着她红起来的手臂，他厉了眼色看向他，一字一句说："刚刚我是怎么说的？"

她猝然推开他，径直走到男人的面前，一脸无惧地仰起头，说："如果林陌和我在一起，你就会对我怎么样，是不是？"

男人哼了哼。

她接着说："走出这个房子我就会去警察局，我会告诉他们。如果我出了任何的事情，都是你做的。"顿了顿，她又说，"不仅如此，我还会花钱去上电视，最好弄得人尽皆知。你应该算是名人，是吧？当然，如果你无所谓，我也没关系，不过是浪费几个钱的事情。总之，无论如何，我都不会放弃和林陌在一起。"

他的目光上下打量着她：平凡的脸，瘦弱的身体，直接且尖锐的目光，还有无所畏惧的勇气。说完，她又退回到林陌的身边。

她的出现太突然，就这样在他的面前亮了相。可刚才她的那一番话，不得不说是有几分道理。

她，还是知道了。

"那如果我说，你根本出不了这个房子呢？"男人问。

"我相信林陌。"她脱口而出。

他的胸口震住，半天无法平息。

她骄傲的神情。

她说，我相信林陌。

那么理所当然。

他都不信自己。

“林陌，我要你说。”男人出了声，有几分严厉。

男人笃定，林陌会放弃她。

当年的事情，他早给了林陌一个教训，那样的一个阴影在心头，林陌怎么能毫无畏惧?

她紧张地看着他。手，不自觉地收紧。

当年、如今，她的话、许多的场景交替着在眼前放映。

她说：我相信林陌。

她说：既然爱了，就不要对不起那份爱。

她这样勇敢出现在他的身边，她一次又一次毫不退缩的勇气，还有她说：“林陌，你又何必让我感觉其实你还是爱我的呢，我想我该死心了。”

目光不动声色地环视一圈，他说：“我想这个房间并没有其他人手，而这里又是这个城市最负盛名的富人区，任何的地方都有相应的监视器吧。其他的事情，自有天命。”

她傻傻地看着嘴角升起笑容的他。不是让他选择的么，怎说起这些来?

男人的身体蓦地坐直起来。而他已经拉着她走出了房间，步伐凌厉、快速。

这一辈子从没有过的酣畅，是自己面前这个瘦小的女孩所给予的。

“干吗要拉我出来，你还没有和那老头说清楚呢，是我对不对，对不对?”她仰起头焦急地问，一遍又一遍。

他刚才的话她并没有听得很明白。他并没有很明确地说。

“喂，林陌，我在和你说话，喂。”她蹙眉，语气里有了

几分不耐烦。

他突然俯下身含住她的唇，堵住了她的喋喋不休。看着她睁大了的眼睛，心情大好，辗转撕咬，直到她脸上的红晕铺天盖地袭来，他才满意地松开。然后，拉着她大步走起来。

她的口腔里尽是他宛若烟草的气息，恍然反应过来，她大叫："林陌，你占老娘便宜。"

出了小区，他朝着她小声说："快跑。"

夜凉如水，十指相扣。有风从耳旁呼啸而过，像是酣畅的笑声。杂乱的短发飞舞起来，在无人的街道尽情狂奔。

上了出租车，林陌回头看了眼跑过的路，仰靠在车座上，嘴角有弧线一圈圈地荡漾起来。她在他的怀里喘着粗气，手被他执起，放在他的唇边，灼热感直抵心脏。

"这，又是怎么回事？"他盯着她手背上一排排的牙印。

她抿了抿唇，小声地说："我跟踪你去的，然后一直在窗户外面，开始不敢发出声音。"

他的心脏抽紧。目光又落在她的脸上，瞳孔微缩，看不真切里面的情绪。只觉得他的身体有些僵硬。

轻轻拥她入怀，下巴温柔地放在她的头顶上，沉寂良久后说："你可知道，如果今晚屋子里事先埋伏了人，我也没有把握一定能好好送你出来。"

她的手紧紧抱住他的腰，一字一句说："我会和你在一起，绝不会出来。只有这样，我才觉得心里是安定、幸福的。"

他不说话，半晌后，她问："林陌，你要和我在一起，好么？"她的语气是担心的。

他恨不得把她揉碎在自己的身体里。她做了这么多，以至于把自己陷于险地也毫不在意，只为了要和他在一起。

她说的每一字都那么铿锵有力。

总之，无论如何，我都不会放弃和林陌在一起。

说眼泪矫情，那此时他怎么会红了眼眶?

“我还有选择么？”他说，带着不见天日的宠溺和温热。她就这样不顾一切地把自己交付出去了。他和她在老爷子面前就这样走了。她还大言不惭地说那些话。

若说，没有这样，他避着她，兴许还能护她周全。

可如今，她已经把自己陷入了这样的一个境地，他只好陪着她。

这么多天藏在心里的委屈，都由他这句话给牵了出来。在他的怀里，她不顾形象地号啕大哭起来。

林陌，尹安。

尹安，林陌。

86 我们私奔吧

她就知道他们之间最后的结局绝不会是分离。她就知道自己的坚持一定会有一个圆满。

他只是更紧地拥着她，心里百味交集。心，却在这一刻奇异地圆满。是她的勇敢，带走了他横在心口多年的阴影。

“林陌，我们私奔吧，谁也不说。”哭好了后，她仰起头认真地看着他。

她跳跃式的情绪和思维一时间没让他反应过来。

她接着又兴奋地说：“谁也不说，然后我们私奔，快乐得像两条鱼，让你家的老头找去吧，嘿嘿。”眼泪还在脸上挂着。

私奔，多么华丽又美好的词，像一场充满悬念令人兴致高昂的旅途。她十分向往，从小就开始向往。

他的嘴角抽搐，第一时间就想起来五月天的一首歌《私奔到月球》。

可看着她充满期待的目光心里也觉得欢喜起来。

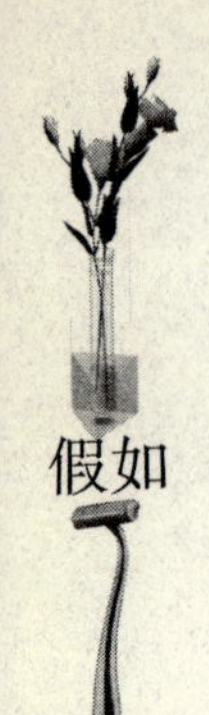

却故意沉下脸，盯着她裸露在外手臂上青紫的痕迹，说："我还没有去找程翼算账。"心里也的确是恼怒的。

她小心地看了看他的脸色，低下头把袖子放下来，轻声说："其实，是我利用他在先，他没有外面说的那么坏。如果想，我早就反抗了。"

她的意思那么明显，他怎么会听不出，问："你利用他什么？"没想到也会这么矫情，心里分明是明白的，却更想由她亲口说出来，看着她别别扭扭的样子，心里就大大愉快起来。

"利用他看你会不会吃醋。"她如实说，头埋在脖子下面，却又觉得自己的模样太小女人了点，又抬起头硬是迎上他的目光，装腔作势地哈哈大笑起来。

惹来司机频频回头，以为拉了一女疯子。

他眉梢眼角亦是藏不住的愉悦，心里满满的温暖。这点小心思他怎会不知，不过由她亲口说出来，这感觉分明是不一样的。

她自觉尴尬，别过头去自顾自欣赏窗外的风景。不多久，又转回头，满眼期待地看着他问："私奔，你考虑得怎么样？"

"好，我们来个华丽丽的私奔。"他说，怎么忍心让她一再失望，这未尝不是个好办法。至少在一时间是可以的。

"Yeah！"她跳起来大叫，双手搂住他的脖颈，在脸上落下一个响亮亮的吻。

渲染了夜的沉。

林陌说，最安全的地方是最危险的地方。

所以，在下了出租车后，他们就去宾馆找了许慕辰和唐蓝，一分钟也没敢耽搁，包了车最神速地离开了H市，返回之前的小城，没有任何人知道。

在经历了这么多的事情后，在这一切之后，唯一值得欣慰的就是：她依旧对茫茫前路充满勇气和力量，而她所相信的幸福也的确是真实存在的。

在人声鼎沸的大排档里，她点了满桌子的菜，还有整整两箱啤酒。面前坐的这几个人是她在一生之中最值得骄傲的财富。开了酒，她首先拿给的便是许慕辰。他对着她的笑依旧温和，所有的悲伤在瞳孔的最深处。举起酒瓶，许慕辰说："林陌，这一次你是自愿和安一起回来。若再只剩她一人，那么就永远不要和她在一起，即便最后安会恨我。"

说这话时，他的目光是沉静坚定，并没有看她一眼。

林陌突然间就释怀了许慕辰和安之间这种微妙的关系。有这样一个人在她的身边，其实是件太幸运的事情。这个少年所付出的心思，绝对一分也不少于他，是该好好感谢他的。

唐蓝激动地哭起来，边哭边笑地骂着："你俩就一对疯子，迟早会死在对方的手里。"

是一对疯子么？

大家开心地笑起来，啤酒的瓶子在空气中发出清脆的响声，连一向内敛的许慕辰都喝得烂醉。

不知道是太开心她终于幸福，还是在舔舐自己的伤。

可是，谁也不曾想到，唐蓝的话到最后竟是一语成谶。

Chapter 9 我是你的，你是我的

87 陪你看来年的春色

小城的郊区处，在公路的尽头，有一片郁郁葱葱的林子。林子下有一条蜿蜒的山路一直到山顶，在半山腰处却有一栋小房子，竹木搭制。房子前是一大片空地，虽然看上去有些荒芜，却仍是有着十分别致的风情。

据说，里面的主人已经过了花甲之龄，房子是她年轻时在战乱期间和自己的丈夫一起搭建的。后来，男子充了军，生死不明；而她坚信最后他会回到她的身边，所以在这里住了一辈子，只为了等一个爱的男人，只因为毫无保留的信任。

用了最好的年华等到垂暮之年，才寻到自己的爱人，中间却从未曾有过一丝一毫想要放弃的念头。

如今，房子出手。

安心里悲痛却羡慕不已，多难得的一段感情和一颗不曾退缩的心，一段并不浪漫却又强大到敌过时间的爱情。

她和林陌说，这一生最不悔的是用所有的时光去等一个爱的人，并坚信自己的坚持。

可是，并非每个人都那么幸运可以遇到让自己无悔等待的人，所以，一旦出现，势必不要放弃。

他听后宠溺地揉乱了她的头发，万分柔情地说："而我最幸运的事就是遇见一个像你这样的傻瓜。"

他无论如何都忘不了那一晚，她蹲在他的窗下，哭肿了双眼，咬破了自己的嘴唇，还有整个手背上密集的牙齿印，硬是不肯发出半分的声响。

花白了头发的奶奶眯起了眼睛，扬起满脸的褶皱对他们说祝福的话，然后脸上散发出幸福神圣的光芒和老爷爷一起搀扶着走下了山。

走前，奶奶说："孩子，一个人能获得多少的幸福是和她有多强的信念分不开的。"

她重重地点头。

拉起林陌非要和这一对世间最幸福的人留下合影，以此告诉自己，今后不管遇见了多大的困难，都要有坚定的信念和不离不弃的决心。

看着他们离开的背影，她想起三毛在一本书上曾经写过这样的一句话："最幸福的事，就是老了后还要一直吻着你的牙床。"

然后看着林陌说："你就是我最坚定的信念。"

她说："我是你的，你是我的。"

其实情到深处，这话脱口而出，没有丝毫的别扭，只觉得就应该是这样。

他满心柔软，看着她矮小瘦弱的身体，所有的柔情都在心底泛滥。突然觉得，她就像是自己的孩子，已融入骨血。

房间已经十分陈旧，断了腿的方桌和板凳，还有一些杂乱

的东西在地上散落着。整理房子时，林陌说要扔掉，安却不忍。她生来就喜欢那些旧了的东西，像是经过了时间的洗涤后被附上了主人的情意而有了生命力，何况这些破旧的东西还见证了两个人之间一场矢志不渝的恋情。

他听后，越发觉得她的孩子气，面对着她眼底的眷恋，不忍让她失望，便把那些东西整理好收放在了阁楼上。

她蹦蹦跳跳极其欢喜地说："以后若和你吵架了我就会上来看看这些东西，提醒自己一定要珍惜。"他心底一片柔软，该珍惜的其实是他。

她喜欢竹子，喜欢那种清淡不张扬的香气和它坚韧、充满希望的颜色。他便四处找来竹子，亲自动手把它打制成了家具。

她喜欢桃花，喜欢它盛开时的妖娆和灼烈，像是要把一生的美都在瞬间爆发出来，绚烂到了极致。他便找来桃树的幼苗和她一起把它们种在房子间的空地上，然后用竹子围成一个圈。

她能想象到来年那满院的景色。

桃之夭夭，灼灼其华。

这些就像他们两个人共同孕育的孩子，一点一滴照料着，等着慢慢长大和他们一起看年华渐逝。

88 在彼此的身体里，密不可分

满室的竹香，她坐在楼梯最上面的木台阶上，晃荡着细长而瘦弱的双腿，笑得清脆甘甜，手指间夹着长长的卡碧，眉眼上仰。

可能由于天生的关系，不管她笑得多么开心，其中都有些寂寞荒芜的味道，凉薄又妩媚。

这一切，与生俱来。

林陌做完竹凳子的最后一条腿，抬起头看见她的笑脸，内心是从未有过的轻盈，伸伸懒腰，走上去。她按灭烟，笑着看他，心跳却陡然漏跳了半拍。小窗口洒进的光线，打在他的侧脸，一片晶亮揉碎在眼底，美得惊心动魄。

在距离她三个台阶的位置上，他俯下身体吻落在她的眉心，轻轻转移，到脸颊、鼻子、耳垂、嘴唇。她清脆的笑声融在他的肚子里，渐渐变成急促的呼吸，辗转缠绵，每一动便更深一分，恨不得从此合二为一。

她的手软弱地攀上他的脖颈，身体躺在冰凉的地板上，却熄不灭心底渐渐升起的火。他的手从脖颈轻轻滑下，所到之处是一片燎原。她忽然执起他的手，细细抚摸，心疼地说："不过两天，便长了茧。"

他反握住她的手，埋在她的胸前："不过两天，落了心脏上厚厚的一层茧。"

她用力按下他的头，她的身体像渐渐升入空中，柔软如一片浮云，忽高忽低。

他的动作十分压抑和温柔，满心珍视和不忍。最后一刻，他抬起头喘着粗重的气说："过了这一刻后悔也是没有用的了。"

她咬着唇，没有片刻的犹豫，咬住他的耳垂，轻声说："我是你的，你是我的。"或许只有更亲密的结合，才能更完美地诠释这一句话。

她弓起身体，身体里有被强硬撕裂后的疼痛，然后被一个陌生的个体进入，和他融为一体。手指插入他厚重的发间，发出低低的叹息声，却始终不肯喊一声疼。

这是她自己的选择，哪怕是疼，也心甘情愿。

他心疼地看着她，吻细细密密地落下，压抑住身体的汹涌澎湃。直到她开始微微动着自己的身体，羞涩地点头，他才开始有进一步的动作。

落日西下，月升。

满室银碎的月华。

她在他的臂弯中，满意地酣睡过去。

89 弃了一世繁华，只为一人绽放

弃了一世繁华，只为一人绽放。

记得很小的时候，安从临的一个记事小本子上看见了这句话。当时并不知道是什么意思，只觉得满心的喜欢，就一直记得。现在想来，是不是就是如此。

白天他们一起学着做饭，一起比赛做彼此爱吃的食物，午后躺在阁楼冰冷的木地板上，不停地缠绵。晚饭后，一起携手到山顶看星赏月。偶有争执，想想如今得来不易的幸福，还有不知何时失去的惶恐，便又依偎在一起。

彼此的整个世界就只有对方。

这样的日子太过于美好，以至于连在梦里都心生不安，总觉得时间过得太快，总害怕还没有来得及爱够，就会变得老去，就会有一个人先离开。

一辈子原来是这么短的时光。

即使是在梦意蒙蒙中，偶尔醒来，也会无意识地寻找彼此的手，然后十指相扣紧紧握住，才会安静地再睡过去。

就是这样桀骜不驯的两个人也甘心待在彼此的身边，为彼此的一句喜好不辞劳累也要做到，不管如何，只要在一起。

如此这样，心甘情愿，叫做爱，深爱。

“就这样放弃学业，会不会太不甘心？”他看着靠在藤椅上看书的她问。

握着书的手僵了片刻，一起生活的这些日子，她才知道他的心思细腻，而平日心里又总觉得是自己亏欠了她。

“哪有什么放弃，我本来也就不是什么爱学习的好孩子嘛。”她一脸无所谓的样子。即便是不转头，也可以感受到他灼热的目光。

说一点也不在意那是骗人的。表面上她虽然一直都不是个好孩子，可许慕辰知道，背地里的她有多用功，有多在乎每一次考试的成绩，一直以来她都把学习当做自己的唯一出路。

只是没有想到的是后来会遇见他。

气氛变得有些微妙起来，她放下手里的书从藤椅上跳下来，蹦蹦跳跳地跑出房间到院子里。有些事放在心里就好，不能提，毕竟一切都是自己的选择。

世界上哪能有两全其美的事情？她安慰自己，好不容易能在一起，不能为旁的事情扰了彼此的心情。

院子里是他为她种的桃树和竹子，满院的生机勃勃，看着心情便也好了起来。

可没想到，晚上吃过晚饭后，这个问题又再次被提了出来。洗刷碗筷时，林陌站在一旁陪着，犹豫了一个下午，最后还是决定说出来："安，明天你去学校上课吧。"

正在刷盘子的手停了下来，水哗啦啦地漫了上来，湿了她的袖子。他慌忙关掉水龙头，把她冰冷的手握在自己的手掌里，又拿出干的毛巾给她擦拭，轻声责备道："天还凉，怎么也不注意些。"满眼的心疼。

她看着他小心翼翼的模样，一阵暖流涌上胸口。这样的亲密在两个人之间已经很是平常，而她每次依旧会有感动。

"安，我刚才说的话，你觉得怎样？"他再问。

她低着头，毫不犹豫地说："不要，我不去学校。"好不容易在一起，她才不要和他分开，时时刻刻腻在一起都嫌不够，怎还舍得分开？

"每天都在这里，不会觉得无聊么？"他把她的袖子卷起来，套上干的毛巾，却不去看她的眼睛。

"怎么会呢？不是有你么？"说着，她就踮起脚要去勾他

的脖子。

他抱着她坐到藤椅上，声音低低地说："我担心你以后会有遗憾。"声音里似乎有浅浅的叹息。

她不以为意地说："那你不是也没有去么？"

他不再往下说了。她把玩着自己手上的毛巾，无意间瞥了眼他的脸色，恍然明白，从他的身上跳下来，眯起眼睛问："林陌，你什么意思？"

敏感如她，终还是有所察觉的。

"林陌，说到底你就是不相信我以后不会后悔，是不是？"她心里的悲愤都毫不掩饰地透在了语气中。

脸色因为生气而涨红。他不肯说话，别过头去。

该怎么说他的担心。

片刻后他听见楼上传来的细碎声响，不多想就冲上去，却在楼梯口，停了下来，怔怔看着背对着他的她。

站在床边，收拾着散落在一旁的衣物，旁边放着的是一个陈旧的红色箱子。那个箱子就是她来时所带来的一切。

心里有说不清的恐慌，一缕一缕在心底漫长起来。是要离开么？

"林陌，说到底，你终究不肯信我。"她哽咽着说，忍住不让眼泪掉下来。既然这样，那她做的一切又算什么？

本就是一个心思极其细腻敏感的女子，需要的是他不断耐心地安抚，才能填满她心里与生俱来的不安全感。一个小小的不安，就可以颠覆她心里的一切。从他身旁擦身而过，她眉眼低垂，透着令人窒息的距离感。

90　残缺的两个人，能否拼出一个圆满

在楼下，她不肯回头，却停下了脚步，屏气凝神，久久不见上面有任何的声响。

眼泪落下，心里是十分悲恸。究竟是不信任，还是慢慢不够爱了。两者都有吧。

出了院子，想起那日他们一起种植桃花的情景，言犹在耳，历历在目。

心伤得更加厉害，不得不承认心里是那么的眷恋不舍。

“太晚了，这里打不到车。”他冲出来，硬生生地夺过她手里的箱子。

太晚了，这里打不到车。

她冷笑起来，原来他追出来是告诉她太晚了，这里打不到车。她竟还以为是来追她回去。多傻！

“曾经那么艰难，我都不曾想过离去，是因为心里笃定自己的坚持。而在我们经过了风雨之后，你竟说出那样的话。”她看着他，表情悲戚，目光明亮。

他该如何说是因为太爱，所以担心，所以怕她会后悔。如果这样，只是加速了她的离开，那么……

打横抱起她，转身上了阁楼，放她在床上，轻声说：“早点睡吧。“

她心里越发失望，从床上跳下来，夺过箱子又要离开。

“是不是越担心失去就会失去得越快？”他站在楼上，一字一句地问。

她手里的箱子从楼上滚下去，发出沉闷的响声。

骄傲如他，会说出这样的话？

在一起许久，他都是不肯说出半分的心里话，她也不相逼。他对她的好，她是看得见的。

心里生出许多过往的事情。他，是不是也如她一样，其实是不安的？

“难道我不是你的，你也不是我的？”她背对着他问。

他是久久沉默。她一直保持着背对着他的姿势，等他开口。

不能忍受这样一直相互猜测的煎熬。

“用最美好的年华去待在一个男人的身旁，或许会错过许多的风景。你若遗憾，我想，我会舍不得，会心疼。”他闷闷地说，十分别扭。

她嘴角划出浅浅的笑意，喜欢他说舍不得，说心疼，这些都是宠溺的字眼。

“终究，你还是不够信我。”她说。

半晌后，他缓缓说：“我想，是这样美好的日子让我忐忑。这些天，就像一直飘在云间。”怎么让她明白，他只是不能够相信自己，相信自己会过得这样美好安逸。

她笑起来，这些天，就像飘在云间。多好的形容。

想起他童年经历的阴影，还有这些天他对自己的格外珍视，气不觉消了下去。只觉得为他心疼。其实，不安全的不是她一个，而是他们俩，所以，他一样需要她的安抚。

“你若不离，我便死也不弃。”她走到距他三个台阶停下来，与他对视，目光真诚。

他微微眯了眼，闪过的诧异丝毫不差地落在她的眼底。他没有想到，她会这样突然说出这些话。前一秒，还恨不得早早离开不是么？

“你，不生气了？”他似乎不敢相信。

他傻傻呆呆的样子柔软了她所有的心思。眼前的他，像极了自己的孩子。为他，不惜一切，也甘愿。

她笑着，弧线在嘴角边一圈又一圈地荡漾开来。他俯身狠狠抱起她，像是经历了一场劫后余生，满心激动。事实上，真正的恋爱，他没有过一次。

两个人像野兽一样，拼命不停地想在对方的身体上多索取一分，抵死纠缠，不肯罢休。汗水落在白色的床单上，像开出了一朵朵迷离的花，散发出辛辣诱人的香气。

意乱情迷时，她不断喊着他的名字，十指相扣，都觉得还是不够。

如果可以，她多想把他装进自己的身体最温暖的一个角落。

从此，再不怕。

“两个残缺不全的人，可以拼凑出一个圆满，是么？”她靠在他的胸膛。

他的手臂收紧，两个人之间不留一丝的缝隙。明明是这样的相爱，怎么还会担心有分离呢？

良久的沉默，空气里是彼此均匀的呼吸声，困意渐生，迷迷糊糊地闭上眼睛。

末了，却听见他轻声说：“我想，这一辈子即使不圆满，也只能是你了。”

91　只要你要，只要我有

翌日，晨起时却不见他。

大惊，恐慌在心底无休止地泛滥，穿着睡衣，就跑了下去。

当时忐忑的心情，那么强烈。真的怕一觉醒来，幸福就没有了，他就不在了，这样的情绪以至于后来的安想起，都会不自觉地笑，然后有眼泪掉下来。

那么相爱的两个人啊，结局又怎样呢？厨房里，他高大的身体忙碌着。心里突然放松，走过去双手环住他后背，问：“我以为你不在了呢。”

他的心顿时一疼，大手覆上她的冰冷的手。转过身，低下头看见她的穿着，还有光着小脚的样子，严厉地喊：“尹安。”

声音很大，她莫名吓了一跳，抬起头，用比他更大的声音问：“干吗？吓我一跳。”

却在触及到严厉的眉眼时，没由来地心虚。

“谁准你就这样下来了？”他声音清冷。

她蹙眉，张着嘴巴话还没有说出口就被他打横抱了起来，她在他的怀里咯咯笑起来。

他放她在床上，半跪下替她穿上厚厚的拖鞋，又拿了件外套给她穿上。

岁月静好，大抵就是如此。

末了，他抬起头，恶狠狠地说：“晚上千字检讨。”

她突然跳下来，环住他的脖子，印上十分响亮的吻。

“以后晚上都由我做饭好不好？我们比赛看谁做的好吃。”她仰起头，眉梢眼底都是笑意。

他还没说话，她又皱起眉说：“这样你每天早起做早饭好像很不公平耶。”

他失笑，是自己心甘情愿，还分什么公不公平。

该怎么说，她每次胃疼起来的样子，其实，他比她更疼，更煎熬，宁愿那疼的是自己。所以，牺牲几个小时的睡眠，又算什么呢？

爱上一个人，总是想倾其所有，尽管如此，仍怕不够。

92 执子之手，与子偕老

程翼的到来是安没有想过的。

林陌和她心里都是忐忑的，这个地方只有许慕辰和唐蓝知道，如今连程翼都找来了，还安全么？

“你一声不吭地走掉，我还以为这一辈子都不会再见到你了呢。”程翼站在院子里，语气亦是诧异的。

安不知道该说些什么。身旁的林陌也是一脸严肃，生怕听到什么不好的消息。

程翼环视了圈院子里的竹子和不高的桃树，神色复杂。世外桃源么?

"程翼，你怎么找到这里的？"安问。

程翼从口袋拿出一张照片交给林陌。安疑惑地看过去，不是当初和那个幸福的老爷爷、老奶奶的合照么?

"怎么在你这里？"

"照片上的人是我的爷爷和奶奶。"他颇有感触。

抬起头，又看了眼安和站在她身旁的林陌，说："只是，我没有想到爷爷奶奶说的幸福的孩子就是你们。"

"他们好么？"进了屋，安问。

程翼笑得有些落寞，轻声说："他们走了。"

杯子猝然从手里掉了下来。心里毫无预警地发颤。走的时候他们还那么幸福，用了一辈子，才换来多少相守的岁月呢。

程翼接着说："奶奶走前，让我一定来看看你们。"

林陌把安揽在怀里，手掌安抚似的轻拍，他问："是得了什么病么？"

程翼摇摇头，神色有些恍惚，半晌后，才说："他们走得很安详。吃了晚饭，他们换了新的衣服，还去看了星星，然后回到房间，牵着手一起睡下去。"

那个样子，程翼想他是一辈子也忘不了。两个老人的表情不像是死亡，反像是赴一场期待已久的旅途，嘴角还挂着满足的笑意。后来下葬的时候，他们的手都一直紧握，不松开，像是有思想一样。

所谓执子之手，与子偕老，两个老人给了它最好的诠释。

多华美的誓言，多少海枯石烂能抵过那一刻的动人?

想起很久前看《胭脂扣》，十二少和如花要一起自杀的那一刻，她在电影院里放声大哭，执意认为那样的决绝才是深情，爱一个人就应该连死亡都陪着。

可最后，觉醒的十二少，突然就失去那份勇气，他发觉自己没有爱如花到放弃生命的地步。

当时很多人都觉得如花太贪心，爱得太神经质，只有她固执地认为如花是那样至情至性的一个女子，敢与心爱的男子一同赴死，是多大的勇气。

原来，事实上真的有如此相爱的两个人。

用一辈子去寻找对方，能相守的时间那么短。不，不短，他们一定相约在另一个世界相守。

安放声大哭，执意要在院子里给两个老人烧些纸钱。林陌不忍让她伤心，便连夜下山去买。

只不过一面之缘，他们就像是自己的亲人。在弥留在人世的最后时刻，他们还念着自己，不是亲人，又是什么？他们一定是放心不下。

“安，这些日子，我一直在想，如果当初我妈那样对你时，我能像林陌一样坚决带你走，今天会怎样？”院子里，她跟程翼坐着。

“程翼，你做不到。你根本不能笃定自己的想法，你认为自己不会再爱上任何一个人，你总是在逃避。”安说。程翼诧异。

安轻笑，看了他一眼，说：“你的未婚妻程程找过我，她真是很好的女孩。”

想起程程，他脸上的表情不自觉地柔和了下来，连自己也未曾察觉。

“程翼，何必羡慕别人的幸福，何必四处寻觅？最好的一直都在你身边。”她目光明亮直直地看着他。

一直在身边么？心狠狠地抖了抖。

她接着说：“明知道你心里爱的是别人，却还愿意牺牲自己，做你的未婚妻，或者说是做你逃避的挡箭牌，这份情意，你难道从没有想过么？”仰起头，看着星空，月朗星明，偶有风。

小时候就常听大人说，人死后会变成星星，照亮这个世界。那么，老奶奶，你可能看见这一幕，想必，你也是希望自己的孙子幸福的吧。

93 所受的那些伤害，只为了遇见你

晚上，安蜷缩在林陌的胸口，有一句没一句地聊着，他突然问："我去买东西时，你和他说什么了么？"

安半天才反应过来，趴在林陌的胸膛上，摇头晃脑得像个小狗，贼贼地问："你吃醋么？"

他冷哼了哼。

她放下脑袋，得瑟地说："你不说你吃醋，我就不告诉你。"

其实，从前的独立、坚强都是假象，若有人怜爱，她也是矫情的。又陷入自己的思想中，林陌看了她一眼，手指在她细嫩的皮肤上滑过，似不经意地问："身上的伤是怎么回事？"

若不提，她觉得自己都快忘了那几年。

找个舒服的姿势躺下，她问："我有没有和你说过我的身世？"

林陌不答话，专注地看着她，她接着说："从小我就恨一个人，就是我的……爸爸。他常常酗酒，然后打我和我妈，每次我妈都不反抗。后来，我长大了，他打我我就开始反抗了。我力气小，总之还是打不过他，那时候，每天醒来第一件事，就是希望听到他死掉的消息。后来他真的就死掉了，我没有想象中的那么开心，临也疯了。而我也直到临自杀才知道，他是我亲生父亲的哥哥，我的亲生父亲是个懦弱的男人。"

林陌双手收紧，她的声音开始有了些许的哽咽。

"那一刻，我不恨他了。虽然他把我打得满身是伤，虽然他让我童年阴暗、贫穷，被人耻笑。不，不是他，是那个懦弱的男人。"闭上眼睛，心里滑过长长的叹息。

才想起，自从他走后，她从来没有去看过他。以前是不想，后来是不知道以怎样的身份。

手指摸过她背上的每一处硌手的伤疤，细细密密，变成了红色。那是怎样的童年啊！

“都过去了，没有关系。”怕她想起往事难过，林陌安慰道。想来自己也是词穷，每次安慰的话都是这一句，大抵从小和自己说得多了吧。

她抬起头，笑得明亮，伸出手紧紧抱住他：“现在我都想通了。”

“想通什么？”他问。

“我想，之所以让我受到这么多伤害，是因为要在日后遇见你，上帝是公平的。”她说。

多好听的情话。

受到的伤害，心甘情愿，是因为后来遇见了她。

“有没有和你说过？其实，是你让我觉得温暖。”他说，有微微的别扭。

她惊讶地仰起头。在一起这么久，他甚少说出什么甜言蜜语来。好不容易说了一句，她还没有做好准备细细听。

他的耳垂红了，轻斥道：“快睡。”

她瘪瘪嘴又躺了回去，过了片刻，又突然说：“林陌，我想吃蛋糕。你知道么？我一直有个愿望，就是心爱的人给我做一个蛋糕，多幸福的事啊。林陌，你睡了吧，嗯，睡吧。”

她没有想到，他记下了她的话。

94 幸福得让人恐慌

他第二日早起做好早餐就下山去采购了做蛋糕的食材。她起来时，便看见厨房里一片凌乱，一旁零散地放着鸡蛋、面粉、白糖，还有一些器具。

她疑惑地问："你要做什么？"

他继续忙着手下的活，眉眼不抬，平静地说："做蛋糕。"

她站在原地挠了挠头发，反应过来时跳起来惊讶地大叫，然后蹦到林陌的身边，一遍又一遍地问："是做给我的吧，你昨晚听见我的话了是吧，你没有睡着，是不是？"她像个孩子一样，拽住他的衣袖摇晃着。

从来，没有人这么疼爱过她。

他的嘴角不自觉上扬，却故作严肃地说："再这么唠叨就不做了。"

转过头，看见她像个兔子一样，睁大了眼睛，嘴巴紧闭。

心里柔软得一塌糊涂。他没有告诉她，他要把她缺失的温暖，缺失的疼爱一一给她补回来。

"干吗一定要写'献老婆'这三个字啊，这不明摆着是废话么？"他恼怒地问。

这该死的奶油，怎么这么难摆弄成形呢?

"哈，多浪漫，多有心意。"她一边做着自制的咖啡，一边说。

从小就无数次地幻想过这样的场景，她和心爱的男人一起做让人觉得幸福的食物，然后放在院子里，两个人一起看着夕阳，一起聊天，一起吃。

抬起头，自顾自地笑起来，换作从前，她一定会觉得这是多矫情的行为，可如今，连自己也矫情起来，不过想知道他多爱自己，通过不同的方法以此验证，并乐此不疲。

或许，爱一个人，本身就是一件矫情的事吧。

"肤浅。"他嘀咕着。

她扔掉手里的汤匙，转过身，瞪着眼睛，怒问："林陌，你说哪里肤浅了？"

他亦放下奶油，转过头看她，说："就是肤浅，你本来就

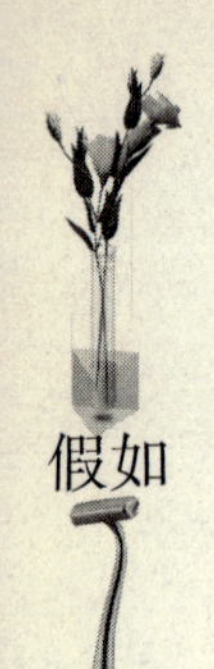

知道是做给你。”

他语气里狠狠的，这破奶油，耗去了他本没有多少的耐心。

她突然大笑，笑到不行就蹲下去捂住肚子。

他在一旁傻傻看着，刚才还明明一副想要吵架的样子呢。

笑够了后，她站起来，手指颤颤地指着他的脸说："亲爱的，你真他妈的可爱。”说完，就不可抑制地笑了起来。

那么酷的一个人，脸上零零星星地沾了许多的奶油。两个手指上更是一片雪白，胸口上也是。

这场面，多搞笑。

他微红了脸，恼怒地说："还不都是你。”

然后，突然站起来冲过去横抱起她，把自己的脸贴在她的脸上，手也不安分地凑上去。她笑着乱躲，反而把奶油弄得沾满了两个人的身上。满室的明媚和欢快。

闹够了后，她看着他的模样，心里忽而难过起来。曾经多么疏离冷漠的一个人，如今愿意放下原本所有的坚持，只为做自己喜欢的事。

转过身有眼泪掉下来。这些天来的幸福，像是曾经想也不敢想的梦幻，可太过幸福却让人心生不安。

若一朝，梦醒呢?

可事情总是不如人意，越害怕的最后往往都成了真。

95 只想和你在一起

那日，她和林陌在给院子里的桃花树浇水，唐蓝慌慌张张地跑了进来。

来不及做好准备，水壶掉在地上，溅了满身的水，都不曾发觉，只听见唐蓝慌张地说："许慕辰家来了一些人，砸了很多的东西，扬言一天后再看不见你，就带走许慕辰。”

那场面，连一向大胆的唐蓝都恐慌。两个都是自己最重要的人。她不能指责安，因为知道这幸福来得多么不易，可是，却心疼那个隐忍的傻小子。

心里的恐惧直抵心尖。还是来了。

来不及多想，拉起唐蓝的手就跑，冲出了院子，才恍然想起什么，看着一旁神色肃然的林陌说："你不要去，他们只是要看见我。"

多么怕再出去后就没有机会一起回到这里，怕都等不到来年的满院春色，怕再不能一起相拥而眠，怕这些天的一切都像泡沫，一旦出了这片天地，就统统碎了。

"安，在哪里，我都和你一起。"他似看穿了她的心思，执起她的手，坚定地说。

在哪里，我都和你一起。

如果可以想到后来那么多的事情，还会不会信誓旦旦说出这样的话呢？最动人的情话，在无法实现的时候，往往成了最伤人的匕首。

来不及感动，就被唐蓝拽着跑了很远。

胡同里，见她回来，很多人站在门口看着，不知道她究竟是惹了什么事，刚才那些人凶神恶煞的样子还在眼前。

院子里，她远远就看见许慕辰弯着腰在收拾房间，眼泪再也忍不住，这场面多像小时候无数次出现过的场景。她带给他的总是灾难，他却始终甘愿。

许妈妈从里面出来看见她，冷了脸色走到面前，厉声说："尹安，我们家自问待你不薄，许慕辰更是不用说。你能不能善良些，不要做了坏事后，承受的却是我们家许慕辰。还有不到两个月他就高考了，你能不能不再招惹他？"

安一言不发，她是他的妈妈，她说得起她，何况一切都是事实。

许慕辰冲过来，恼怒地喊了声："妈。"

许妈妈却不依不饶地质问道："怎么，我说错了么？"

没有想到有一日，许妈妈看她的目光是这样的不屑和厌恶。

可是，谁也没有想到一向温良的许慕辰会突然说："妈，你如果再这样，高考我看也不必了，我已经可以为自己的人生负责了。"

所有人都惊愕了，为许慕辰这份隐忍的决然。

响亮的巴掌朝他挥过去，安想也没想地就站了过去，不过一巴掌，她能做的也只有这些。许妈妈震惊地看着她，然后脸色发白，狠狠转身进了屋子。

林陌的手在身下握成拳。这人若不是许慕辰的妈妈，他必不放过她，而他和她都欠了这个少年。

许慕辰目光纠结地看着她，竟发现说不出一句话。良久后，林陌看着他，说："许慕辰，对不起。"

可一向内敛的许慕辰却发了火，他低沉地吼叫道："既然知道对不起，又为什么要回来？"

该怎么说出他的心疼？

没有人说话。为什么要回来？因为他们不能做到就在彼此的世界，真的不管不问。若用生命里那些重要的人为这份情作铺垫，以后又怎会有幸福快乐可言？

"快走吧，他们刚走不会想到你们会回来这么快，但再不走难保他们不会回来。"半晌后，他平息了情绪，冷静地对他们说。

林陌却笑起来，一拳砸在他的肩头，说："既来了，又怎会回去？"他从不与人多做亲密，许慕辰却是他真心钦佩的一个人。

这种感情其实是很矛盾的。

"林陌，如果就此离开，我可以当做这一切从未发生过。"所有人都转过头，看着一袭紫裙的沈繁画。

她从门口走进来，笑着说："我想明白了，感情是可以培养的，而我要用一生和你培养。"较输赢也好，真心爱也罢，她绝不让林陌和尹安在一起。

从十五岁那一年起，她就决定要一生与他一起，否则，怎么会在那个年纪就会有勇气做了那么大的赌注？

林陌冷笑起来，眸光阴冷，笑说："沈繁画，是你高估自己了。"

顿了顿，他接着说："比你有条件的女人不在少数，我若和老爷子说，我不愿和你订婚，让他再寻家世高过你的又如何？假使不再寻，若沈立行承认尹安也是沈家的女儿又如何？"沈繁画变了脸色，她倒真没有想过这一层。

所以，还是速战速决的好。

"那好，据说林老爷子会在这两天到，到时候你就去说吧。"沈繁画说。然后转身，优雅地离开。

要沈立行承认尹安是沈家的女儿，总需要些时间去走法定的程序，何况也未必他一个人同意就行。

"林陌，你说如果安成了沈家的女儿就可以了么？"唐蓝问。

安的目光也期冀地看着他。

林陌摇摇头，说："老爷子选中沈繁画，更多是因为她的性格；而安，不适合做林家的下一任女主人。"否则，他又何须如此揪心？

她的眸光暗了暗，是自己没有用么？

"而我林陌的女主人却只能由我自己选。"他的眸光掠过所有人，最后定格在安的身上。

打通丁叔的电话，一时间，心里却做了决定。

Chapter 10 逃亡后，彼岸是不是幸福

96 那是一场轰动小城的爱恋

逃亡。

和私奔一样，是华丽又充满忐忑的旅程。

她说，她愿意，他便不再犹豫。能够彼此在一起，又何必在意是以怎样的形式，是在哪里？对这一切，她早有认知，早就决定她要的只是他而已。

许慕辰担心的眸子在她充满幸福和向往的目光中停了下来。

只要她的选择能让她感到幸福，他依然愿意在她身后默默祝福。抱歉的是他没有能力护她一世的周全。

人声鼎沸的街道，十几辆机车酷酷地摆成一排，为首的车子上坐着一个男子。

俊如神祇。

耳垂上小巧的钻石闪耀着夸张的光芒。

她伸出手在自己的唇上响亮地吻上，然后递到他的唇边，问："这有毒，你敢不敢？"

然后，放肆地笑出声。

他伸出长长的手臂隔着机车大力揽过她，覆上她的唇。

"这毒，想必比你那厉害。"他说。他们是两个同样骄傲不可一世的人。

果然，这毒不浅，她深陷其中，无法自拔。

"亲爱的，带我走。"含住他耳垂上的钻石，跨上机车，抱住他的腰身，机车轰隆作响。身后是一群孩子张扬的恭贺声。

还有，人群中那些鄙夷不屑的目光与耻笑。

许久后，许慕辰都会想起那一幕，甚至在整个小城都引起了轰动。

十几辆机车上的男子穿着同样的衣服，戴着同样的头盔。一个女孩子，杂乱的头发在风中飞扬，眼角是灿烂的笑意，向为首的男子伸出自己的手。

十几辆机车后都坐着一个女生，一样的短发，一样的服饰。接着，一起启动，狂奔离去。

这便是林陌说的逃亡。丁叔是林陌母亲从小的管家，所以，他只忠于林陌。而距林老爷子到的时间还有一天，其他的人并不敢贸然对林陌行动。所以，他便在最后时刻，策划了这场华丽、迷离的逃亡。

十几辆机车在上了公路后会各自开往不同的方向，有着同样的头盔、服饰和发型。

林陌断定调来的人手不够，即便是追，也无法十几辆一起追。而他赌的便是一个契机。这契机，在人，也在天。

无疑他是个十分睿智且果断的人，对她亦是用了十足的心，这样想来，尽管心里还是难过的，可更多的却是欣慰了。

毕竟，他只是希望安幸福。

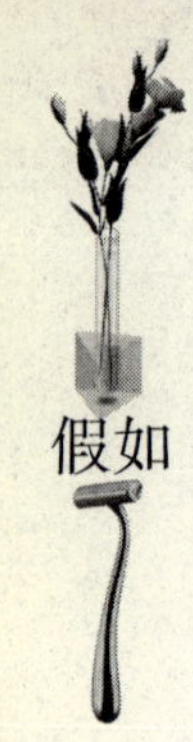

只是，为什么在她走后，他每晚都会在梦中看见她爬满泪的脸，心整日地惊悸，那么忐忑不安，仿佛她不是去赴一场幸福的约定，而是一场毫无预料的险境。

97 你曾是我的全部，再见

而唐蓝在安走后的第二天，便去办妥了飞往法国的班机。走前，她说："许慕辰，你不要送我，我怕我会不舍得。"

彼时，她的心思他已经懵懂。

"阿蓝，安离开了，你也要离开，从此，我们三个人就是各自一方了。"不是不难过的，曾经相依为命的岁月，突然那么美好。

她笑着流出了眼泪，问："你也舍不得我么？"

他点头，发现喉咙里亦是一片灼热。

想起初遇时，她还是一个富家千金，却非得打扮成小太妹的模样，整日和安厮混在一起。开始时，他并不喜欢她，直到后来，看见她对安掏心掏肺的模样，才觉得感动。

这些年，她亦是经历了许多的事情，再不是从前的富家女。

"许慕辰，再不走，我怕我会爱上你。"她上前用力抱住他。这个少年，温润，隐忍，却又尖锐，总能让她心疼。

可他心心念念的却是她最好的姐妹。她自问，她对他无能无力。

情窦初开，她爱上了程远，却是，君生我未生。而许慕辰，又多像是年少的程远，却又早已心有所属。

他的手轻轻环住她，温和地说："谁都会有独一无二的那个人，就像安和……林陌。"

"那么，除了安，你以后会有么？"她在他的怀里，舍不得离开。

他沉默良久，如实地说：“不知道。”毕竟，她已经根深蒂固，要拔出来，会疼，会流血。

三万英尺的高空，飞机带着她渐渐将那个小城抛在身后，越来越远。仰起头，关上头顶的小灯，眼前一片黑暗，她像是看见十三岁的安和她，横行霸道、张牙舞爪的模样。

忍不住笑起来，然后，就掉下了眼泪。

一切，都回不去了。

看见安，是在初中开学典礼上，全校的学生都穿着校服乖巧地坐在观众席上。只有安，染着红色头发，穿着破旧的白色衬衫，在人群中格外醒目。

不曾想，她竟和她分在了一班。

安依旧是红色的头发，白色的衬衫，上课睡觉，和老师顶嘴，特立独行。偏她羡慕，没事的时候就打量着安，买了东西贿赂了身边的同学。有人告诉她，安是出了名的坏孩子，打架、逃课、顶嘴，都不在话下。

可她有几次分明看见安靠着树，在操场上抽烟，表情落寞，十分沧桑。那烟也是独特的，长长的，夹在她的手指间，别提多么风情了。

一天上课，后面有字条传来，竟是安的，写着：小妞，你没事老看我做什么。

回过头，安目光凛冽，似笑非笑地看着她。

后来，她又听人说，安的家里很穷，妈妈还是个疯子。她对安越发好奇起来。体育课上，安像是凶猛的小兽，一个人跑完四千米，中间不停歇。到达终点后，安就地躺下，像是死了一般。很多人议论纷纷，却没有上前看看。大家都不喜欢她，却又没有人敢惹她。

直到有一天终于忍不住，在安跑完四千米后，她递了瓶水给安，小心翼翼地问：“我想和你做朋友，好么？”安睁开眼，静静看了她数秒，然后笑起来，接过她的水。

她从来没有见过那样的笑容，那么凉薄，似没有一丝温度。从此，她们就真的成了朋友。

她才发现安的孤单，虽然身后总是一大群狐朋狗友，可更多的时候，她是看见安独自一个人抽一根细长的烟，神情落寞；而烟蒂落地时，她脸上便又扬起看似明媚的笑。

记得有一天，她也学着安的样子买来烟抽。安只看了一眼，便给夺去，冷声问："你会么？"

她恼了，以为安是看不起她，安却又说："如果可以，永远都别抽烟，我不希望你抽烟。"她红了眼眶，只觉得心里很难过。

学校里很多人嘲笑安，每次老师说要买资料时，安总是埋在桌子上睡觉，而她却偷偷交了两份钱。安拿到资料，会疑惑地问："学校做了善事了啊。"

她看着安，满是心疼，才知道其实每次睡觉，她不过是装模作样，只是因为交不起学费。小小年纪，却也是有骄傲的。

从此，只要自己买东西便会自觉带了两份。

她心甘情愿跟在安的身边，被别人说成坏孩子。而事实上，那些坏孩子却都是很真诚的，大家会一起做坏事，会一起承担，谁受了委屈便一起出头帮忙，这些都让她感到温暖。大家知道她是富家千金女，却不知道她的爸爸并不怎么爱护她，而她的妈妈成了一个自怨自艾的女人，家庭的温暖她鲜有过。只是幸运的是她并不贫穷，她没有遭受过暴力，她不需要费心去想生计，她只是孤独。

而认识许慕辰，是在一个晚上安宣布要退学，大家都为她饯行，许慕辰来要带她回去。安一直是很桀骜不驯的一个人，可她看得出对许慕辰，安很乖巧，即便是安的小男友也没有这个少年漂亮。

第一次见到安打架是在一个晚自习上课前，她听同学说她在厕所和两个女生打起来。她慌乱冲过去看，安像一只兽，脸上被指甲划破了也毫不在意，把两个女生按在身下狂打。她在门前怔住了，没有见过这样的女孩。

“要是我以后再听见你们说唐蓝的坏话就灭了你。”安从两个女生身上起来，站在一旁，恶狠狠地说。

她完全没有想到安是为了她打架，心里是漫无边际的激动和温暖。

转身就走，眼泪掉了一路。那时，她就发誓，以后不管发生什么事，安就是她这辈子最亲最亲的姐妹。

初三快结束时，出了发廊事件，满城风雨，可她就是坚信安不是那样的人。在操场上，那么多人围攻她，肯出来站在安这边的只有她和那个漂亮的少年。她愿意把责任都替安担下，安却红了眼眶，仰起头，大义凛然地说要退学。那种决绝的模样，吓到了很多人。

就在她以为安不回来上学的时候。一个星期后，安来了，问她原因，安说一个叔叔来接走了她的妈妈，而她也觉得只有上学日后才可能有个好出路。

一路走来，她们始终都在一起。在她的家庭发生了重大变故时，安依然在她的左右不离不弃。那时，她便想如果没有安，后来她会怎样自己都不知道。是因为安，她渐渐变得坚强起来；而这么多年，许慕辰也一直在她的左右。想来，安是幸福的，毕竟她身边一直有许慕辰，那么温情的一个少年。

高一，遇见程远，是她的精心设计。他有着和许慕辰一样的温情，也是她父亲生意上的重要伙伴。她对自己父亲的恨在心底像火山一样，有了出口便汹涌而出。可谁曾知道，她害了的还有程远，也是那时，安遇见了林陌。此后，她一直在想，当时若不是为了帮她，那么，是不是安就不会遇见林陌，不会有了以后的那一切。

唐蓝重重地阖上眼睛，有些事情，不能再想，越想，越痛。

机身突然剧烈摇晃起来，睁开眼来，发现整个机舱都陷入一片黑暗。身边是此起彼伏的尖叫声，所有人的身体都左右摇晃，彼此碰撞，气氛变得紧张、焦虑，每个人都感到了一种逼近死亡的危机。

播音台里断断续续播发着什么，她没有听清楚，耳旁嗡嗡作响，心里并不是十分惊慌，最坏的结果也不过是死亡。

死亡，她在十六岁那年，就已经看过一次了，因此，并不十分惧怕。

耳旁想起安清脆、凉薄的笑声，还有程远最后失望的眸子，许慕辰隐忍的眉眼。那些岁月近在咫尺，却再也回不去了，脸上一片湿黏，发觉自己到了生命的最后，她舍不得的还是身边的这几个人。

安在哪里？现在过得还好么？会想到她么？还有程远，还有许慕辰，他们会不会偶尔想到自己？

头狠狠地撞在了某个坚硬的地方，短暂而尖锐的疼痛后，意识开始涣散，她才忽而觉得害怕，为什么最后身边空无一人？

弥留之际，她听见安的声音，她说："阿蓝，快来，我在这里等你。"

在一片混乱的尖叫声中，她的声音是无比清晰。她不再那么害怕了。她不知道自己和安之间最后的结局是分离，还是重聚。

命运那么强大，她不能做什么，唯有任其安排。

98　绝不弃她于不顾

许慕辰以为从此和安便是相见无期，却不料在大学开学后的一个月，一个穿着警服的男人找到他。而那时，他已经随着父母搬离了原来的城市，住在大学所在城市里的一个小区。

当警察拿着一张照片给他时，刹那间，他震惊在了原地，动弹不得。

手指冰冷，颤抖得厉害。他多怕，她会因为少不更事或者性格中的冲动而闯出任何的事情。

“她……怎么了？”他问，压抑不住自己变了调的声音。

警察看了他一眼，问：“你认识她？”许慕辰僵硬地点头，从没有这一刻这么害怕过，怕从这个陌生人嘴里听见任何会令他害怕的消息。

“两个半月前，在H市的一条高速公路转弯处，发生了一场车祸，重型机车和大货车相撞。在那场车祸中，我们发现了她和一个男生，然后一起送进了医院。直到一个星期前，这个女生才清醒过来，却丧失了记忆，不记得这场车祸，却记得一个叫许慕辰的人。所以，我们查到了你。”

车祸，失忆，苏醒。

她像经历了一场从死到生的过程。

却记得一个叫许慕辰的人。这一句话，让他的心狠狠地颤了颤。

“那一起送进医院的男生呢？”他知道那一定是林陌，难道也失忆了么？

“不知道，在进医院的一个星期后就不见了。至于其他，我们也不是很清楚。”

他必是被林家的人发现后带走了，许慕辰想。

警察走前给他留了医院的具体地址，再三告诫让他务必在最短的时间内过去。其实不用任何人多说，他早是迫不及待地想到她身边。

从小到大，她从没有离开他这么久。原以为有林陌在身边不用多担心，可如今，她只是一个人，并且是一个失忆的病人。

却不料，许妈妈激动并严厉地制止。

她说：“许慕辰，当时的事你也看见了，她注定就是一个不安分的人，她会毁了你，我绝不允她进许家的门。”不管他如何为她辩护，不管他如何为她解释，许妈妈却依旧始终坚持。

她说：“许慕辰，只要有我，就绝不会有她在。”

他厉了脸色，第一次觉得自己的母亲是个毫无爱心并且铁石心肠的女人，怎么忍心她独自一个人在冰冷的医院？难道，她受得还不够么？以为从此可以幸福，不惜花尽心思，最后却仍不如所愿。

“如果真的不准她回来，那么，我便和她离开。”他态度决然，没有丝毫商量的余地。

总之一句话，他绝不会弃她于不顾。

在他的决然下，许妈妈终究还是妥协了，她说：“让她回来已是我最大的极限，但必须是许家养女，你妹妹的身份。”

在所有的轰轰烈烈都消散之后，安最终安安静静地成了许慕辰的妹妹。

失了忆之后的安像是重生了一般，变了性格，不再是以往的嚣张乖戾，变得安静而美好。笑起来的时候弯下眼睛，明媚的模样。在家里休养了一年，她转到许慕辰所在大学里的高中部，并且变得爱学习，且十分乖巧。

就连许家的父母都觉得不可思议，曾经那么叛逆的一个人，怎么会在突然间脱胎换骨？可每日见到的却又是不争的事实。

他知道她并不喜欢和他的父母一起住在家里，所以每日拼了命地学习，连跳三级，只为早日毕业，争取可以尽早尽快地照顾好她。

99 绕了一圈，只有他还在她身边

如今，她不叫安，叫迟小米，是许慕辰给重新取的名字。

她的身边只有许慕辰一个人。

他们一起上学，一起放学，偶尔她会恶作剧地整他，他亦是惯性的宠溺和温柔，从不舍得大声骂上一句。唯一让他觉得担忧的便是她乖巧的表象下，又是自闭的，封锁在自己的内心世界，脸上也时常会出现忧伤而落寞的神情。对此，他无能无力。

尽管这样，可却并不妨碍他们美好又单纯的生活。

直到林陌的出现。

他像个幽魅，在消失了一段时间之后又突然出现。他们毫无准备，猝不及防，只能任由他生生打乱了他们原本的生活。

许慕辰从没有像这样恨过他：曾经他以为林陌是可以带给安幸福的人，可后来的一幕幕，他给的伤害终是比幸福要多。在她重新生活后，他又这样突兀地出现。

雨停了。

抬起头看向外面的世界，雨后的天空碧蓝如洗，空气里有一股湿润的气息。

低下头去看她的脸，如今的她已渐散去了曾经的尖锐，睡着的时候很安静，长长的睫毛垂下来，嘴角圈上还有细细的绒毛，像一个惹人怜爱的婴儿。一直保持着同一个姿势，手臂早已麻木到没有知觉。他稍微一动，怕不小心会惊醒怀里的她。

究竟是尹安还是迟小米？不想去想，以后也不敢再想，索性闭上眼睛。

“许慕辰。”她动了动身体，坐起来，语气是刚睡醒的模糊，脸上却有倦色。他睁开眼睛，身体和手臂却动弹不得一分。

“他走了么？”她问，目光复杂。许慕辰的心沉了沉，点点头算作回答。

“许慕辰，我做了一个很长的梦，很长。”她坐到一边，手指绞在一起，语气很是深沉。

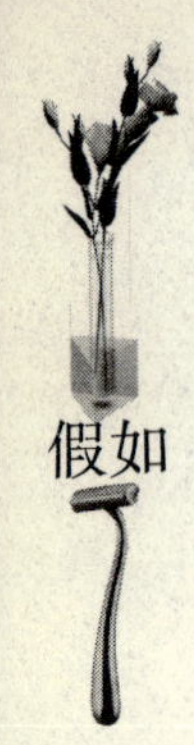

他的心像是被提了上来，不得安生，在最深处的恐惧一点一点聚集起来。都记起来了么？

他曾经问过医生她是否会有再恢复记忆的时候，当时医生说：如果遇见很强烈的刺激，或许能记起也不一定。那么，现在都记起来了么？

“梦里有什么？”他紧张地咽着口水。

不管多久，只要遇见和她有关的事，他总是会回到最初忐忑的状态，像不谙世事的青葱少年一般。

“梦里有你，有唐蓝，有林陌，有尹安，有许多的人和事。”她轻轻地说。

仿佛还在想着梦里发生的一切过往。原来，真的有尹安。

可是，很难想象，乖乖女迟小米竟是曾经飞扬跋扈的尹安，还有那段太过嚣张的岁月。可尽管那样的岁月是生动的，却在经历过这两年后，如今回过头，居然觉得当初的生活是千疮百孔的，每一步都走得那么费力。

胸口一窒，闷闷有些疼。

那些，毕竟曾都那么深刻。

“许慕辰，最懦弱的一直都是你，何必非要站在身后？”她说，目光深沉，有些哀痛。

他仰头愣愣地看着她的背影，她的话似若有深意。何必非要站在身后？他苦笑不已。该怎么说，站在身后只为让她需要回头时就可以看见他。以为梦醒后的迟小米又会成为尹安，可真的是这样么？她刚才的样子又不似当初的尹安。

100　想朝着有阳光的地方生长

翌日早起许慕辰就看见已经起床做好早饭的她，就连许家父母都吃了一惊。

在饭桌上，她忽然就站起来，大家仰起头愣愣地看着行为奇怪的她："许爸爸，许妈妈，谢谢你们，谢谢你们这么多年的照顾，谢谢你们包容我的不懂事，谢谢你们一家一直为我做的一切。"她退后一步，深深弯下腰。

许慕辰握着杯子的手不断收紧。是在告别么？

许爸爸反应过来后，起身拉着她，缓缓地说："其实，我们也把你当成了自己的孩子。"他说的话并不假，这么多年，若说没有一丝情分是骗人的。

而人多少是有私心的。当成自己的孩子，事实却并非真是自己的孩子。

她轻轻笑了，转过头看着许妈妈，真诚地说："许妈妈，如果以前你对我有什么不满意的地方，请你多多包容，更谢谢你的包容。今后，我尽力做到让你喜欢。"

许妈妈说不出话，一股热气一直冲到了胸口，险些掉泪。当初是真的想过要好好对这个孩子，动机不对么？还是当时的她太极端？然而，这两年她的变化，她是看在了心里。

其实，有心结的或许是她，怪她把自己儿子的心都抢了去，甚至不惜要离开她这个母亲。

"一家人何必说两家话？"许妈妈装作生气地说。

是不是所有的事情，都需要有一个人去迈出一步呢？许慕辰想。可若是当初的尹安，绝对不会是这迈出第一步的人。

"小米。"他迟疑地喊。

两年来的第一刻不知道自己究竟该叫她什么。

转过头，迎着光线，她的目光明亮，轻笑着问："很奇怪，是不是？"她的敏感一如既往。

许慕辰点头。

"其实，这个世界上，真正有关系的人都未必肯对你好，何况没有关系的人呢？所以，不该感谢么，不管什么关系，至少对我好，这是事实。"她说。

这些现实透彻的逻辑的确是尹安的，可这明媚的态度，却

是尹安不曾有的。难道一个人失了忆后也会失掉曾经的某些性格么？

不知是看穿了他的心思，还是她毫无意识地自言自语，她接着说："何必非要追究那些细枝末节呢？没有非要对自己好的人，没有非要让自己满意的事情，很多的事情都不是个人所能决定，何必搞得愤世嫉俗，累了自己还扰了他人。"

许慕辰还来不及惊讶，顿了顿，她接着说："过去的尹安，就是太把自己困在了黑暗的地方，其实朝着有阳光的地方，自然会看见明媚的事情；然而，她不肯，固执地觉得只有在自认为的黑暗地方才安全。

"其实，有许慕辰在的地方，才最安全。"曾经困扰了尹安十七年的事情，就在一个晚上，迟小米就想得透彻了。

其实，让她想透彻的是许慕辰。是许慕辰这些年倾尽所有，一无所获却仍然美好的样子。

"许慕辰，我去和路幽说昨天的话不算数，可好？"临到分别的路口，她回过头看着他。

一时间没有反应过来。

可她已经狡黠地笑着跑开了。

下一秒，用惊喜若狂来形容想来也不算过分。

或许他会误会吧，安想，可是路幽却并非许慕辰想喜欢的人。既然这样，她又何必非要路幽和他一起呢？事情由自己而起，自当由自己去结束。

若以后他遇见了自己想喜欢的人，她会怎样呢？想来，也是会舍不得的吧，谁知道呢，那还有些遥远，不是么？

101　适时收手，不失优雅

在操场上，路幽看着她，神色淡然，开门见山地问："迟小米，许慕辰要你和我说什么？"

她伸手拢了拢耳边的短发，有些歉意地说：“是我要和你说，让你做我嫂子的事情，不算数。”

路幽变了脸色，问：“迟小米，说出去的话岂有收回来的道理，何况是许慕辰自己点了头的。”

“许慕辰本不是我哥哥，你怎么会是我嫂子呢？”她说。

路幽眯起眼睛，她话中若有深意：“迟小米，你到底要说什么？”

“你不是我嫂子，至于还是不是许慕辰的女朋友，是你和他的问题。”迟小米说。

“许慕辰不是你哥哥，那是你什么？”路幽讥讽地问。

“许慕辰从来就不是她的哥哥，许慕辰是喜欢了她十余年的男子。”路幽和迟小米一起回过头，是沈繁画，一如既往的优雅从容。

“我劝你还是算了，世上的男子并不止一个许慕辰，何必心心念念不会属于自己的人呢？”她说，含着笑意。

迟小米怔怔地看着她，仿佛这些话不该由她说出。

“路幽，他永远不会喜欢你，不管你用哪一种方法，所以，别把自己弄得太狼狈，适时收手，还不失优雅。”沈繁画看着眼前貌美的女生，多像是曾经的自己。

最美的八个字：适时收手，不失优雅。她是到最后输得一点不剩的时候才明白，有些遗憾。

但总归还年华正美。

小岛上，她们并肩而坐，气氛是从未有过的和谐。

沉默良久，她看着她喊：“安。”

“我想，你叫我迟小米更好。在那场车祸中，其实我想，安就已经死了一半。”

沈繁画怔怔地看了她片刻，随着她的目光看向了盛开正好的荷花池，对她，忽然间，看不懂了。

半晌后，她问：“这两年，你和他过得还好么？”

沈繁画轻笑两声，反问："你呢？过得好么？"

她点点头，沈繁画接着说："这两年你不在他身边，却一直在他心里；我一直在他的身边，却不在他的心里。"这样，算是好还是不好呢？

可时过境迁，如今的迟小米不恨她了，感情的事，从不由人。她却突然看着沈繁画，十分认真地问："那你还会不会继续在他的身边？"

沈繁画笑起来，嘲讽地问："你担心什么？你一直在他的心里，从来都是。"

以为已经想得透彻，以为心已经足够坚定，可这样的话即使由一个毫不相干的人说出来，心也会有短促的疼，手指弯起，抵住手掌，她说："沈繁画，我希望你一直待在他的身边。"

说得十分认真，说得十分艰难。

沈繁画诧异地看着她，随即笑起来，讥讽地问："两年，你变心了么？"

她亦不解释，挑起嘴角，笑容有些苦涩，做了个深呼吸，她说："沈繁画，我想，你爱他定不比我少。至今，我才明白，其实老爷子是对的，你是最适合他的。"

沈繁画并不明白。

"那早在两年前，你为什么不放弃？"她问。

问完了后，又觉得自己的愚蠢，摇摇头，语气淡然地说："安，我自问爱得绝对不比你少，无奈的却是他只爱你。十五岁那年，是我和他第一次相见，在一场酒会上，人群中，我第一眼就看见了他，说出来你可能不相信，十五岁的孩子，能懂什么，可当时我就确定自己要他。酒会中间他离场，我跟着他离开。

"林家的后花园，有一个巨大的游泳池，当时他就坐在游泳池边上的方桌旁。我隐在小花园里看着，找不到过去的理由，又不想失了女孩子的矜持。就在我很苦恼的时候，从后门闯进来几个人，操起棍子就打在林陌的头上，然后把他推进了池子里。当我反应过来跑过去时，池子里的水已经快被染红了。我大声喊救命，心里慌得不得了，想回去找人，却又怕等不到那个时候。那个时候，心里的念头很坚决，就是他一定要活着。于是我就跳进了池子，十五岁的我即使懂水性又能怎样呢，只能拼命拖着他，怕他沉下去。醒来的时候，我已经躺在了医院，第一句问的就是他怎么样了。后来，林家老爷子就找到了我爸爸，要我们订婚，说很欣赏我的聪明和魄力。”

一口气说完这些，心里还是十分苦涩，那么小的年纪，就认定了他。这么多年，他却始终没有放她在心上。恨，怎能不恨？两年的时间，不长，也绝不短，尤其是用两年的时间花尽心思在一个人身上。人生有多少个两年可以这样不顾一切地勇敢呢？

安也没有想到沈繁画怎么会和自己说这些，想起当初敌对的情景还历历在目，那时一定想不到，两个情敌会坐在一起心平气和地谈话。

“可是，再聪明又怎样，再有魄力又怎样，最后他还不是爱上了你，不漂亮，不聪明，甚至很像一棵野草，却是这样的野草在他心底种植得这么深。”语气里有淡淡的讥讽。

突然看向她的目光越发灼热，问：“你可知道，这两年，他几乎拼尽全力要掌控林家，其中原因，想必不用我说。但你不知道的是，他为你曾差一点废掉一条腿。”

也正是这样的决绝和坚定，让她看清楚了自己的位置。他的心里，只有安。心脏抽紧，几乎不能呼吸，一口气硬生生地憋在心底，闷得生疼。

看吧。他们总是受伤，是为彼此。

“他的成长很是迅速，即便连老爷子也没有料到。五百多天的时间，他几乎可以掌握林家一半的生意，想日后好以此和

老爷子谈条件。一切还是因为你。”沈繁画苦笑。

明明已经放手了，明明已经看透一切，可此时，心怎么还是会疼，像是被无数的针碾过，是细碎却密集的疼。

102　你是我的劫难，我却不是你的救赎

那日，宾客喧哗，天甚好。

她盛装出席。

早在此前，老爷子已经背地里告知她，借那日的酒会，让林陌和她把婚礼暂且办了。

十九岁的年龄，是有些早，而较之她这些年的心，绝不早。

酒会上，他亦是一身正装出席，眉梢眼角，莫不是绝代风华。她看得清楚，厅里的女生都偷偷打量着他，心里越发开心，这样一个男子，是她的，是她的。

一番客套后，老爷子走上台，目光掠过她，在台下，她手掌里是一片冰冷的汗液。

老爷子说：“趁今天的酒会，林某就再次宣布一件事情。众所周知，林家的独子林陌，如今正慢慢接手了林家的生意，今天呢，也算是他的婚礼庆典，一时兴起，会场并没有多做布置，大家就权当先见见我的媳妇。”

她看见他眼眸半眯，嘴角微扬。然后，朝台上慢慢走去，经过她身边时，无意一瞥，却寒意逼人。

台下是疯了般的议论。

他从容不迫地看了眼退让至一旁的老爷子，说：“事先不知道父亲的意思，所以没有带女朋友过来。不过他既然说先认识，那再次告诉大家也无妨，我林陌的未婚妻，是沈家的二小姐，尹安。”

她怔住，甚至不敢呼吸，怕错听了他最后的话。就连一向

沉稳的老爷子都变了脸色，没有想到，他竟然敢公然抵触他。

台下议论开来。

沈家只有一女，叫沈繁画，在十五岁时便和林家的独子订了婚约，如今，怎么变了？

宾客提早散尽。

老爷子沉声问："谁许那私生女进我林家的门，又是谁许你自作主张？"

他脸色不变，眉眼轻促，不紧不慢地说："她是我林陌的妻子，我认便可。再者，自作主张的是你。"如今的他，褪了两年前的青涩，变得越发沉稳内敛。

老爷子迅速出手，他却更快一步退了回去，厉声道："如今不比当日。"

继而轻笑着说："你是生意人，自是最会算账，不妨和你说，在林家对外的贸易生意有百分之八十在我手里，你若不要，也无妨；你若要，就以此换一个尹安。"

风云几十年，最后落得和自己的儿子谈条件。老爷子气极，一挥手，便有数十人从后台出来。

林陌冷笑，目光环视一圈，眼底是坚决的，坚决到决绝。

他问："要我的命么？"

老爷子冷哼两声，缓缓地说："要你的命作甚，敢和我谈条件，那就先让我看看你的实力吧，单是会做生意有什么用？"这个儿子，的确优秀，却有软肋。他必先看过他的能力，才能有所抉择。

她在一旁，心惊肉跳。平日里虽知道他身手不差，可面前是数十人，且都正值壮年，手里都握有一根细长的铁棍。

来不及多想，他已经开始了。

她只觉得眼花缭乱，看不清楚他是怎么打斗的，只看见他白色衬衫上的血迹越来越多，胳膊上、后背上都有了伤痕，触目惊心的红。

而地上躺倒的人也逐渐增多，他的目光自始至终地坚决，波澜不惊。

再看时，他手里多了根棍子，身后只有两人，可她看得出，他就快要体力不支了，脸色苍白，整个身上，无一不是伤痕，每下手却都是用上十分的力。

听见他发出沉闷的声音，她捂住心脏，看他单腿半跪在地上，目光血红。还有一人在他身后，情况也不比他好多少。看见棍子从眼前掠过，她不多想就冲了上去，拦下那棍子。

“从此，我不再是你的未婚妻，我是沈繁画，和你无关，和你林陌毫无关系。”她忍住喉咙的疼痛，大声喊叫。整个心脏被碾碎成一片，疼得无以复加。

她以为她只是要他，最终的目的只是要和他在一起。可是，当他满身伤痕，半跪在地上，目光依旧坚决时，她就知道自己投降了。她输给了自己的心，她没有办法看他就这样倒下去。

为另一个女生。

她不要他了，只要他好好的。原来，她爱得比想象的要多。

“你的人只剩下一个，如果加上你是一对，即使我废了一条腿，也绝不退让。”他的目光掠过她，阴狠地落在老爷子身上。他坚韧的意志力，是让老爷子诧异的。

不说一句话，老爷子若有所思地看他一眼，然后走出去。

他笑了。

她走过去，艰难地扶起他坐在沙发上，哭着问：“为了她废掉一条腿，值得么？”

他目光平静，柔声反问：“为了并不爱你的人耗了所有的心思，值么？”可能在那一刻，他对她有了丝怜悯，连语气都变得温柔了。

她哭得不能自制。值么？她从来没有想过这个问题，仿佛已经习惯去爱他。从十五岁那年就这样，可如今她放弃了，她做不到无动于衷地看他这样伤痕累累。

最后，还是为他。她从来不觉自己是个心软且善良的人，可爱上了一个人，再多的高人指点，仍是走投无路。

"我们都太有心思，所以在一起会累，处处算计，何必呢？你会更需要个全心全意只想对你好的人。"他仰靠在沙发上，眉眼转柔。

103 时间帮助我们，懂了爱

是因为想到了那人。深深做了几遍深呼吸，才走出那天的故事。她看着安，说："他这样爱你，不是么？"

是的，他这样爱她。她理所应当感到开心，并给与同等的感情，可是，心里却极其沉重，没呼吸都会感到剧烈的疼痛。

"你瞧，在他受到伤害，在他最需要我的时候，我并不在，且毫不知情。"安仰起头，怕一不小心，眼泪就会掉下来。

一个人独自撑过最难熬的时刻，那感觉，她懂得的。

"就像我在最需要他的时候，他并不在我的身边。"她说，那些深刻的疼烙在心底，日益渐深，不见伤口。疼，却是清楚而尖锐的。

她语气里的嘲讽和痛楚，沈繁画不懂。

"没有人知道，我一个躺在医院里流产时的孤独，血从身体里大量流出来。那种恐惧，让我连做了一个星期的噩梦，夜不能眠，只有我一个人，疼着、哭着，然后睡着，每天就这样重复。"安的声音突然变得很空旷悠远，双臂环抱住自己，整个人看起来显得十分瘦弱。

沈繁华诧异地看了她一眼。流产，一个人？

那样的事情，发生在了一个十七岁少女的身上，的确是一

件不小的事情。

“我没有告诉任何人，连许慕辰也没有。事情过去了，再说也没有什么意义了。”安说，声音渐渐模糊起来。

事情发生了两年了，可每一次想起来，战栗感仍旧直抵心尖，久久无法平复。

车祸后的第二个星期，她就醒了。其实，那时她并没有失忆。

后来医生告诉她，肚子里有了一个小孩，准备怎么做。能怎么做呢？林陌已经走了，悄无声息，若不是医生交给她一个存有大笔钱的存折，她几乎都要觉得那场逃亡是梦幻一场。

孩子自然是要做掉的。整个过程，医生和护士对她都是很冷漠、不屑的。想来也是，小小年纪就怀了孕，除了一张存折外，身边没有一人，大家都自然认为她是做了小三。可她宁愿自己是做了小三，至少心里会好受点。

可她怀的是自己心爱的男人的孩子，那个男人不在，她只有杀掉孩子，那时，她是恨林陌的。他怎么就能这么放心地走掉呢？

血断断续续地流了近一个星期，她的病床前始终是空的。身体很痛，心里也很痛，起初，连上厕所都是十分艰难，那是这一辈子都没有经历过的绝望。枕头哭湿了一片，累了后就睡过去，醒了再接着哭。

同病房的一个女人看不过去，骂着："舒服的时候见人，怎么出了事情就你一个人？"

“小小年纪怎么就这么不自爱呢，现在受罪了吧。”她是不自爱么？

不，她只是太爱那个男人，以至于那样的绝望。那样灰暗的日子里，她都不曾后悔把自己交付与他。在医院的每天晚上，睡着前，她都会想，第二天醒来，也许林陌就在自己身边了。

可面对的是无休止的失望。

后来，她就昏迷了。再次醒来她的记忆里就没有了林陌，关于他，是一片空白。所有的记忆都是美好的，还有那个美好的少年。

他叫做许慕辰。

她的语气空旷，表情隐忍，乍看之下像是说别人的事情一般，可沈繁画看见她眼底的沉重和痛楚。

她的确不像是两年前的尹安。

是不是每一个经历过伤痛长大了的人都会变得更加沉默、内敛。

良久的沉默后，安耸耸肩似无所谓地笑起来，她问："这样算起来，你说是谁爱谁比较多？"

沈繁画愣住了。她从来没有想过安会这样问，她看见的是林陌那样深沉的爱。似乎并不等她回答，安接着说："在这一段感情和岁月中，我们都受了很重很重的伤害。如果继续相爱，那么以后呢？"

她像是反问，又像是自言自语。如果继续相爱呢，那么以后呢？

他们都愿意拼死维护对方，宁把所有的伤害都揽到自己的身上，结果呢？都受了伤害。

沈繁画以为，少了她的介入，少了老爷子的干涉，从此，他们就会岁月静好，可事实呢，似乎并不是她以为的这样。

"我一直固执地以为，我和他之间的结局绝不会是分离，可凭什么呢？我凭什么这样认为呢？"她笑起来，明亮的脸像破碎的阳光。

模糊了所有的情绪，看不清表情。

"好了，上课了，我们回去吧。"沈繁画说。

这样的气氛太压抑，让人喘不过气来。

安略有惊讶地看她，目光直接，却少了几分尖锐。我

们……

她们竟然可以用到“我们”两个字。时间真是奇妙，改变的事情太多。

相视一笑。

104　何事秋风悲画扇

从操场后绕回去，在教学楼下，又遇见了和那天早上同样的情景。

穿着黑色西服的男人站了两排，见到她，便弯下腰，恭恭敬敬地喊：“少奶奶好。”

同校的学生看见她也都躲了起来，迟小米是伪乖乖女，并且和黑道有联系，谁还敢和她扯上什么关系？

林陌还真是和从前一样。

想起那时，他固执地让她说：“你是我的。”

心里有几分黯然，到最后，谁会是谁的呢？年少轻狂罢了。

发觉，竟是自己老了许多似的。

然，这一次她没有再躲避，走过去，随便问一个人：“林陌呢？”

那人恭敬地看了她一眼，答：“少爷下午会过来。”

下午就要见面么？

不过两年的时间，她就变得胆小了起来。

不想自欺，心里是想见的，迫切想要见到他，却又怕。怕一见面，就粉碎了好不容易做下的决定。

可感情的事终归是要有一个结果。分离也好，重聚也罢，都是可以接受的，而真正让人煎熬的是等待并不确定的过程，是心里的煎熬。

想到这儿，心里又坚定了些，看着最前面的人问：“你一定知道你们少爷的联系方式吧？”

那人点头，她接着说：“那么，你问他可还记得我们第一次见面穿的衣服吗？如果记得，就穿着它来吧。”

说完，她转身就走。

告别也需要一个好的告别，彼此都在心里记得最美好的样子，不好么？眼泪掉了一路，模糊的眼前都是他和她曾经发生过的事情。

我们一起过吧。

没有为什么，就是想对你好。

从今天起，再也没有人可以欺负你。

都会过去的，没有关系。

我想，这辈子即使不圆满，也只能是你。

有没有和你说过，其实，让我感到温暖的是你。

安，在哪里，我都和你一起。

这些话，还言犹在耳，说忘了一切，其实，不过是怯懦。

记得太清楚，最后，究竟是忘了还是记着，自己也分不清楚了。

他为她差点废掉一条腿，她为他流掉一个孩子。算起来，谁也不欠谁。

就这样吧。也只能这样。

105 不敢贪心，怕失去你

等在路上的许慕辰，看见她时，笑得明朗，迎上来。已经两年的习惯了，他总是等她然后一起回家。

“许慕辰，你喜欢路幽么？”她问。

果然，他又蹙起了眉，轻斥道：“小米。”

她仰起头，笑得无辜，耸耸肩说："那就好，要不然就成了我拆散一对鸳鸯了。"

他看了她几眼，想问的话却又问不出口。最后还是她说："许慕辰，你想说什么就说。"

"小米，你既然都想起来了，那么可想好要怎么做？"其实，他很怕她会选择和那人离开。因为他知道自己不会阻止。

低下头，踢了踢脚下的石子，她说："许慕辰，我不知道我把你当成了什么，是哥哥，又不是，可我总是在危难的时候想起你。或许我很自私吧，在你身边我很放心。"

是的，很放心，却不会有那种怦然心动、忐忑不安的情绪。曾经，她一度追寻的，在他身上都没有。可只有他，不曾让她受过伤害。

"当成什么都不要紧。"他看了她一眼。是不要紧，很久很久以前，他的心愿就是可以每天照顾她、看见她，如今，还奢求什么？

他不是不贪心的人，只是不敢。

106　用一辈子换得他的一个称谓

回到家，却意外见到沈立行和许家的父母坐在一起。

她愣在了门口，没有想到还会再见这个男人，她几乎都要忘了的男人，即使下午才和沈繁画说过话。

许妈妈招呼着："小米，这个先生说是你爸爸。"

她表情淡然地走过去，坐在沙发上，说："是有血缘关系。"可他配不起爸爸两个字。

沈立行微变了脸色。

"小米，别任性。"许爸爸说。

她冷笑着看向那个男人，目光略有讥讽，他甚至不及一个没有血缘的人。

许妈妈看出了些端倪，拉着许爸爸站起来说：“我们出去买些菜，你们慢慢聊。”门，轻轻关上。许慕辰上楼。

气氛太过于沉寂，两人沉默许久，还是她先开了口：“有什么就说吧。”

“你和林陌的事我都知道了。”他说，看着眼前已经和他十分疏远的女儿，心里是难过的。

他欠了那个女子，还欠了她的女儿。他能做的太少，可终归还有。

她愣了愣，倒没有想到，一天里竟有这么多人和她说起林陌。

“你要想和他在一起，爸爸会去林家说清楚，你是沈家的二小姐。这手续，我们趁早办了吧。”他小心翼翼地看着她的脸色。

多好笑，如今都想他们在一起了么？当初，穷途末路时，都在哪里呢？两年的时间，不长，想明白一些事情，却是足够了；错过一些事情，也是足够了。

“若早在两年前，你肯出现，或许我真的会感激你。”她由衷地说。有些错过，就是错过。输给的或许不是时间，而是心里那些说不清道不明的伤口，谁知道呢？

他蠕动着嘴唇，她冷冷打断：“我没有怪你，从此，你还是你，我还是我。”她并不想和他有任何的关系。

他让她失望，对于这样懦弱的人，她是从心里漠视的。

“我给你妈妈修了个墓，入了沈家的祖坟，墓碑上写的是沈立行的亡妻。”他小心翼翼地看着她的脸色，这样做，她会不会对他的态度好些？

不料想，她的身体轻轻抖起来，咬住唇，伸出手指着他，大声喊道：“滚，你给我滚。”

他诧异地看着她。心里也生出怒气，再怎样他也是她的亲生父亲。

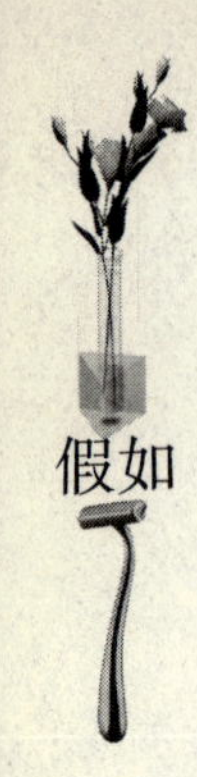

“滚，你给我滚，以后都不要出现在我的面前，滚。”她从沙发上站起来居高临下地看着他，手指向门。身体还是抑制不住地抖。

许慕辰从楼上下来，怔怔地看着有些失控的她。以往的经验告诉他，此刻她的情绪十分紧绷，稍一触动就不可收拾。沈立行亦站起来，脸色铁青，眼底有怒气不断凝聚。

他好不容易才争取来的机会，她居然是这种态度。

“从此以后，不要在任何人面前提起尹临这个人，你，不，配。”她目光凛冽，一字一句说。

沈立行的嘴唇颤抖着，半天扔下一句：“不可理喻。”就头也不回地大步走掉。

安身体僵硬地站了片刻后，瘫坐在沙发上。十分努力压抑的身体还是在轻微发抖，她从来没有这么悲愤过，即使在临离开的时候，也没有。这个懦弱且自以为是的男人，她为临觉得不值，最美好的年华爱上了这么一个男人，并为他生了孩子，葬送了自己一辈子的幸福，最后落下的只是“亡妻”。

呵，临要是在天有灵，会不会觉得太悲哀呢？

亡妻啊。他用这两个字买了临的一辈子，到头来，还一副献宝的神情。

遇人不淑，是莫大的悲哀。遇人不淑，且弥足深陷，更是大不幸。

这个彻头彻尾自私的男人！

膝盖圈起，双臂紧紧环住，把头埋在中间，像婴儿在子宫里最原始的样子，眼泪决堤，从小声的哭泣，到最后压抑不住，喘不过气来。心里悲伤得无以复加，连自己也觉得诧异，只是这委屈怎么也停不下来。

许慕辰走过去，温柔地放直她的身体，然后挪了个舒服的位置，让她躺在自己的腿上，手像哄孩子那样拍打着。车祸后的安总是这样，没由来地哭，情绪忽而跌落至低谷。

他想，那些伤口还在心底的某个角落，以为忘掉了，却会在不经意间，由一件毫不相干的事情想起，然后不能自已。埋得深，是不想再让别人看见，借此以为，也许自己就会不记得了。

夜静。

楼上的房间很安静，她半靠在床上，神色茫然，哭了一个下午的眼红肿得不像话。

只有这样，心里才觉得舒服些。很多次，心里沉寂憋闷的她都想拿刀子狠狠划破自己的皮肤，却顾及许慕辰。她不敢再让他有一点的担心。

已经努力过得很明媚、很安静、很乖巧，可心里被压制的野兽还是偶尔会脱了缰，在心里狂奔，搅个天翻地覆。抽屉里是整整一排的香烟，平时她上了锁，不敢让许慕辰知道，自己也十分节制，可这两天心里太过烦躁，时常有不能呼吸的感觉，情绪大起大落的控制不了。赤脚走到窗台前，熟稔地点上烟。

依旧是细长的卡碧，从抽烟开始便是它，不曾换过。其实，多怕面对新的变故，多怕接受不熟悉的事物，只有她自己知道，心里的不安全感，有时甚至能将自己淹没。

你说，两个残缺不全的人能拼凑出一个圆满么？

当时，她以为是能的。

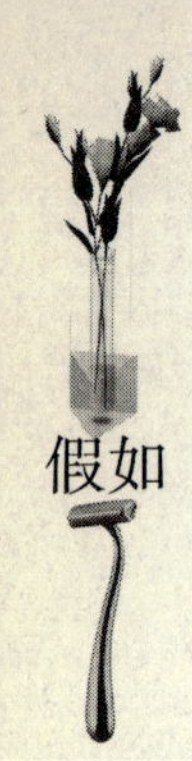

Chapter 11 有情不必终老，暗香浮动恰好

107 我们真的幸福过

又想起林陌，心里有钝痛感，夹着烟的手指微微颤抖。每次想起都是这样，他总无法让她平静。时隔两年后的相见，他就给她的世界带来了天翻地覆。

“林陌。”校门口，她平静地走到他的面前，心里却不是没有一丝的涟漪。

毕竟，他是曾让她那么刻骨铭心过的一个人。

看着她的走近，他亦有些忐忑。她如今的模样，似有几分像尹安。昨天听说她让他穿着第一次见面的衣服，他惊喜若狂。原来，她真的想起来了。

“我想起了你，林陌。”她开门见山。

他再次惊喜，可过后却忽而悲痛地发现，她说得那么淡然。不该是这样的，不是么？

无数次幻想过的重逢场面却都没有，他们的样子像个平常到不能再平常的老朋友。

一时间，面对这样的她，连他也不知道该说些什么。

“我很想你。”末了，到嘴边的话，不过是这样的一句话。心，不是不疼的，可两年的世事变迁，她似乎已经不是当初的尹安了。

回到最初的那个院落，回忆像潮水一样涌来堵住了呼吸，眼前仿佛看见昔日的繁华。可如他所说，如今也不过只如这般。

空气里还有淡淡的竹香，院子里的桃树已经长大，有半人多高，只是光秃秃的不见生机。曾经她一度想和他一起看满院春色。

以为一定是桃之夭夭，灼灼其华。事实呢，都是幻想太美，期望太高。

她走到院子里，半弯着腰，手指细细地拂过每棵桃树的枝干。这些曾经都像他们的孩子，如今，孩子长大了。

那他们呢，要分开了么?

鼻尖一酸，险些要掉下泪来。

当初两个人一起在院子里浇水的场景还历历在目，脚边是当日匆匆离开时掉下的水壶。这两年，它就一直待在原地。像是被人丢弃的旧物，无处不说着不能释怀的伤害。

“原来，我们真的有那么幸福过。”她模糊着说，声音哽咽。

他也湿了眼，走过去从身后抱住她，一点一点收紧，头搁在她的肩上，小声却坚决地说:“从此，再不放开你。”胸口窒息，他身上的气息熟悉又陌生，她一样地挣扎。

“两年前，也是在这里，你说，安，在哪里，我都和你一起。”她说，凝聚了全身的力气一点点地掰开他的手。

“如果你真的做到了，我们就不会有这两年的错过。”她说，分不清心里的情绪。

“当时那样想，如今也还是，最终也是。”他说，宁愿她大声骂他一顿，越是这样的淡然，却越让他恐慌。

她轻笑，说：“想是想，可执行起来会有我们所料想不到的变故。”

房间里，蒙了尘，似乎连那些竹都失去了原有的生气，想起曾经的缠绵似乎很远，又似乎很近。阁楼上似乎还有她清脆的笑声，两个人的缠绵悱恻似乎就在昨天。

人，还是眼前的人。变的是时光，无法再回到当初。

胸口憋屈得几乎喘不过气来。其实，她懂，不是不爱了，可失了当初的盲目还有勇气，怎还能一如既往呢？尤其是在受了伤之后，还无所顾忌地前行。

“我们终究没有来得及看到来年的桃花。”她说，语气缠绵，幽幽的像一声叹息。

当初，那么那么期待的桃之夭夭，灼灼其华，终究还是错过了，不是么？不管是不是用尽了所有的心思。

他转身用力抱住了她，由于用力太大，身子甚至微微发颤，在她的耳边，他说：“会有，会有，我们还来得及，还来得及。”心，又疼了，努力不敢让眼泪掉下来。

是来得及，可那样忐忑的爱太辛苦了。她看不见他们之间的未来。谁的心又能经得起一遍又一遍的失望和对前路的茫然？

108　错过的不止是一季的桃花

绚烂，不过一时。而平淡，才是一世。

狠着心推开了他，怕久了连自己也会沉陷，她问：“为什么这么久后才来找我？”

“两年里，我在逐渐掌握林家的势力，虽然不敢说能和老爷子抗衡，可总让他看见我的能耐，我想等到有一日可以和他谈条件时再来找你，至少护了你周全。”

她笑起来，十指却收紧捂住胸口：“凭什么你要这么自以为是，凭什么你要这么自我，凭什么你这么笃定，凭什么你以为我一定会等你？”她质问道。

随即，笑得苦涩起来，眼眶酸疼得厉害，忍着喉咙里的疼痛说：“在很久前，我就说过，我不在乎你是否能周全，我只要和你在一起，我要对得起我的选择，而你呢？每次都是这么自以为是，一走就是两年，你就没有担心过么？如果我真出了事，如果没有许慕辰，那么我该怎么办？你都不担心只剩我一个人么？每次，每次不吱一声走掉的都是你；每次，每次都丢下我一个人；每次，每次在我最困难、最煎熬的时候，在我身边的总不是你。把我一个人丢在医院里，甚至看都不看我一眼，你都不害怕我一直醒不来么？你都不担心你会从此失去我么？”

一口气说完这么多，用力闭上眼睛，忍了许久的眼泪，最后还是掉了下来。以为不会委屈，以为已经可以很平静，以为已经想得很明白，可还是有窒息的疼痛。

她的质问也让他悲愤起来，她是可以委屈，可他以为她可以理解。

“你以为我就不难熬么？你以为在我最绝望的时候是什么支撑着我走过来的？”他双手紧握，从没有觉得自己就要失去她了。即便是在这两年分别的时间里，都没有这样想过。

那么坚定的信念。是的，他一直笃定，笃定她都会在，所以才敢这样无所顾忌地走下去，最后的目标是她。而她呢？

“看，多么自以为是，这是你自己的选择，不是么？”她冷笑着问。

他哑口无言，是的，是他自己的选择。他以为这是最好的方法。

“那么，现在你就有能力护我周全了么？”她问。

“我拿林家和他谈条件，他同意不再干预我们在一起。”林陌说。这是他这两年一直不放弃，一直为之努力的目标，支撑着他一路走下去的坚定的信念就是：要和她在一起。

她转过身，轻笑。分明是苦涩的，却又有些决然。

她说：“他说不干预，可没有说让我成为你的未婚妻。林陌，且不说他未必真的同意，即使他同意了又如何？我并不适合做你林家的下一代女主人，至少在你父亲还在林家之时。”

是的，她已经分析得很透彻。她知道了自己适合的和想要的生活。这么多年阴暗的生活，是该朝着有阳光的地方了。

而林陌所处的世界，并不适合她。他是她梦想中最放肆、张扬的爱恋，并永不幻灭，可现实，她够了。

绚烂不过一时，平淡走完一生。

他震惊得说不出话，她竟然会用这样平静的话语说了这样的话。深深的悲痛感从心底泛滥起来，直抵心尖，四肢冰冷。

她又说：“林陌，刹那芳华虽然惊艳了整个生命，可代价却要用一生来偿还。

“而你已经惊艳了我的生命，够了。”

她这样的语气，让他无从反驳，就连挽留的话都变得说不出口了。

心脏破了一个很大的洞，有冷的风从洞里呼啸而过，整个身体都是一片冰冷的麻木。他的爱，成了一种需要偿还的代价么？他曾以为他最能给她幸福，是这个世界的独一无二。

她却说：够了。难道错过两年，便从此就是一生么？

109　爱得太深，因此无法救赎

他上前狠狠抱她在怀里，拼尽全力。他在她的耳边不断呢喃：“当初你这么执意要进入我的世界，怎么能这么任性地说走就走呢？不可以，不要走，不能走，再没有一个两年，再不会有。”他的手臂这么有劲，勒得她喘不过气，眼泪落得汹涌。

当初是任性，是执意，却从没有想到彼此要为一段感情受这么多的伤害。真的再没有一个两年了么？可是，能保证就不受到伤害了么？

“两年的时间是我们从心理上的错过，我们越不过的。如果不曾分别，哪怕是死在一起，可我们在彼此身边；如今，我不再熟悉你的世界，你也不再熟悉我的想法。”她的眼泪打湿了他的手背。

他执拗得像个孩子，固执地说：“我们还有这么多的两年，我们会慢慢熟悉。”就是不要再和她分开。

她的心碎成粉末，无能无力。

“那么，这两年，七百多个日夜，你为什么从没有打过一个电话，没有一个消息？你离开得这么彻底。”她哽咽着。

这不该是林陌，他应该是永远的意气风发，永远的笃定。这已经是心脏所能承受的最后底线，疼得无以复加。

“我不敢，我不敢打。”他那么用力，像是要把她揉碎在怀里，从此就不再担心别离。

她笑起来，断续、悲伤：“林陌，多悲哀，连一个电话都不敢打，我们走得多么辛苦，你又怎么忍心我走得这么辛苦，我又怎么忍心？在彼此的对岸，看着两个人幸福安好吧。”她说，所有的神经都是尖锐地疼。从胸口涌上一股血腥，她咬破了嘴唇，把那股气生生地咽了下去。

“没有你怎么幸福安好？安，不要离开，不准你离开。”他任性得像一个孩子。七百多个日夜，他一路走来，就是为了今天。她怎么可以，怎么可以说离开？

她悲愤至极，狠狠推开他，大喊道：“一直以来我都固执地以为我们之间绝不会分离，凭什么呢？你告诉我凭什么，我们哪一次不是面对分离？林陌，我不想过得那么忐忑，每一天

过得就像是世界末日，不知道你什么时候会在，什么时候又不在了。”

深深相爱的人那么多，可最后在一起的又有几个？罗密欧和茱丽叶死掉了，梁祝呢，化成了蝶，算是一个好的结局了吧。可这么多的梁祝，化成蝶的只有一对，其他的又有什么好的下场？

非得伤得体无完肤么？

他怔怔看着她，极力压抑着心里的翻腾，眸底的沉痛却一点一点加深。想起当日她一定要和他在一起的情景。

今日，就一定要和他决绝么？

嘴角微挑，风华绝代，掩下那沉重和悲痛，笑得一如初见。

她发不出声音，视线模糊。

“说到底，我还是不舍得你难过。呵，安，没有想到，你竟真的不要我了。”他瞳孔微缩，嘴角下沉。

迎着阳光，他眼底的晶莹，她看得透彻。心，顿时溃不成军。蹲在地上捂住脑袋，嘴里是一片铁锈般的血腥味。该怎么说，她只是不敢爱了。

肚子绞痛起来，一阵阵翻天覆地。从那次流产后就留下了毛病，只要心情太过疼痛，就会疼。

爱与不爱，都像是剜心一样。

“安，我爱你，好爱你，可是，我宁愿自己没有这么爱你，那样的话，我就会忍心，忍心把你困在身边。可是，太爱了，我舍不得，我不忍心看你这么难过，不忍心你辛苦，是报应么？曾经我让你这么难过。”林陌轻笑着。

一直以来，固执地相信他们不会分离的不只有她，还有他啊。怎么就成了这样呢？

“安，如果还有机会，我会懂，我会懂得怎么爱你。我不会让你这么辛苦，不管什么情况，我都不会丢下你。我真的会一直和你在一起，不管在哪里。”他说，声音颤得厉害。还会有这样的机会么？

会有的，可是如果不是心里的那个人，是谁又有什么关系呢？最刻骨铭心的都已经有一个人给过了。

原来，再见，是别离。

她忍住小腹的疼，整张脸苍白，缓缓抬起头。一眼看过去，厨台上做蛋糕的面粉还在，只是变成了灰色，落得到处都是。

那天，笑得欢快，满室明媚。现在，哭得悲痛，满室压抑。

看吧，快乐不能太过，这样的话，以后若是悲伤，也会平常。

110　你是最后的风景

“我们去买些食材来做蛋糕好么？然后，再一起在这里住一个晚上，明早你要比我先走，不要吵醒我。”她轻轻说，不想在彼此眼中相互转身，各自天涯。

宁愿在看不见的地方，默默离开。尹安，别他妈的自欺了。其实，是你自己还舍不得。

车上。窗外的风景退得缓慢。他刻意开得很慢，她始终低着头，偶尔抬起来对上他灼热的眼眸，心慌得一塌糊涂。

看向窗外，她惊讶地叫起来：“林陌，林陌，你看那对夫妻还在看店，看呐。”车子几乎算是不动了，林陌转过头，果然。

“其实，当初我就不赞成吃路边的东西，你的胃不好，还不注意卫生，可每次看你那心满意足的样子，就像捡到了宝贝。”忆起往事，那幸福感还在胸口。

她仰头笑得扬扬得意，说：“那当然，虽然她家的面并不

十分好吃，可总让人感觉心满意足。”可能，喜欢一件事，并不一定因为事情本身，而是它所带来的感觉。

车子后退，骤然停下。

“走，那再去吃一次。”他修长的腿率先迈下去。

她像个狗腿一样屁颠屁颠地跟了过去。

“老板，两碗面。”他大声说，似乎很愉悦。

“好嘞，进去坐吧。”老板还是很亲切的样子，像个慈爱的父亲。

她心里父亲的样子。

店还是老样子，破破旧旧的，她和他坐在靠里面的位置，和从前一样。

不多久，老板的面就上来了，见了她，惊讶地笑起来，眯起眼睛问：“小姑娘，很久没来啦，我家老婆子还时常叨念你呢。”

“嗯呢，是很久没来了。”低下头，不知道是不是碗里的热气太浓，眼睛微微湿润。

“小姑娘，以后要常来啦，我们这个店开不长啦。”老板转身过去端面。

她惊讶地问：“出什么事了么？”

“没喔，是老婆子想要回乡下。”老板端来面，又乐呵呵地忙活起来了。

瞧，这个世界，还有什么是长久的呢？随时随地都会发生离开，告别。面，吃得很慢。时间却似乎过得很快。

抬起头发现他正在挑着碗里的牛肉，她又没出息地低下头。他把肉叠在一起放在她的碗里。每次都这样，他总会把自己碗里的好东西给她，做得自然。想起那次来吃面，她非要和他吃一碗，结果两个人抢了起来，面洒了一身，狼狈之极。

老板娘站在身后，眉眼弯弯地说：“很少能看见现在年轻人感情这么好的了，你们一定会很幸福的。”当时，她顾不得擦身上的面和汤，认真地蹦到老板娘面前，睁着大眼睛问："真的么？你也这样觉得么？"

老板和老板娘一起点头。

"嗯，你家的面真好吃。"她若有所思后说。大家都哭笑不得。

原来，到处都是回忆。去过的地方不算多，可每一处都有迹可寻。微微弯起嘴角，当时的心真的好坚定，以为一定会很幸福。

嗯，会幸福。

此幸福，彼幸福，彼此幸福。

"这里的面是我吃过最好的面。"他嘴里似含了汤，说得模糊不清。和心爱的人在一起，喝水也是甜的吧。

她怔了怔，才明白他意有所指。想起很久以前，她总是怪他不多说些甜言蜜语，可后来他不在了才渐渐明白，其实他说得不少。

是她太笨，总是半天听不懂。笑起来，目光明亮地看着他问："林陌，我笨么？"

他蹙起眉，很认真地想起来，半晌后，才说："也不算是很笨吧。"

什么叫也不算是很笨吧？她跳起来就要打他，却一头撞在车顶上，又龇牙咧嘴地坐回去。

他叹息，一副无可救药的样子，关切地问："有没有怎样？"

"能怎样，大不了把你那个不字去掉。"她边揉着脑袋边说。

也不算是很笨。去掉不。算是很笨。

林陌失笑，习惯性地挑起眉毛看着她："看，我说也不算很笨吧。"

"林陌。"她河东狮吼。

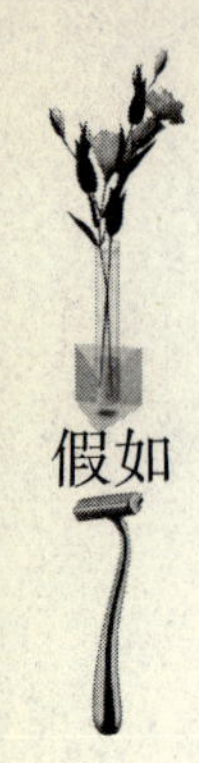

嗯，这样的气氛很好，她不喜欢那种随时提醒着她那一秒就是分离的感觉。一路吵笑到了超市。食材放在后座上，她已经靠在车椅上迷迷糊糊睡了去，长长的睫毛垂下来，嘴唇微启，乖巧得像个孩子。

他身体有热流涌过。脱掉身上的外套轻轻披在她的身上，俯下身，含住她的嘴唇，什么都不做，只是这样单纯地亲吻。

身体微微颤抖，他不忍破坏她的好梦。别过头，专心开起车。

身旁因为有她的气息。夜，变得十分短。

车停下。他小心翼翼地把她从车座上抱起来，却还是惊醒了她。他不知道，这两年，她的睡眠一直很浅，总是不小心就会在半夜惊醒。

“到了么？”她迷糊地问，揉了揉眼睛。

他的目光比月亮还要柔和，点点头，从后座上拿起做蛋糕的食材。跟在他的身后，心里很后悔，怎么就睡着了呢？

一夜的时间。多短。

“我们一人做一个，比比看，谁做的好吃又漂亮。”她一边倒着面粉一边说。

两个人围着情侣围裙，脸上都沾染了些许的白面，幸福得让人心酸。

“还要写‘献老婆’三个字么？”他忽而问。

两个人都沉默了，想起当年，她矫情地非要他写上“献老婆”三个字。

老婆。是自己恬不知耻了么？

“嗯，写吧。”她说，笑起来眉眼弯弯。既然是最后一次，何必还矫情？

只是这一次，他不再说她肤浅。如果说，他愿意一辈子这样肤浅下去，还来得及么？

“妈呀，那是什么，一坨一坨的。”安转过头偷看林陌做的蛋糕，尖叫着问。

他跳起来："你怎么偷看我的，不行，把你的也给我看看。"

"不对，什么叫一坨一坨的？"他严肃地看着她。

一坨一坨。汗，这个形容词。

"就那个啊。"她护着自己的蛋糕，另一只手指向他蛋糕上的图案。

他好看的眉毛皱成一团，气哼哼地说："这是玫瑰花，土包子，没有艺术细胞。"

她一怔，凑过去又细细看了看。

然后蹲在地上，捧腹大笑，眼泪落下来和脸上的面糊成一片。

玫瑰花么？他从来没有送过自己玫瑰花，这一朵，却丑陋无比地刻在了蛋糕上。

111　怕时间太短，来不及将你看仔细

夜静。满室缠绵。

在最后的时刻，心越发不舍，剩下的时间恨不得每分每秒地黏在一起。抵死纠缠，像两只小兽，在彼此的身体中不断索取，床单上淋漓一片。

她靠在他的胸膛上，不敢闭上眼睛，怕一睁开眼，他就已经不在身边。多可笑，想分开的明明是自己。

是的，他和她之间的间隙在两个人看不见的地方逐渐加深。两年，谁也不能将其抹去。越是短暂，越是恨不得把所有好的一切都留下，越是美丽。

还是那一句。刹那芳华，就好。

他的吻轻轻落在她的发间。真实地融在一起，他才知道她有多么瘦弱。

“为什么不买合身的衣服？”他问。

“大一点，好像把自己都包在了里面，很安全，而且走起路来摇摇晃晃的，多有风情。”她仰起嘴角。

他的手疼惜地抚摸过那些伤疤，宠溺地说：“总是你的怪想法。”

她得意地哼哼，手指在他的肚子上随意地划着。

有热气横冲直撞，在小腹间。他翻身将她压在身下，吻细细密密地落下，手指细细地划过她身上的每一寸肌肤，看她在他身下绽放成一朵美丽的花。

吻过每一处，只觉得要将这一辈子的疼爱都给她。

“你……这样对过别人么？”她的手抵在他的胸膛上。临到分别，她竟还是在意这些。

他摇摇头，把她狠狠地融入自己的身体。

因为她，他不想再和任何人有一点的碰触，他想留下她身上专属的气息。

是傻，不是么？

112　无情未必就是决绝，只要你记得初见的笑

在床上躺了将近一天，浑浑噩噩都是林陌最后落下眼泪悲伤的脸，生生颠覆了她的整个世界。那样的悲伤，她发誓，这一辈子只要看一次。

不是不爱，只是不想再彼此束缚，重复着不断伤害的程序，害怕最终伤痕累累，害怕有天会后悔。

怎么告诉他，他是她年华中的最美，开到极致，刹那芳华就足够。她怎忍破坏这场生命中最华美的相爱，让两个人走到最后的穷途末路呢？

彼此转身前，她听见他说：“若有那天，我定将我的世界明媚地交付与你。”他以为她还在沉睡，却不知道，其实，她

和他一样，一夜未眠。他的辗转反侧，她都感同身受。

泪流得太多，这一刻，反而哭不出来，只剩下眼睛涩疼得厉害，心像一片荒芜的沙漠，四下无人，空空的，沉寂得让人发慌。

是自己绝情么？他是那么骄傲的一个男子啊，却在她面前泪流不止。

许慕辰端着牛奶进来，见她睁大眼睛空洞地看着天花板，走过去，柔声说："安，喝点牛奶再睡。"

床头边上是她抱回来的蛋糕，或许算不上是蛋糕，像面团一样，形状难看。偏偏她一路抱着回来，像是宝贝一样，一分钟也舍不得放开。

她点点头乖巧地坐起来，目光直直地看着许慕辰："我伤害了你那么多次，为什么你还愿意待在我的身边？"

他愣了愣，想了想后说："不是没有想过离开，可发现太困难，所以宁愿受伤害。"顿了顿，他又接着说，"曾经在一本书上看到特矫情的一句话，'这个世界上总有一个人是你的劫难，不容躲避，没有救赎'，或许就是这样吧。"

不容躲避，没有救赎，那么，她与林陌是彼此的"没有救赎"么？

轻轻地靠在许慕辰的肩头，心里缓缓地平静下来。这么多年了，仿佛不管发生任何的事情，在他身边，心里就是平静安定的。

虽没有大起大落，惊心动魄。

许久后，她说："许慕辰，你知道么？我从没有想过我会把林陌逼到哭的地步。"

他静静地听着。

"他应该是绝情的，不是么？我多么希望我比他更加难受，这样我反而会好受点，可他那么痛苦的样子。"她语无伦次地说。

可他却听得明白。其实，还是爱的吧。

他懂得，总有个是自己的劫这句话。尹安是他许慕辰的劫，却不是他们之间彼此的劫，他明白的。

“他说，若有一天定将他的世界明媚地交付与我，看，最后还是他屈服了。”她笑着，声音像是被锯子拉磨过的嘶哑。

“可是，许慕辰，真到那一天，我们就可以了么？我不知道，我和他都是残缺不全的，两个残缺不全的人可以拼凑一个明媚的世界么？”她闭上了眼睛。心里是他模糊不清的面貌。

许慕辰搂着她的手臂收紧了些。

有些伤是内伤，模糊不清，亦没有具体的轮廓，在心里的最深处，连自己也无法说出，更找不到一个释放的出口，只能任由它日益阴暗，不断糜烂。

能说出来的伤，不算伤。能哭出来的痛，不算痛。

“既然还那么相爱，为什么不试着在一起？”他模糊不清地问。

她苦涩地笑，摇摇头，轻声说：“不敢。”

他一怔，不敢。多么精辟。

最不由人的便是感情，她无法预料他们会爱到何时，会不会到哪一边伤痕累累而怨恨彼此，而悔不当初。

当初我凭什么为你舍弃娇妻爱子，陪你煎熬度日？我又凭什么为你洗手风尘，谢绝一切恩客？

她怕他们会有这一日，心里本就是不安全的人。对此，她不敢笃定。

那么，不如留下最初的惊艳。

若有笃定那一日……

若有笃定那一日……

113　随时随地，你若转身，我就在身后

飞机场。候机室里，许慕辰装好行李走过来提醒她班机的时间就要到了。

准备过安检时，身后有人急切地喊着自己的名字。一惊，转过头，看见的是朝她跑过来的沈繁画。

“还好没有晚一步。”她笑起来看着安。

安发觉，她现在笑起来的样子比以前美丽得多。

从手提包里拿出一个灰色的信封，她说：“安，这是林陌让我交给你的。”

林陌。心里又是无可避免地钝疼。想来，这疼会跟着她一辈子了吧。

接过去握在手里，只觉得十分沉重，沈繁画说：“林陌没有放弃你。”言下之意，安听不明白。

沈繁画突然上前拥抱住她，身体有微微的颤抖，她说：“时隔两年，我终于认你这个妹妹了。”

安咬住嘴巴。她听得出她模糊的哽咽声。

“加油。”她放开她，笑着说。

时隔两年，她们终于可以不再彼此敌对。即使不是亲人，也可以是朋友的吧。安释怀地笑起来，她不知道，若是临看见这一幕会不会很安慰。

毕竟，她是那么一个温婉明媚的女子，定是希望一切都美好的吧。

信封里只有一张照片，是在那个院落里他们和老奶奶、老爷爷一起照的。照片上是四个幸福的人，笑容明亮。还记得照照片时，她曾信誓旦旦地说：林陌，你就是我最坚定的信念。

勇敢，是因为还没有被伤害过吧。

照片后面有一排硬朗的小字：你从来都是我最坚定的信念，从来都是，可以爱了就回来吧。

记得那句话的一直是他。可以爱了就回来吧。太平常的一句话，是他守候她的决心。

嗯，可以爱了就回去吧，她默念。伸手抹掉眼角的湿润，给自己一个温暖的笑脸。

114 君生我未生，我生君已老

三万英尺的高空，飞机穿越过气流层，高空中洁白的云层此刻是灰茫茫的一片，一眼望去，没有尽头，让人心里有压抑的失望和迷茫，关上头顶的小灯。

心里是极度的迫切，原以为阿蓝在法国幸福地生活，所以才没有和他们联系，却不料最后得知的消息是她生死未卜。

想想就惊出一身冷汗。如果不是程远呢？

和林陌分开后，就一直浑浑噩噩睡着，睁开眼，闭上眼都是他悲伤的脸，直到后来程远找来。他直接找到许慕辰的家，开门见山问："这两年，阿蓝和你们联系过么？"

心里就有了不好的预感，身体一阵眩晕，强撑着问："是阿蓝出事了么？"许慕辰在一旁神情肃然，紧紧扶住她。

程远表情凝重，靠在沙发上，半晌后说："两年前的报纸，你们都没有看到，对不对？我也是昨天无意间翻起，日期就是阿蓝走的那一天。"

空气变得稀薄。他们听见彼此小心翼翼的呼吸声。

程远说："当天去法国的A9468次航班，穿越气流层时飞机失事，死伤八十七。"他不知道阿蓝是否幸免于难。

"确定是那个航次么？"安一字一句极小声地问。

程远抬起头看着许慕辰，他也希望不是那个航次，是自己记错了。"我依稀记得是那个。"他说。

他不敢说话，怀里的安又开始颤抖起来。没错，的确是那个航次。

"确定么？"安的音调变了。

程远看了眼许慕辰的神色，点点头，说："我打电话去了航空公司，也托人在法国寻找了。”心里唯一的一点希望就是唐蓝在那场灾难里是个幸运者。

她咬住唇，血腥溢满口腔，不敢发出声音。心里相信唐蓝还是好好的，一定是好好的。可恐惧像海水一样汹涌地涨了起来，她发现自己懦弱得只剩下掉眼泪。难道身边的人都一个一个地要离开么?

“我们去法国找她，我相信，她一定在等我们。”她紧紧握住自己的手，让丧失掉的力气渐渐凝聚。飞机失事，多可怕的事情。

当时的阿蓝该有多么害怕，她身边空无一人，孤单地面对死亡，面对灾难。

她一定很绝望吧。

安，其实你是幸福的。

十七岁的唐蓝这样和她说。眼泪越掉越凶。嗯，其实她是幸福的，面对的那些伤害，和死亡比起来太微不足道，何况她身边始终不是空无一人。

阿蓝呢?

“程远，你爱过阿蓝么? 哪怕是一点点。”她不知道自己这个时候怎么会问这样的问题，但心里是迫切想知道的。如果她，如果她真的离开了，至少，还有一个深爱她的男人在心里记着她，或许是一种安慰。

程远的目光投向了窗外，神色恍惚，想起和唐蓝的第一次见面。

生意人从来都对风月场所不陌生。那天，她穿着一袭蓝色长裙，在酒吧一群人坐在一起喝酒时，她直接找上他。第一句话便是：“我要做你的情人。”

以他这个年纪，老婆自然是有了。周围的朋友都笑起来，说他走了桃花运。可在她眼底，他没有发现一点风月女子该有的气息，有的是汹涌着的被压抑的情感。

他淡然地问为什么。

她说，我缺一个对我好的男人，我可以不要你的钱，不要你给我任何物质上的帮助，只要你对我好。之后，她顺理成章成了他的情人。

更多的时候，她都是很沉默的，对他亦没有什么要求。人的感情是不由控制的，他渐渐地对她好，渐渐地把她放在了心里，会觉得心疼她。

他们在一起，每到最后时刻，看着她年轻的身体，他总是不忍破坏，连自己都觉得诧异。做情人，当然要履行情人的义务。

可是，他不愿意。

他对她说，你还小，不知道自己在做什么，我等你长大。

她背过身，他知道她在哭，曾以为是自己让他感动。

直到出了那件事。他很悲愤，自己成了她报复人的阶梯。

她在他心里变得不再单纯。

这件事情，足以毁了她一辈子。找到她的父亲，他了解了所有的事情。

那时，想来已经是原谅她了。

“或许我老了，不知道你嘴里的爱是什么。一直以来，我都觉得她像是我的孩子，又像是我的情人。”程远垂下眼眸，又想起唐蓝的样子。

像他的孩子。安笑了，唐蓝终于没有看错人。情到深处，才会有这样的感觉。这个，她懂的。

115　尾声

想累了，重重地阖上眼睛，靠在身边的许慕辰身上。

这些年，唯一没有变的就是这个傻小子，永远的纵容和溺爱，不说无所求，却从不曾强求。

登机去法国的前一晚，她说，不管有没有那一天，之前，我想待在你和唐蓝的身边。

想起临最后的遗言，她要自己的女儿幸福，她要她勇敢。可是，她有没有想过，安一直是残缺不全的，她心里一直有个无人能及的阴暗角落。

她没有教她该怎么面对那块阴暗的角落。

临，她懂的，对不对?

安想，那么有一天，她会不会入她的梦告诉她?

一年前，曾读饶雪漫的《离歌》，很深地记得上面的一句话。马卓说："从头至尾，她给她和他之间设定的结局就是分离。"

那时候，安觉得太过于浪漫，如今想来，其实是太过于无奈。那么，是不是命运给她和林陌之间设定的结局也是分离?

想起自己曾经固执认为，她和他的结局绝不会分离。那个时候，并不知道强大的是命运，懦弱的是感情。即便如此，她仍不悔那一段惊艳了年华的感情。

不悔!

林陌，再见!